Irene Scharenberg

Gefährliches Doppel

Duisburg Krimi

Prolibris Verlag

Handlung und Figuren sind frei erfunden. Darum sind eventuelle Übereinstimmungen mit lebenden oder verstorbenen Personen zufällig und nicht beabsichtigt.

Für meine Familie

Originalausgabe 2011

Tel.: 0561/766 449 0, Fax: 0561/766 449 29

Lektorat: Anette Kleszcz-Wagner
Korrektorat: Christiane Helms
Titelfoto: PantherMedia – Joachim H.
Druck: CPI – Clausen & Bosse, Leck
ISBN: 978-3-935263-89-4

www.prolibris-verlag.de

1

Heribert Heitkämper goss sich seinen zweiten Kaffee ein. Nicht ein Tropfen blieb in der Kanne, als seine Tasse exakt bis zur richtigen Höhe gefüllt war. Er hatte es genau berechnet. Sein Rührei hatte er sich ebenfalls auf zwei gleich große Portionen aufgeteilt. Er aß nun die zweite, während er missmutig aus dem geöffneten Fenster sah. Trotz der frühen Morgenstunde drang schwüle Luft herein. Gleichzeitig verhüllten dunkle Wolken die Sonne, als kündigten sie den Weltuntergang oder zumindest ein Unheil an.

Vergeblich hielt er nach einem kleinen Lichtblick Ausschau. Nicht einmal ein kleiner, blauer Fetzen war am Himmel zu sehen. Offensichtlich hatte sich die Gewitterfront der letzten Nacht noch nicht verzogen. Leider war heute Sonntag, und Heitkämper würde sich schrecklich langweiligen. Er langweilte sich immer, wenn er freihatte. Während seine Kollegen das Wochenende genossen, hätte er am liebsten an sieben Tagen in der Woche gearbeitet. Er liebte seine Arbeit ebenso wie seine Gewohnheiten. Eine davon bestand darin, sonntags in aller Frühe eine große Runde mit dem Fahrrad zu drehen. Heitkämper wohnte auf der Deichstraße in Duisburg-Laar in der dritten Etage eines neueren Mietshauses, hoch genug, um von seinem Balkon auf den Rhein blicken zu können.

Heitkämper verließ seine Wohnung wie immer genau nach den Nachrichten um sieben Uhr, genauso wie er immer dieselbe Route abfuhr, als sei sie ihm einprogrammiert worden wie einem Zugvogel. Schuldbewusst schielte er zu dem Helm, der im Keller an einem Haken über seinem Fahrrad hing. Den Helm hatte er zum Geburtstag von seiner fast neunzigjährigen Mutter bekommen. Die alte Dame war sehr um seine Sicherheit besorgt. Zu sehr, wie er fand.

Während er versuchte, den Gedanken an seine Mutter zu verdrängen, radelte er in Richtung Ruhrort, bis er einen Weg erreichte, der zum Deich hinaufführte. Von hier oben hatte er einen besseren Überblick: auf die riesige Grubenlampe, die man unlängst als Bergbaudenkmal auf einer Halde platziert hatte, auf die Autobahnbrücke, die im Hintergrund mit leuchtend roten Streben den Rhein überspannte, davor die dunkle Eisenbahnbrücke, weiter rechts den oberen Teil eines Gasometers. Am Ufer führten zwei Hundebesitzer ihre Lieblinge Gassi.

Heitkämper mochte diese Mischung aus Industrie und Natur. Selbst die Kunst kam nicht zu kurz. Seit Anfang des zwanzigsten Jahrhunderts saß der Laarer Junge auf einem Dach mit Blick auf den Rhein und grüßte die vorbeifahrenden Binnenschiffer. Manchmal gewann Heitkämper jedoch den Eindruck, er schaue auf ihn herab. Mit verkniffenen Gesichtszügen schielte er zu einem der Nachbarhäuser mit Fassadenmalerei, zwei Anker und ein Steuerrad verzierten die Vorderfront. Hier hatte seine Mutter gelebt, bevor er ihr einen Platz im Seniorenwohnheim in Huckingen besorgt hatte. Wie oft hatte sie hinter den kurzen Gardinen mit Blick auf den Deich auf ihn gelauert und nicht begreifen können, warum er an ihrer Wohnung vorbeifuhr, ohne anzuklopfen.

Unwillig schob er die Gedanken an seine Mutter beiseite. Er gab sich nicht gerne irgendwelchen Gefühlsregungen hin, erst recht keinen Schuldgefühlen. Schließlich war er ein Mann von Zahlen. Zahlen waren fast das Einzige, was in seinem Leben wirklich zählte, dicht gefolgt von penibler Ablage und geordneten Abläufen. In seiner Firma pflegte man sich darüber lustig zu machen. Heitkämper ist so berechenbar wie eine Präzisionsmaschine, witzelten die Kollegen. Doch er nahm ihnen das nicht übel. In gewisser Weise empfand er diese Charakterisierung sogar als Kompliment.

Inzwischen hatte er die Stelle erreicht, wo eine Reihe Pappeln den Deich säumte. Diesen Teil der Route mochte er ganz besonders. Er liebte den Blick über die Kleingartenanlage. Irgendwo hatte er gelesen, dass es in der Stadt Duisburg über hundert Schrebergartenanlagen geben sollte. Eilig passierte er das Gelände des Sankt Joseph Krankenhauses. Etwas weiter entfernt, hinter einer Wiese mit Obstbäumen, stieß die Sinteranlage von Beeckerwerth gerade eine unverkennbare rötliche Wolke Sinterstaub in den Himmel. Heitkämper verzog das Gesicht. Er mochte lieber nicht wissen, welchen Anteil die Wolke an der Feinstaubbelastung hatte. Dafür schaffte die Anlage natürlich einige Arbeitsplätze. In Gedanken vertieft verließ er den Deich. An den monströsen Betonpfeilern der Autobahnbrücke klebten Werbeplakate und versprachen ein Leben, das Heitkämper nicht einmal zu träumen wagte. Sein Weg führte nun mitten durch Industriegelände der ThyssenKrupp Stahl AG. Jetzt musste er nur noch am Werktor 7 und der Emscheraufbereitung vorbei, dann ging es zum Alsumer Berg hinauf, dem Ziel seiner Route. Oben gönnte er sich immer genau fünf Minuten Rast.

In Heitkämpers Leben herrschte beruhigende Routine, die an diesem Morgen allerdings jäh durchbrochen werden sollte. Er hatte gerade das Werktor passiert, als sich ein Motorengeräusch rasch näherte. Verwundert schaute Heitkämper nach hinten. Immerhin verirrten sich selten Fahrzeuge hierher, zumindest nicht an Sonntagen um diese Uhrzeit.

Der Kerl muss mindestens achtzig Stundenkilometer drauf haben, dachte Heitkämper. Das konnte nur ein jugendlicher Fahrer sein, obwohl die an arbeitsfreien Tagen in der Frühe meist noch schliefen. Als der Wagen ihn fast erreicht hatte, drehte er sich neugierig um. Schockiert riss er das Lenkrad zur Seite. Keine Sekunde zu früh, um sein Leben zu retten. Während Heitkämpers Körper in hohem Bogen über den Lenker geschleudert wurde, brauste der Wagen davon. Heitkämper hatte nicht einmal die Marke erkannt, nur den dunklen Lack hatte er registriert.

Regungslos lag er einige Sekunden auf dem Asphalt. Vor lauter Schreck war er zu keiner Bewegung fähig. Der Schmerz setzte erst einige Sekunden später ein. Nun brannte sein Gesicht wie Feuer. In der Mitte verspürte er einen bohrenden Schmerz. Wahrscheinlich hatte es seine Nase erwischt, aber er wagte nicht, sie zu berühren. Eine Weile verharrte er zitternd auf dem Boden und starrte auf seine verdreckte Kleidung. Die jedoch war sein geringstes Problem. Sicher funktionierte sein Fahrrad nicht mehr, er würde zu Fuß zurückkehren müssen und die Neunuhrnachrichten verpassen. Heitkämper entfuhr ein hysterischer Laut, der wie eine Mischung aus Lachen und Aufschrei klang. Obwohl sein Kopf dröhnte, sein Gesicht immer noch höllisch brannte, rappelte er sich vom Asphalt hoch. Er atmete mehrmals tief durch und hob dann das Rad auf. Das Hinterrad war total verbogen, die Lenkung funktionierte nicht mehr. Vorsichtig schob er das Rad einige Meter, dann versuchte er trotzig weiterzufahren, aber es war hoffnungslos ramponiert.

Jetzt hätte ein Handy nicht schaden können, er mochte die mobilen Telefone jedoch nicht, besaß nicht mal eins. Wen hätte er auch schon anrufen sollen? Die Polizei etwa?

Während er verzweifelt nach einer anderen Lösung suchte, hörte er plötzlich erneut Motorengeräusch. Diesmal kam es aus der anderen Richtung. Heitkämper wunderte sich. Schon das zweite Fahrzeug zu dieser frühen Stunde. Dazu in dieser einsamen Gegend. Wenigstens nahte der Wagen, den er nun in der Ferne erkannte, in einem normalen Tempo heran. Das beruhigte ihn. Möglicherweise könnte er den Fahrer anhalten und ihn um Hilfe bitten.

Nachdem der dunkle Wagen sich auf Sichtweite genähert hatte, hob Heitkämper die Arme. Zwar durchzuckte ihn dabei ein heftiger Schmerz, aber er biss die Zähne zusammen. Immerhin war das seine Chance.

Tatsächlich schien der Fahrer ihn bemerkt zu haben. Zumindest rollte der Wagen genau auf ihn zu. Erleichtert ließ Heitkämper die Arme sinken. Doch was war das? Plötzlich schien der Wagen wieder zu beschleunigen. Während das Fahrzeug direkt auf ihn zuhielt, erkannte Heitkämper plötzlich die Absicht des Fahrers. Die Erkenntnis drang in ihn ein wie ein tödlicher Stoß. Ohne die Person erkennen zu können, wusste er plötzlich, wer in dem schwarzen Wagen saß. Und er begriff, dass er dem Tod nicht entrinnen würde. Als der Wagen gegen seinen Körper prallte und er durch die Luft geschleudert wurde, zog sein Leben noch einmal an ihm vorbei. In Kurzversion, und völlig ungeordnet.

2

»Chef, ich beneide Sie«, erklärte Kommissar Bernhard Barnowski mit diesem Lächeln, das seine markanten Gesichtszüge noch mehr zur Geltung brachte und ihm die Frauenherzen zu Füßen legte. »Nur noch zwei Tage in diesem Bau und Sie genießen drei Wochen Urlaub.«

Hauptkommissar Willibald Pielkötter murmelte etwas Unverständliches. Vielleicht war es auch nur ein tiefes Brummen.

»Warum fahren Sie eigentlich erst am Dienstag? Ich hätte morgen schon frei genommen.«

»Das Ferienhaus ist bis dahin belegt«, antwortete Pielkötter, obwohl er nicht die geringste Lust auf eine Konversation mit seinem Mitarbeiter verspürte.

Pielkötter hatte einige Jahre und auch Kilos mehr auf dem Buckel als Barnowski und reichte mit seiner ein wenig schiefen Nase und dem leichten Doppelkinn bei weitem nicht an die Attraktivität seines Untergebenen heran. Auch ihre Charaktere erschienen zumindest Pielkötter gegensätzlich, was nicht selten zu Spannungen führte. Oft empfand er seinen Untergebenen als zu oberflächlich.

»Wenn das Ferienhaus zu empfehlen ist, lassen Sie die Adresse nach dem Urlaub mal rüberwachsen«, setzte sich Barnowski über die geringe Auskunftsfreude seines Chefs hinweg. »Bis zur holländischen Küste ist es ja nicht weit. Lohnt sich sogar für ein verlängertes Wochenende.«

»Das Ferienhaus kann man nicht mieten«, brummte Pielkötter. »Es gehört der Schwester meiner Frau. Sie hat es uns zum Hochzeitstag überlassen.«

»Aha, Hochzeitstag, verstehe.« Barnowski grinste. »Schade, ich hätte dort zu gerne für die Hochzeitsnacht mit Gaby geübt.«

Anscheinend ist der Bursche nicht richtig ausgelastet, dachte Pielkötter. Fairerweise musste er zugeben, dass er Barnowski zumindest heute Unrecht tat. Immerhin war er sogar an diesem Sonntag schon sehr früh im Präsidium erschienen, um mit ihm zusammen den lästigen Schreibkram zu erledigen, der sich in der letzten Zeit angesammelt hatte. Okay, Gaby weilte an diesem Wochenende auf Kegeltour, dennoch hätte er Barnowski diesen Einsatz eigentlich nicht zugetraut. Während er sich noch darüber wunderte, klingelte das Telefon.

»Extrem ungünstiger Zeitpunkt«, schnaufte Pielkötter, nachdem er den Hörer aufgelegt hatte. »Ein Toter an der Alsumer Straße. Wahrscheinlich von einem Auto angefahren. Meint jedenfalls die Streife vor Ort.«

»Ja, ja, ich weiß, keine voreiligen Schlüsse«, erwiderte Barnowski mit ungewohnter Ironie in der Stimme.

»Na, dann breche ich mal direkt auf«, erklärte Pielkötter.

»Moment, ich fahre mit raus. Schließlich muss ich die Sache übernehmen, wenn Sie im Urlaub sind.«

Schlagartig rutschte Pielkötters Laune auf der Stimmungsskala um einige Grade weiter nach unten. Dabei wusste er selbst nicht warum. Was konnte Barnowski bei diesem Unfall schon großartig versieben? Dennoch blieb ein ungutes Gefühl, zumal die Kollegen von der Streife weder den Unfallverursacher noch einen Zeugen vorgefunden hatten.

Wenige Minuten später saß Pielkötter neben Barnowski im Dienstwagen.

»Am besten fahren wir die Achse bis Marxloh«, schlug Barnowski vor. »Sonntags um diese Zeit ist kaum mit Stau zu rechnen. Erst recht nicht in Richtung Norden.«

Pielkötter gab einen tiefen Laut von sich, den sein Mitarbeiter offensichtlich als Zustimmung wertete. Immerhin legte Barnowski die Strecke tatsächlich in rekordverdächtiger Zeit zurück. Allerdings waren Spurensicherung und Rechtsmediziner noch etwas schneller gewesen.

»Dat fängt an diesem Sonntag ja gut an«, begrüßte sie Olschewski von der Streife. Er würde, so viel Pielkötter wusste, in drei Jahren in den wohlverdienten Ruhestand gehen. Wahrscheinlich wurde das auch Zeit bei dem Job, aber es konnten schließlich nicht alle in den Innendienst wechseln.

»Uns ham se um genau eine Minute nach acht Uhr angerufen. Da vorne steht übrigens Herr Nöhlen. Der hat den Toten gefunden.«

Automatisch richtete sich Pielkötters Blick auf einen Mann, der etwas abseits stand und laute Würgegeräusche von sich gab.

»Kein Wunder, dat der am Kotzen fängt«, erklärte Olschewski. »Dat heißt, eigentlich is der schon die ganze Zeit dran. Der Tote sieht auch ziemlich übel aus. Dat Einzige, wat bei dem noch heil blieb, war der Personalausweis.«

Bevor Pielkötter sich zu dem Rechtsmediziner Ernst August Kowalski gesellte, sah er sich noch einmal um. Auf der einen Seite der Straße erkannte er Industrieanlagen, auf der anderen den Alsumer Berg, aber keine Menschenseele. Wäre ein echter Glücksfall, wenn ein Arbeiter vom Hochofen aus oder zwischen den dicken Röhren hindurch etwas gesehen hätte. Zudem war der Unfall wohl nicht zum Schichtwechsel passiert, sonst hätten sich sicher einige Zeugen gemeldet. Dennoch beabsichtigte er, in der Belegschaft von ThyssenKrupp Stahl nachzufragen. Das konnte Barnowski übernehmen, immerhin … Pielkötter verspürte nicht die geringste Lust, diesen Gedanken zu Ende zu denken.

»Jochen Drenck von der Spurensicherung möchte Sie sprechen«, durchbrach Barnowski seine Überlegung.

»Und Sie fragen möglichst bald am Tor 7 nach irgendwelchen Zeugen. Im Übrigen soll die Personalabteilung, der zuständige Meister oder wer auch immer bei denen das Sagen hat, eine Liste aller Arbeiter aufstellen, die heute früh auf Schicht waren. Am besten trommeln Sie die noch zusammen, ehe die nächste anfängt.«

»Okay, aber ich werd mir echt überlegen, ob ich noch mal an einem freien Sonntag komme, um den Papierkram zu erledigen«, erwiderte Barnowski mit gespielter Entrüstung.

»Ich denke, Sie brennen darauf, das hier zu übernehmen.«

»Super Hinweis, Chef«, erklärte Barnowski mit einem Pielkötters Ansicht nach penetranten Grinsen.

Während sein Untergebener in Richtung Werktor 7 verschwand, wandte sich Pielkötter zur Spurensicherung. Jochen Drenck winkte ihn zu sich heran. Pielkötter arbeitete gerne mit ihm zusammen. Er arbeitete schnell und dennoch gewissenhaft. Zudem war er mit seinem Vorgänger nicht unbedingt gut zurechtgekommen.

»Der Wagen muss von da oben gekommen sein«, erklärte Jochen Drenck und deutete zum Alsumer Berg hinauf. »Gebremst hat der quasi erst in letzter Sekunde. Also mehr oder weniger beim Zusammenstoß.«

Pielkötter ließ sich zu einem »seltsam« hinreißen.

»Ganz meine Meinung«, stimmte Drenck ihm zu. »Was mir aber noch viel merkwürdiger erscheint, ist, was der auf dieser Spur zu suchen hatte. Zumal die Straße hier doch dreispurig ausgebaut ist. Wahrscheinlich wegen der vielen Lastkraftwagen. Wenn die alltags hier den Berg hochschleichen, kann man die gut überholen.«

Aufgeregt fuchtelte Drenck mit seiner Rechten in der Luft herum, wobei er mit der Bewegung die ganze Straßenbreite abdeckte.

»Natürlich passiert es schon mal, dass ein Fahrer etwas auf die falsche Seite gerät, aber doch nicht über zwei Spuren hinweg.«

Pielkötter hätte gerne etwas erwidert, aber in seinem Eifer ließ ihn der entrüstete Drenck nicht zu Wort kommen.

»Hier geht es ja nicht um einen kurzen, kleinen Fahrbahnwechsel, der Wagen muss über die mittlere Spur nach links gezogen sein. Mir leuchtet wirklich nicht ein, was den Fahrer geritten hat.«

»Vielleicht hat er völlig die Kontrolle über den Wagen verloren«, kam Pielkötter endlich zum Zug. »Trotzdem seltsam, da stimme ich Ihnen zu.«

»Haben Sie sonst noch etwas herausgefunden?«

»Lackspuren am Fahrradlenker. In schwarz. Fabrikat des Wagens kann ich ihnen allerdings noch nicht liefern. Na ja, die Kollegen im Labor möchten auch nicht arbeitslos werden. Das Ergebnis kriegen Sie so bald wie möglich.«

Bei dem Wort »kriegen« stellten sich Pielkötters Nackenhaare automatisch auf. Ein Wort, das ihm selbst noch nie über die Lippen gekommen war.

»Immerhin ein passabler Anfang«, erwiderte Pielkötter dennoch wohlwollend. »Dann können die Kollegen auf Streife ja schon einmal nach einem schwarzen beschädigten Fahrzeug Ausschau halten.«

»Ehe ich es vergesse, Glassplitter haben wir auch noch sichergestellt. Wahrscheinlich stammen die vom Scheinwerfer. Den vollständigen Bericht bekommen Sie Anfang der Woche.«

Diesmal hat er »bekommen« gesagt, dachte Pielkötter. Warum nicht immer so?

»Wollen Sie noch einen Blick auf den Toten werfen?«, fragte Ernst August Kowalski von der Rechtsmedizin, der sich gerade anschickte, den Reißverschluss des Leichensacks zuzuziehen.

»Kann nicht schaden«, antwortete Pielkötter. »Zumindest ihm nicht.«

»Dem Opfer hat man auch genug Schaden zugefügt. Aber sehen Sie selbst.«

Der Anblick des Gesichts ohne einen Quadratmillimeter intakter Haut war nicht unbedingt nach Pielkötters Geschmack. In der Mitte hing etwas zur Seite, was wohl einmal eine Nase gewesen war.

»Schön bunt, was?«

»Leichenblässe würde dem wohl besser stehen.«

»Dafür haben wir den Toten extrem früh gefunden. Nach der Temperatur zu urteilen war der erst circa eine knappe halbe Stunde tot. Genaueres ...«

»Ja, ja, ich weiß«, stoppte ihn Pielkötter, »kriege ich später.«

Was war nur mit ihm los? Jetzt gebrauchte er auch schon dieses in seinen Ohren schrecklich klingende Wort und fiel dem Rechtsmediziner in die Parade. Der konnte immerhin nichts dafür, dass er Barnowski jetzt nur ungern allein ließ. Auch nicht dafür, dass er noch lieber mit Karl-Heinz Tiefenbach zusammenarbeitete.

»Das war's dann fürs Erste«, erklärte Kowalski mit versteinerter Miene.

Pielkötter konnte seine Reaktion gut verstehen. »Der Anblick eines zerschmetterten Gesichts am frühen Morgen hebt nicht gerade die Laune«, erwiderte er und hoffte, es würde wie eine Art Entschuldigung klingen.

»Dafür gehen Sie in der nächsten Woche in Urlaub.«

Erleichtert stellte Pielkötter fest, dass Kowalskis Stimme wieder versöhnlicher klang. »Hat sich das schon herumgesprochen?«, fragte er.

»Bevor Sie nicht mehr im Präsidium sind, kann ich Ihnen noch etwas verraten«, erklärte der Rechtsmediziner, ohne auf die Frage einzugehen. »Die Art der Verletzungen gefällt mir nicht.«

Wem gefällt die schon, dachte Pielkötter unwillkürlich, aber dann ließ ihn etwas in Kowalskis Stimme hellhörig werden.

»Wie meinen Sie das?«, fragte er neugierig, während Barnowski plötzlich hinter dem Rechtsmediziner auftauchte.

»Also, das Opfer war für meine Begriffe zu ramponiert, wenn ich das einmal ganz salopp ausdrücken darf. Zumindest für einen Unfall. Weiter möchte ich mich dazu an dieser Stelle aber nicht äußern.«

Gleich zwei Ungereimtheiten auf einmal, überlegte Pielkötter.

»Wollen Sie den Toten auch noch mal sehen?«, fragte Kowalski nun Barnowski.

»Werfe lieber einen Blick auf den Bericht«, antwortete dieser.

Missbilligend sah Pielkötter zu seinem Untergebenen hinüber. Mit einem Bericht war es seiner Meinung nach nicht getan. Deshalb hatte er soeben beschlossen, in diesem Fall eine Obduktion beim Staatsanwalt zu beantragen.

»Der Pförtner von Tor 7 hat übrigens nichts Verdächtiges bemerkt«, erklärte Barnowski ungerührt. »Und die Belegschaft wird eben zusammengetrommelt, soweit das möglich ist. In einer halben Stunde kann ich mit der Befragung beginnen.«

Am liebsten hätte Pielkötter das selbst in die Hand genommen, aber unter den gegebenen Umständen ließ er Barnowski am besten gewähren. Während der Tote abtransportiert wurde, näherte sich Peter Nöhlen, der vorhin abseits gestanden hatte, um seine Übelkeit zu bekämpfen.

»Kann ich endlich abhauen?«, fragte er sichtlich erschöpft. »Hab doch wirklich schon alles gesacht.«

»Nennen Sie mir nur noch einmal die Uhrzeit, zu der Sie den Unfall bemerkt haben«, antwortete Pielkötter. »Dann sind Sie entlassen, und wir sehen uns morgen auf dem Präsidium.«

»Präsidium?« Peter Nöhlen wirkte so entsetzt, als hätte Pielkötter vom Leichenschauhaus gesprochen.

»Sie müssen Ihre Aussage noch unterschreiben.«

»Ach so«, erwiderte der Zeuge sichtlich erleichtert. »Ich dacht schon, ich gehör auch zu die Verdächtigen.«

»Leute mit rotem Mazda haben wir nie unter Verdacht.« Barnowski grinste.

Peter Nöhlens Miene wirkte nicht gerade intelligent. Auch in Pielkötters Gesicht standen mehrere Fragezeichen. Hatte Barnowski das mit den schwarzen Lackspuren schon mitbekommen oder war das wieder einmal einer seiner Scherze, die Pielkötter alles andere als witzig fand.

»Dann bis morgen. Ach ja, die Uhrzeit. Also, et war so kurz vor acht. Dat hat wohl aber noch ein bißken gedauert, bis ich angerufen hab. Musst mich wirklich ers ma sammeln.«

»Wie der geguckt hat«, sagte Barnowski, nachdem sich der Zeuge entfernt hatte. »Aber wenn der jetzt einen schwarzen Wagen gefahren hätte, würde der noch älter aussehen.«

»Das ist Ihnen also schon bekannt. Wissen Sie auch, dass der Wagen von oben kam?«, fragte Pielkötter.

»Drenck hat mich aufgeklärt.«

»Und, was sagen Sie dazu?«

»Schon merkwürdig«, erklärte er, obwohl etwas ganz anderes auf seiner Zunge zu liegen schien.

Wahrscheinlich eine Provokation, vermutete Pielkötter. Vielleicht hatte Barnowski auch nur sein Motto beherzigt, keine voreiligen Schlüsse zu ziehen. Oder er hatte einfach Angst, ihn so kurz vor dem Urlaub noch zu ärgern.

»Der Fahrer könnte die Überholspur genutzt haben und dann von der Fahrbahn abgekommen sein«, unterbrach Barnowski plötzlich seine Überlegungen. »Oder er ist von ganz rechts über zwei Spuren nach links ausgeschert. Sicher war der total besoffen.«

Damit war er doch wieder in die Falle getappt.

»Sicher ist überhaupt nichts, wie oft soll ich Ihnen das noch sagen«, reagierte Pielkötter ärgerlich. »Jedenfalls nicht in diesem frühen Stadium der Ermittlungen. Zudem hätte er nicht einmal überholen dürfen. Er kam ja von oben, die zweite Spur ist aber für den aufwärts fahrenden Verkehr. Obendrein gibt es Sonntag morgens hier kaum jemanden zum Überholen. Gucken Sie doch nur mal, wie wenig Fahrzeuge jetzt hier unterwegs sind. Und als der Unfall passiert ist, gab es hier sicherlich noch weniger Verkehr.«

»Wie würden Sie dieses seltsame Fahrverhalten bitte schön erklären?«

»Es könnte genauso gut Absicht gewesen sein«, erwiderte Pielkötter unwillkürlich. Bisher hatte er allerdings noch nicht darüber nachgedacht.

»Etwa aus reiner Lust jemanden umnieten?«, fragte Barnowski ungläubig.

»Lesen Sie doch mal die Tageszeitung. Wäre nicht die erste Tat, die aus purer Lust und Laune heraus begangen wurde.«

»Auszuschließen ist das natürlich nicht«, lenkte Barnowski ein.

Aha, dachte Pielkötter, der Bursche weiß also doch, dass er bei einer weiteren Eskalation nur verlieren kann. Die Chance, den flüchtigen Fahrer ohne meine Hilfe dingfest zu machen, will er sich unter keinen Umständen entgehen lassen.

»Genug der leidigen Diskussion«, erklärte er laut. »Sammeln wir erst einmal die Fakten. Sie übernehmen die Befragung bei ThyssenKrupp, und ich kümmere mich um die Angehörigen.«

3

Mit einem mulmigen Gefühl irgendwo oberhalb des Zwerchfells stieg Pielkötter aus dem Dienstwagen. Das Seniorenwohnheim Malteserstift Sankt Hedwig in Huckingen lag schräg gegenüber auf der anderen Straßenseite. Auf den ersten Blick wirkte die Anlage sehr gepflegt. Eilig lief Pielkötter durch den schön gestalteten Vorgarten. Er wollte die Sache so schnell wie möglich hinter sich bringen. Menschen über den Tod eines Angehörigen zu informieren, zählte für Hauptkommissar Pielkötter wie wohl für alle Polizeibeamten zu den schwierigsten Aufgaben, die dieser Beruf mit sich brachte, ganz besonders, wenn es sich um den Tod eines Kindes handelte. Gut, in diesem Fall war der Tote kaum jünger als er selbst, aber an dem Verwandtschaftsverhältnis änderte das herzlich wenig. Diese Konstellation war einfach nicht natürlich.

Nachdenklich schweifte sein Blick zu den großen Fenstern an der Vorderfront, dann betrat er die Eingangshalle. Die hübsche Dekoration und die hell gestrichenen Wände verstärkten den anfänglich positiven Eindruck der Anlage noch. Allerdings nahm Pielkötter dies nur am Rande zur Kenntnis. Die Dame am Empfang zuckte kaum merklich zusammen, als er seinen Dienstausweis zeigte.

»Ich möchte zu Frau Heitkämper«, erklärte Pielkötter, wobei er versuchte, möglichst dienstlich zu klingen. »Ihr Sohn hatte leider einen tödlichen Unfall.«

»Oh, wie schrecklich«, erwiderte die Dame, die ein kleines Schildchen als Frau Hartmann auswies.

»Ist Frau Heitkämper wohl in der Lage, diese Nachricht zu verstehen?«

»Durchaus. Sie ist völlig orientiert, falls Sie das meinen. Ob jedoch besser eine Schwester mit Ihnen gehen soll, kann ich schlecht beurteilen. Warten Sie, ich bringe Sie gleich zur Station.«

Nachdem Frau Hartmann Pielkötter mit einem kleinen Anruf angekündigt hatte, fuhren sie zusammen mit dem Aufzug nach oben. Wenig später nahm eine Schwester Ursula sie in Empfang.

»Ich glaube, Sie sprechen besser alleine mit Frau Heitkämper«, erklärte sie mit fester Stimme. »Die alte Dame legt größten Wert darauf, ein weitgehend selbstbestimmtes Leben zu führen. Natürlich können Sie mich jederzeit zu Hilfe rufen. Sofern nichts dazwischenkommt, finden Sie mich drei Türen weiter im Dienstzimmer.«

Pielkötter bedankte sich und klopfte an die Tür, die Schwester Ursula ihm gezeigt hatte.

»Ja bitte«, ertönte es von innen.

Während sich das mulmige Gefühl endgültig zwischen Magen und Zwerchfell festsetzte, trat Pielkötter ein. Obwohl es ihm nebensächlich, wenn nicht gar unpassend erschien, taxierte er die geschmackvollen, wenn auch schon älteren Möbel. Offensichtlich

Relikte aus der letzten eigenen Wohnung. Die alte Dame saß in einem Lehnstuhl. Neben ihr lag ein Buch, das sie wahrscheinlich gerade eben aus der Hand gelegt hatte. Erwartungsvoll richtete sich ihr wacher Blick zur Tür.

»Frau Heitkämper, ich bin Kriminalhauptkommissar Pielkötter«, erklärte er mit belegter Stimme. »Leider muss ich Ihnen eine traurige Mitteilung machen.« Er stockte. »Also, Ihr Sohn hatte einen Unfall.«

»Heribert ist tot.« Ihre Worte hörten sich eher an wie eine Feststellung und nicht wie eine Frage.

»Ja«, erwiderte Pielkötter gepresst. Lieber hätte er Karl-Heinz Tiefenbach drei Tage lang beim Sezieren assistiert, als ihr zustimmen zu müssen.

»Mein Sohn war mit dem Fahrrad unterwegs, nicht wahr?«

Pielkötter nickte betroffen.

»Heribert fuhr kaum mit dem Auto«, erklärte sie mit erstaunlich fester Stimme. »Nur wenn es sich nicht vermeiden ließ. Zur Arbeit beispielsweise. Als ich noch zu Hause lebte, hat er mich gelegentlich zum Arzt gebracht. In seiner Freizeit war er allerdings immer mit dem Rad unterwegs.«

»Das ist natürlich viel gefährlicher«, wandte Pielkötter ein, nur um etwas zu sagen. Irgendwie erwartete er, dass die bewundernswerte Haltung dieser zierlichen alten Frau jeden Moment zusammenbrechen würde.

»Sie wundern sich sicher über meine Ruhe«, sagte Frau Heitkämper, als hätte sie seine Gedanken genau erraten. »Vielleicht verkürzt dieser Unfall nur die Zeit, die mich von Heribert trennt.«

Pielkötter runzelte die Stirn.

»Wissen Sie, ich habe nicht mehr lange zu leben. Ein paar Monate, ein halbes Jahr, wenn es hochkommt. Ein Tumor. Deshalb werde ich meinem Sohn nur zu bald folgen. Dann sind wir wieder vereint. Ich glaube nämlich an ein Leben nach dem Tod.« Trotzdem rannen jetzt stumme Tränen über ihre eingefallenen Wangen.

»Für Menschen mit Glauben ist der Tod einfacher«, erklärte sie, nachdem sie eine Weile geschwiegen hatten.

Pielkötter nickte. »Haben Sie noch weitere Verwandte?«, wagte er nun, ihr einige Informationen zu entlocken.

»Ich habe noch einen Sohn. Aber Horst und Heribert pflegten kaum Kontakt. Eigentlich haben sie sich nur immer bei mir getroffen.«

»Hatten sie denn Streit?«

»Nein, nein, sie waren einfach zu verschieden. Konnten nichts miteinander anfangen. Das war schon in ihrer Kindheit so. Dabei lagen sie nur drei Jahre auseinander. Heribert war der Ältere und kam ganz nach meinem seligen Mann. Bei dem musste auch immer alles nach demselben Muster ablaufen. Horst ist das genaue Gegenteil. Der macht alles spontan.«

»Frau Heitkämper, ich muss Sie das jetzt fragen«, erklärte Pielkötter mit ernster Miene. »Hatte Ihr Sohn irgendwelche Feinde? Leute, die nicht gut auf ihn zu sprechen waren?«

Heftig schüttelte Frau Heitkämper den Kopf mit dem noch recht vollen grauen Haar.

»Heribert konnte keiner Fliege etwas zuleide tun«, antwortete sie. »Aber gehen Sie denn nicht von einem Unfall aus?«

»Doch, doch«, beschwichtigte Pielkötter schnell, »aber wir müssen uns natürlich absichern. Wer hätte außerdem wissen können, dass Ihr Sohn zu dieser frühen Stunde auf dieser Straße mit dem Fahrrad fuhr?«

»Alle, die ihn kannten«, erwiderte die alte Frau.

Pielkötter stutzte kurz. Automatisch versuchte er die Tragweite ihrer Aussage auszuloten, war sich aber nicht sicher, ob der Information wirklich eine große Bedeutung zukam.

»Heribert fuhr immer dieselbe Route, immer zur genau festgelegten Zeit. Jedenfalls für einen bestimmten Wochentag. Was glauben Sie, wie oft ich mich darüber aufgeregt habe? Manchmal kommt doch einfach etwas dazwischen, aber das konnte er nicht verstehen.« Erneut füllten sich ihre Augen mit Tränen.

»Denken Sie an Ihre gemeinsame Zukunft«, versuchte Pielkötter sie zu trösten, während er selbst in Gedanken bei dem bevorstehenden Urlaub war, den er plötzlich lieber verschoben hätte. Aber damit würde er bei Marianne wohl auf wenig Verständnis stoßen.

Zudem fühlte er sich urlaubsreif. In den letzten Wochen hatte er sehr schlecht geschlafen, und gelegentlich war sein Puls so hoch, dass er sogar einen Arztbesuch in Erwägung gezogen, ihn aber immer wieder verschoben hatte. Nun, der lief ihm nicht weg und war nach dem Urlaub sicher überflüssig.

»Hatte Ihr Sohn Freunde, Bekannte?«, konzentrierte sich Pielkötter wieder auf die Befragung von Heitkämpers Mutter.

»Eigentlich hat er nur für seine Arbeit gelebt«, antwortete sie mit einem lauten Seufzen. »Und natürlich für seine Touren mit dem Rad. Manchmal hat er Schach gespielt. Mit einem ehemaligen Schulkameraden, aber an den Namen erinnere ich mich nicht.«

»Wo hat Ihr Sohn denn gearbeitet?«

»Er war Buchhalter. Den Namen der Firma habe ich allerdings vergessen. Mit Namen habe ich jetzt immer Schwierigkeiten. Das Alter, Sie verstehen.«

Pielkötter nickte. »Sicher ist das alles etwas viel für Sie«, sagte Pielkötter. »Für weitere Fragen komme ich besser ein anderes Mal wieder. Noch einmal herzliches Beileid.«

Missmutig fasste er sich an den nicht vorhandenen Bart. Warum musste ihm der Abschied wieder so schwer fallen, nachdem das Gespräch weitaus besser verlaufen war, als er erwartet hatte?

»Soll ich die Schwester bitten, nach Ihnen zu sehen?«, fragte er, froh noch irgendetwas für Frau Heitkämper tun zu können.

»Nicht nötig«, erwiderte die alte Dame, während sie versuchte, erneute Tränen in ihren Augen zu verbergen.

»Verflixter Mist«, murmelte Pielkötter, nachdem er Schwester Ursula doch Bescheid gesagt hatte und zu seinem Wagen eilte.

4

Hauptkommissar Pielkötter sah aus, als ob er die ganze letzte Nacht durchgefeiert hätte. Leider konnte davon keine Rede sein. Zwar hatte er nicht gerade viel Schlaf bekommen, allerdings aus einem ganz anderen Grund. Immer wieder war ihm dieser Unfall durch den Kopf gegangen, bei dem es für seinen Geschmack zu viele Ungereimtheiten auf einmal gab. Ausgerechnet vor seinem Urlaub. Zu allem Übel versprach der heutige Dienst nicht gerade ruhig zu verlaufen. Dabei hätte er sich am liebsten mit einer Handvoll Kopfschmerztabletten ins Bett gelegt. Während er gerade seine dritte Tasse Kaffee trank, schneite Kommissar Bernhard Barnowski in sein Büro. Wie immer ohne anzuklopfen.

»Sie wollten mich sprechen«, kam Barnowski ohne Umschweife zur Sache. »Was Neues im Fall Heitkämper?«

»Heute Nachmittag treffe ich mich mit Tiefenbach«, erklärte Pielkötter. »Die Rechtsmedizin ist bereit, in puncto Schnelligkeit alle Rekorde zu brechen.«

»Wollen Sie sich das wirklich vor dem Urlaub noch antun? Oder packt Ihre Frau die Koffer allein?«

Pielkötter überhörte die Fragen, zumindest ging er nicht darauf ein.

»Ich könnte den Termin mit Tiefenbach doch für Sie übernehmen«, bohrte Barnowski noch einmal nach.

Ärgerlich sah Pielkötter von seinen Unterlagen hoch. Diplomatie zählte nicht gerade zu seinen Stärken. »Nein, das mache ich allein«, erwiderte er unwillig.

Ein zaghaftes Klopfen beendete vorerst das Thema.

»Herein!«

Pielkötters Aufforderung klang nicht gerade einladend, dennoch öffnete sich die Tür.

»Guten Morgen, Herr Nöhlen«, begrüßte er den Eintretenden etwas freundlicher.

»Tach auch, ich muss doch meine Aussage noch unterschreiben.«

»Jetzt erzählen Sie mir noch einmal, was Sie gehört und gesehen haben«, sagte Pielkötter. »Für alles Weitere gehen Sie dann in den Nebenraum.«

»Was haben Sie eigentlich zu dieser Stunde auf dieser abgelegenen Straße gemacht?«, fragte Barnowski unwirsch und fing sich einen missbilligenden Blick seines Vorgesetzten ein.

»Also, ich hab die Nacht bei meiner Freundin verbracht. Wollen Se Namen und Adresse von der?«

»Die Daten können Sie gleich im Nebenraum angeben«, erklärte Pielkötter betont sachlich.

»Also die Petra malocht inne Bäckerei. Die verkaufen auch sonntags Brötchen. Deshalb sind wir früh raus. Also die Petra war schon weg, und ich aum Weg nach meine Hütte. Wir wohnen nämlich noch nich zusammen. Haben uns ja ers vor Kurzem kennengelernt. Im Internet.«

Barnowski verzog das Gesicht, blieb aber stumm.

»So früh zusammenziehen? Aber dat gehört hier wohl nich hin.« Offensichtlich hatte Peter Nöhlen Barnowskis Miene richtig gedeutet.

»Wie gesacht, ich aum Weg nach Hause. Denk noch so schön an die vergangene Nacht ...«

Jetzt war es Pielkötters Miene, die sich verfinsterte.

»Und da seh ich plötzlich den Typ und dat Rad am Straßenrand. Wie der da lag mit son komisch abgewinkeltes Bein, hab ich sofort nix Gutes geahnt. Ein paar Meter vor dem hab ich dann angehalten. Als ich ausgestiegen bin und den sein Gesicht gesehen hab, war alles zu spät. Da musst ich ers ma ... aber dat gehört wohl auch nich hierhin.«

»Und die genaue Uhrzeit?«, fragte Barnowski.

»Auf die Uhr hab ich ers später geguckt. Um acht rum ist mir eingefallen, dat dat inne Krimis immer ganz wichtig is. Auf die Minute genau kann ich dat natürlich nich sagen. Die Uhr geht nämlich nich genau. Sieht zwar aus wie ne Rollex, is aber keine. Die hat mir die Corinna, dat is meine Ex, aus Thailand mitgebracht. Ich weiß, dat dat verboten is, aber Sie tun die doch nich verraten. Sie sind doch vonne Unfallkommission, oder?«

»Wir verraten nichts«, erwiderte Pielkötter zu Barnowskis Erstauen in väterlichem Ton. »Und nachdem Sie auf die Uhr gesehen haben, haben Sie sofort die Polizei verständigt.«

»Ers war mir wieder übel.«

»Haben Sie sonst noch etwas gesehen oder gehört? Irgendwelche Fahrzeuge? Vielleicht Arbeiter auf dem Werksgelände?«

»Überhaupt nix. Weit und breit kein Mensch, nur dieser Tote und ich. En richtiger Albtraum.«

»Dann danke ich Ihnen für Ihre Aussage«, beendete Pielkötter plötzlich die Vernehmung. »Das Protokoll unterschreiben Sie bitte gleich nebenan.«

»Gut, dat den sein Bruder nich auch noch wat auszusagen hat«, witzelte Barnowski.

Pielkötter war an diesem Morgen allerdings kaum zum Scherzen aufgelegt. Zudem mochte er nicht, wenn sich Barnowski über andere lustig machte.

»Was ist denn bei der Befragung der Belegschaft von Thyssen-Krupp herausgekommen?«

»Nichts, rein gar nichts«, antwortete Barnowski resigniert. »Da hat niemand auch nur die kleinste Kleinigkeit gesehen.«

»Dann müssen wir uns eben an die Fakten halten. Die Spurensicherung hat eindeutig ergeben, dass Heitkämper von einem Wagen angefahren wurde. Genauer gesagt von einem schwarzen Wagen. Die Fahndung nach einem schwarzen Unfallwagen ist auch schon raus.«

»Welche Marke?«

»Die genaue Untersuchung steht noch aus«, erklärte Pielkötter. »Kann nicht schaden, dem Labor etwas Dampf zu machen, damit wir die Fahrer der infrage kommenden Autos überprüfen können.«

»Aber dazu haben wir weder die Zeit noch das Personal«, wandte Barnowski ein.

Pielkötter runzelte die Stirn, ein sicheres Zeichen dafür, dass er nicht in der Stimmung war, die kleinste Nachlässigkeit durchgehen zu lassen.

»Worauf haben Sie sich versteift?«, rutschte es Barnowski heraus.

Für einen kurzen Moment sah es für Pielkötter so aus, als ob sein Untergebener schnell den Rückzug antreten wollte, aber dann legte er noch einmal nach.

»Nur keine voreiligen Schlussfolgerungen. Das ist doch immer Ihre Devise.«

»Und dieser Devise bleibe ich treu«, entgegnete Pielkötter ärgerlich. »Auch in dieser Sache ermittle ich in alle Richtungen.«

»Für mich jedenfalls gibt es weitaus interessantere Fälle als Fahrerflucht. Davon, dass wir den Fahrer des schwarzen Wagens finden, wird der Heitkämper auch nicht wieder lebendig.«

Mit hochrotem Kopf hatte Pielkötter zugehört. Zu gerne hätte er Barnowski jetzt die Leviten gelesen, aber das ließ sein körperlicher Zustand im Moment leider nicht zu. Sein Puls raste, und das Herz schlug wie wild. Er musste sich wohl oder übel beherrschen, wenn er diesen beängstigenden Zustand nicht noch verschlimmern wollte.

»Ich meine damit ja nur«, ruderte Barnowski mit einem besorgten Blick auf Pielkötter endlich zurück, »der Fahrer steht jetzt doch sicher unter Schock. Unter einem heilsamen Schock.«

»Ein Polizist darf aber so nicht denken«, entgegnete Pielkötter mühsam beherrscht.

»Ich habe den Beruf in erster Linie ergriffen, weil ich Kriminalität verhindern will«, erklärte Barnowski. »Wie bei unserem Fall, als einer schon ein paar Frauen umgebracht hat und sicher nicht aufgehört hätte, wenn wir ihn nicht erwischt hätten. Natürlich müssen wir auch dafür sorgen, dass die Täter eine gerechte Strafe erhalten. Aber in diesem Fall ist der Fahrer des Unfallwagens in gewisser Weise schon bestraft. Ich jedenfalls möchte nicht mit seiner Schuld herumlaufen. Und in Zukunft wird der sich wahrscheinlich mehr vorsehen als manch anderer Verkehrsteilnehmer.«

Pielkötter hatte nur halb zugehört und sich stattdessen auf seinen Pulsschlag konzentriert. Anscheinend hatte sich die Frequenz etwas verringert. Während sich nun seine Ellenbogen in die Schreibunterlage bohrten, stützten die aufgestellten Arme den schweren Kopf.

»Geht es Ihnen nicht gut?«, fragte Barnowski plötzlich besorgt.

»Doch, doch!«

»Ich meine ja nur, dass wir nicht für jeden Unfall einen enormen Aufwand betreiben können. Jedenfalls hält diese Belastung auf Dauer keiner durch.« Dabei sah Barnowski seinen Chef prüfend an.

Mist, dachte Pielkötter, mein körperlicher Zustand gibt dem Bengel auch noch Recht.

»Ich hol uns jetzt erst einmal einen Kaffee«, erklärte Barnowski. »Oder wollen Sie lieber Wasser?«

»Kaffee ist gut.«

Nachdem Barnowski den Raum verlassen hatte, genoss Pielkötter die Ruhe in seinem Büro. Er war froh, für eine Weile allein zu sein. Seltsam. Was war nur mit ihm los? Früher hatte er den beruflichen Stress doch auch besser weggesteckt.

Zum Glück hatten sich Herzschlag und Puls wieder etwas normalisiert. Aber ob Kaffee jetzt schon das Richtige war? Notfalls würde er ihn einfach stehen lassen.

Nach einer Weile kehrte Barnowski mit einem kleinen Tablett und zwei Tassen Kaffee aus dem neuen Automaten zurück. »Bin leider Olschewski in die Arme gelaufen«, erklärte er. »Deshalb hat es etwas länger gedauert.«

»Schon gut«, erwiderte Pielkötter, der sich inzwischen weiter erholt hatte. »Kommen wir wieder auf den Unfall Heitkämper zurück. Der hat für mich eine gewisse Priorität. Und ich möchte, dass Sie das während meiner Abwesenheit berücksichtigen.«

Unwillkürlich verdrehte Barnowski die Augen.

»Die Lackspuren führen uns zu dem Fahrzeugtyp«, fuhr Pielkötter in gereiztem Tonfall fort. »Bis wir die genaue Analyse haben, könnten wir uns in Heitkämpers Nachbarschaft und an seinem Arbeitsplatz umhören.« Pielkötter lehnte seinen Oberkörper halb über den Schreibtisch. »Natürlich wird auch Heitkämpers einziger Bruder so schnell wie möglich vernommen.«

»Übrigens hat der heute Morgen hier angerufen«, erklärte Barnowski. »Wollte Näheres über den Tod seines Bruders wissen. Seine Mutter hat ihn wohl informiert. Bis Donnerstag ist er allerdings auf Geschäftsreise. Danach sollen wir zu ihm kommen. Der hat vielleicht Nerven. Meint, wegen der Obduktion würde das mit der Beerdigung sowieso noch dauern.«

Und mir gehen die Nerven langsam hops, dachte Pielkötter.

5

»Eh! Langen!«, rief plötzlich ein herbeieilender Passant Pielkötters Nebenmann an der Fußgängerampel zu.

»Und?«, fragte der Angesprochene, während der Rufer näherkam.

»Un selbs?«

»Et muss.«

»Ja, et muss. Sach ich auch immer. Dann allet Gute und grüß mir die Gundi.«

Schwungvoll holte der Mann mit dem rechten Arm aus, tippte mit zwei Fingern an seine schwarze Schirmmütze und wandte sich ab.

»Und du die Lisbeth«, schrie der andere Passant dem Forteilenden hinterher.

Therapie in Kurzversion, interpretierte Pielkötter den kleinen Dialog und überquerte kopfschüttelnd den Zebrastreifen zur Königstraße.

Schon von weitem erkannte er Karl-Heinz Tiefenbach. Der Rechtsmediziner stand vor dem kreisrunden Brunnen, in dessen Mitte sich eine riesige Kunstfigur drehte. Angewidert verzog Tiefenbach plötzlich das Gesicht. Eine Windböe hatte eine Unmenge kleinster Tropfen gegen seinen Kopf geblasen. Bisher war Pielkötter noch nie aufgefallen, dass Wasser aus Kopf und Armen der Figur spritzte.

»Jetzt weiß ich endlich, warum ich dieses bunte Monstrum noch nie leiden konnte«, schimpfte Tiefenbach, als Pielkötter ihn erreicht hatte. »Hoffentlich ist das Wasser wenigstens gechlort. Sonst lieg ich nachher auf meinem eigenen Tisch. Auch wenn das Ding sich »Lifesaver Brunnen« nennt.«

»So schlimm wird es schon nicht sein«, lachte Pielkötter zum ersten Mal seit geraumer Zeit. »Aber mit dem Monstrum haben Sie wirklich Recht. Zumindest passt das Kunstwerk nicht hierher.«

»Ich hab ja nichts gegen Niki de Saint Phalle«, erklärte Tiefenbach. »Den Strawinski Brunnen vor dem Centre Pompidou in Paris find ich auch total in Ordnung. Aber hier in Duisburg?«

»Zu einer Stadt mit Zechen und Stahlindustrie passt das wirklich nicht«, stimmte Pielkötter zu. Hätte gar nicht gedacht, dass der Tiefenbach in der Kunst so bewandert ist, dachte er insgeheim.

»Tut mit übrigens leid, dass sich unser Termin nach hinten verschoben hat«, beendete der Rechtsmediziner das Thema Kunst. »Die Obduktion hat doch etwas länger gedauert. Jedenfalls können wir einen Mittagstisch in den meisten Restaurants jetzt vergessen. Ich schlage vor, wir setzen uns in dieses neue Selbstbedienungsrestaurant oben im Forum. Da gibt es noch warme Speisen, obwohl die auch ein gutes Kuchenbuffet haben.«

»Hauptsache, die servieren dazu starken Kaffee«, erwiderte Pielkötter.

»Für Köpi ist leider noch nicht die richtige Zeit«, bemerkte Tiefenbach. »Schließlich sind wir nicht in Bayern und Sie noch im Dienst.«

Nebeneinander liefen sie die Königstraße bis zum neuen Forum hoch. Wegen des schönen Wetters herrschte in der Fußgängerzone reger Betrieb.

»Wozu dient eigentlich diese riesige goldfarbene Leiter auf dem Dach?«, fragte Pielkötter, als sie den Haupteingang des Forums fast erreicht hatten. »Die führt doch nur senkrecht ins Nichts. Oder ist das jetzt auch wieder Kunst?«

»Keine Ahnung«, antwortete Tiefenbach, »aber ich würde sie *Stairway to Heaven nennen.*« Tiefenbach lachte, konnte Pielkötter jedoch nicht einmal ein Schmunzeln entlocken.

»Kultscheibe von Led Zeppelin«, brummte er stattdessen mit versteinerter Miene. »Das waren noch Zeiten.«

Schweigend fuhren sie mit dem Aufzug in die oberste Etage. Oben staunte Pielkötter nicht schlecht. Für ein Selbstbedienungsrestaurant war der Laden außergewöhnlich elegant eingerichtet. »Stylisch« würde sein Sohn Jan Hendrik wohl dazu sagen. In Rot und Weiß gestrichene Wände, überall Glasvasen, darin Äste mit Baumwollbüscheln. Schwarze Stühle mit hohen Lehnen aus Rattan oder geflochtenem Kunststoff, so genau kannte er sich darin nicht aus.

»Das nenn ich echte Kunst«, erklärte Tiefenbach und deutete auf ein Bild an der Wand, das den Rheinverlauf im Duisburger Stadtgebiet darstellte.

Schon nach einem kurzen Blick wandte er sich ab und führte Pielkötter an zwei asiatischen Köchinnen vorbei zum Kuchenbuffet.

Bei der reichhaltigen Auswahl fiel die Entscheidung schwer. Schließlich stellten sie beide Apfelkuchen Spezial mit Mandeln und Nüssen auf ihr Tablett und natürlich einen großen Kaffeepott dazu.

Nachdem sie gezahlt hatten, dirigierte Tiefenbach Pielkötter auf eine Terrasse hinaus. Die beeindruckende Aussicht auf die Königstraße hinunter bis zum hell angestrichenen Theater hatte Pielkötter gar nicht erwartet. Die geschmackvollen Sitzgruppen auf der Terrasse erinnerten ihn an Strandrestaurants. Unwillkürlich sackte seine Laune noch tiefer nach unten.

»Sie sehen wirklich nicht gerade glücklich aus«, bemerkte Tiefenbach, während sie in zwei bequemen Sesseln Platz nahmen. »Hat wohl kaum was gebracht, dass ich mich bei der Obduktion fast überschlagen habe.«

»Trotzdem danke. Für das Tempo und vor allem für dieses Treffen.«

»Na, dann bringen wir den dienstlichen Teil mal schnell hinter uns«, schlug Tiefenbach vor. »An dem Heitkämper war jedenfalls nicht mehr viel heil. Vier gebrochene Rippen, Fraktur des linken Schienbeins, das rechte angebrochen, beide Kniescheiben zertrümmert. Schädelbasisbruch, und von dem Nasenbein war auch nicht mehr viel übrig. Nicht zu vergessen der Leberriss. Dadurch ist der Mann schließlich verblutet.« Genussvoll schob er sich ein weiteres Stück Kuchen in den Mund.

»Todeszeit?«, fragte Pielkötter.

»Zwischen 7:40 und 8:20 Uhr.«

»Damit können wir die Zeit sogar noch etwas genauer einkreisen. Unser Zeuge hat den Toten nämlich um kurz vor 8 Uhr gefunden, und da war von dem Verursacher des Unfalls schon nichts mehr zu sehen.«

»Einige Verletzungen lassen darauf schließen, dass Heitkämper fast frontal angefahren wurde. Seltsamerweise passen nicht alle Verletzungen dazu.«

»Frontal ist schon seltsam genug«, erwiderte Pielkötter, »zumindest auf einer in diesem Bereich dreispurigen Straße. Um diese Zeit, ohne Verkehr.«

»Vielleicht ein Betrunkener oder Sekundenschlaf.«

»Womit Sie mit Barnowski einer Meinung wären.« Pielkötter verzog kaum merklich das Gesicht.

»Ist wohl kein Kompliment an mich«, scherzte Tiefenbach und hätte sich fast an dem letzten Bissen Apfelkuchen verschluckt. »Bei einem Unfall denkt nun mal nicht jeder normale friedliche Bürger gleich an mörderische Absicht.«

»Wir sind aber keine Normalbürger, wir sind Ermittler!«, entgegnete Pielkötter. »Und da können wir mögliche Verbrechen nun einmal nicht außer Acht lassen.«

»Zumal bei diesem Unfall wirklich einiges merkwürdig ist, um noch einmal auf Heitkämpers Verletzungen zurückzukommen.«

Unwillkürlich hielt Pielkötter die Luft an.

»Die Verletzungen deuten in gewisser Weise auf einen zweiten Unfall hin.«

»Wieso?«, fragte Pielkötter hellhörig.

»Also einiges spricht für einen eher frontalen Aufprall, weitere Verletzungen für einen anderen Winkel«, erklärte Tiefenbach. »Zudem passen die Abschürfungen im Gesicht, die gebrochene Nase, der Zustand seines Gehirns eher zu einem Satz über den Lenker. Der Leberriss, die Verletzungen der Beine deuten allerdings eher auf einen direkten Kontakt mit dem Wagen hin.«

»Könnte Heitkämper verletzt auf dem Boden gelegen haben und dort von einem zweiten Fahrzeug angefahren worden sein?«

»Unwahrscheinlich«, antwortete der Rechtsmediziner. »Angenommen, unser Kandidat hat zuerst einen Satz über den Lenker gemacht. Er bleibt also benommen und mit dem Gesicht nach unten auf dem Asphalt liegen. Dann hätte er von hinten angefahren werden müssen. Ich meine, weitere Verletzungen hätten seine Kehrseite betroffen. Nein, nein, den hat es eindeutig nur von vorne erwischt.«

Pielkötter schluckte. Also hatte er den richtigen Riecher gehabt, den Staatsanwalt wegen der Obduktion einzuschalten. Bei diesem Unfall passte so einiges nicht zusammen, und er würde alles daransetzen, den Grund dafür herauszufinden.

»Irgendwie habe ich geahnt, dass der Fall nicht so eindeutig ist«, erklärte Pielkötter. »Deshalb war mir dieses persönliche Gespräch mit Ihnen auch so wichtig. Ich meine, bevor ich den Urlaub antrete.«

Tiefenbach taxierte ihn über den Rand seiner Brille hinweg. »Und? Haben Sie sich schon entschieden?«

»Sie meinen den Urlaub zu verschieben?«, fragte Pielkötter.

»Genau«, lachte Tiefenbach. »Ich kenne Sie doch. Vor allen Dingen, weil Delegieren nicht gerade zu Ihren Stärken zählt, wenn ich das mal so offen aussprechen darf.«

In Pielkötters Miene deutete sich ein Schmunzeln an, was aber verschwand, ehe es Tiefenbach richtig wahrnehmen konnte. »Unter diesen Umständen kann ich meinen Urlaub tatsächlich nicht antreten. Barnowski hakt den Fall lieber heute als morgen ab.«

»Was wird denn Ihre Frau dazu sagen? Die wird bestimmt nicht gerade begeistert sein. Soweit ich Ihr Arbeitspensum beurteilen kann, hat sie in der letzten Zeit nicht gerade viel von Ihnen gehabt.«

»Marianne wird sicherlich sauer sein«, antwortete Pielkötter. »Zumal wir morgen unseren dreißigsten Hochzeitstag feiern. Aber aus der Feier am Meer wird wohl nichts.«

»Leider kenne ich diesen Pflichteifer, der in der Familie nicht immer auf Gegenliebe stößt, aus eigener Erfahrung.«

»Wahrscheinlich sind Sie der Einzige, der diese Entscheidung versteht.«

»Ich biete meiner Frau immer eine Entschädigung an«, offenbarte Tiefenbach. »Zeigen Sie sich kompromissbereit. Nehmen Sie auf jeden Fall an Ihrem Hochzeitstag frei.«

Pielkötter spülte einige Kuchenkrümel mit dem letzten Rest Kaffee hinunter und schüttelte den Kopf. »Morgen Vormittag möchte ich die Durchsuchung von Heitkämpers Wohnung ansetzen. Bis dahin habe ich hoffentlich den Durchsuchungsbeschluss.«

»Dann gehen Sie wenigstens anschließend nach Hause. Ihre Frau wird es Ihnen danken.«

»Wusste gar nicht, dass Sie so viel von dem Innenleben einer Frau verstehen«, erklärte Pielkötter, »zumindest nicht von lebendigen.«

»Guter Pathologenwitz«, lachte Tiefenbach. »Aber Spaß beiseite. Barnowski kann auch einmal ohne Sie auskommen. Ich weiß, Sie trauen ihm nicht allzu viel zu, doch vielleicht täuschen Sie sich. Ich erinnere mich an einen Kommilitonen, den haben wir Mister Metzger genannt. Und im Chemiepraktikum hieß der Herr Glasbruch. Wollen Sie wissen, was inzwischen aus dem geworden ist?«

Eigentlich nicht, dachte Pielkötter, aber Tiefenbach würde es ihm trotzdem verraten.

»Als ich das letzte Mal von dem hörte, hatte der eine C3-Professur an einer renommierten Universität.«

»Da muss sich Barnowski wohl noch ganz schön ins Zeug legen«, bemerkte Pielkötter ziemlich ungerührt.

6

»Chef, immer noch keine Lust auf Kofferpacken?«, witzelte Barnowski. »Oder machen Sie das so wie ich? Hab dann so viel zu tun, bis Gaby mit dem Packen fertig ist.«

»Bei uns wird überhaupt nicht gepackt«, erwiderte Pielkötter ernst. »Den Urlaub habe ich vorerst verschoben.«

Automatisch kippte Barnowski die Kinnlade nach unten.

»Die Obduktion hat neue Ungereimtheiten ergeben, so dass ich jetzt unmöglich fahren kann.«

»Ungereimtheiten?«

»Sieht aus, als sei der Heitkämper gleich zweimal angefahren worden«, antwortete Pielkötter. »Deshalb kommt auch Mord in Betracht. Denken Sie nur an den unerklärlichen Spurenwechsel.«

»Und die Ermittlungen in einem Mordfall zu leiten, trauen Sie mir nicht zu?«, fragte Barnowski sichtlich erregt.

Pielkötter schwieg einen Moment zu lang. »Immerhin sehen vier Augen mehr als zwei.« Seine Miene jedoch drückte etwas ganz anderes aus.

»Was sagt denn Ihre Frau dazu?«, fragte Barnowski aufgebracht. »Ich denke, die hat sich schon so auf den Urlaub gefreut. Gaby würde mir jedenfalls ganz schön die Hölle heiß machen.«

»Erinnern Sie mich nicht an meine Frau. Das wird ganz schön Ärger geben.«

Geschieht dir ganz recht!, las Pielkötter auf Barnowskis hochgezogener Stirn, dann rauschte sein Untergebener missmutig aus dem Raum.

7

Pielkötter seufzte. Zum Glück hatte er den Durchsuchungsbeschluss für Heitkämpers Wohnung noch rechtzeitig bekommen. Ermittlungsrichter Klaus Dieter Geistreich hatte sich wie immer etwas geziert, hatte dreimal nachgefragt, ob das bei einem Unfall unbedingt nötig sei, aber Hauptsache, er hatte an der richtigen Stelle unterschrieben. Die Ermittlungen gingen jetzt also ihren offiziellen Gang, was Pielkötter außerordentlich beruhigte. Nach dem unerfreulichen Szenario mit Marianne am gestrigen Abend lechzte er nicht gerade nach weiteren Problemen.

Neugierig schaute sich Pielkötter in Heitkämpers Wohnzimmer um. Der ganze Raum wirkte für seinen Geschmack zu steril. Abgesehen von fünf identischen Zinnkrügen auf einem Sideboard gab es keinen Nippes, kein Sofakissen, nicht eine einzige Blume. Ein Regal an der Wand war ausschließlich mit Fachbüchern bestückt. Heitkämpers Schreibtisch war bis auf einen Stehkalender, einen jungfräulichen Notizblock und einen teuren Kugelschreiber leer. Im Kalender standen keine Termine. Pielkötter zog die Schreibtischschubladen auf, fand aber nichts Interessantes.

Bevor Pielkötter sich das Schlafzimmer vornahm, wandte er sich zum Fenster. Die weißen Gardinen erinnerten ihn an Werbung für Feinwaschmittel. Seltsam für einen Junggesellen. Pielkötter schob die Gardine zur Seite und warf einen Blick hinaus. Nicht schlecht, dachte er zum ersten Mal, seit er die Wohnung betreten hatte. Der Blick über den Deich und den Rhein gefiel ihm. Ein voll beladenes Containerschiff quälte sich gerade flussaufwärts. Aber selbst diese Aussicht hatte sich Heitkämper durch die lange Gardine quasi verbaut. Komischer Kauz.

Anscheinend hatten die Nachbarn Recht, die er vor dem Betreten der Wohnung gesprochen hatte. Leider war dabei nicht viel mehr herausgekommen als diese Beschreibung. Auch wenn alle Parteien andere Worte gewählt hatten, waren sie sich in der Sache äußerst einig gewesen. Zudem hatte keiner der Nachbarn zu dem Unfallopfer näheren Kontakt unterhalten.

»Mit den Fingerabdrücken bin ich hier fertig«, erklärte Jochen Drenck von der Spurensicherung. »Viel Damenbesuch hat der jedenfalls nicht gehabt. Wie es aussieht, hat er das Schlafzimmer immer nur alleine betreten. So halb verwischte Reste sind wahrscheinlich noch von den Möbelpackern.«

Pielkötter bedankte sich.

Nachdem Drenck verschwunden war, lief er nachdenklich ins Schlafzimmer. Auch hier wirkte alles steril und geordnet. Selbst Heitkämpers Socken lagen in Reih und Glied und erinnerten Pielkötter irgendwie an Rekruten. Zudem fiel ihm wieder ein, wie treffend seine Mutter ihn beschrieben hatte. Inzwischen konnte sich Pielkötter gut vorstellen, dass Heitkämper zu einer bestimmten Zeit immer dieselbe Strecke abfuhr. War ihm diese Berechenbarkeit schließlich zum Verhängnis geworden? Oder war dieser Gedanke einfach zu abwegig?

8

Barnowski parkte den Dienstwagen unter der Rheinbrücke, der einzigen Verbindung zwischen den Stadtteilen Ruhrort und Homberg. Normalerweise kam er gerne nach Ruhrort, zumal er als Kind einige Zeit hier gelebt hatte. Heute jedoch musste Besseres passieren, um seine Laune etwas zu heben. Zweifellos hatte er sich noch nicht von Pielkötters Ankündigung erholt, seinen Urlaub einfach zu verschieben.

Nun, da sein Chef die Ermittlungen leitete, sah er nicht ein, sich bei der Arbeit zu überschlagen. Auch deshalb hatte er beschlossen, sich einen kleinen Spaziergang zu Heitkämpers Domizil zu gönnen, anstatt mit dem Dienstwagen vor die Haustür zu fahren. Zudem dachte er nicht daran, noch einen Blick in Heitkämpers Wohnung zu werfen, wenn Pielkötter ohnehin davon ausging, er selbst habe den besseren Riecher. Dabei hatte sein Chef heute Morgen bei der Durchsuchung nichts gefunden, das in irgendeiner Art auf ein Verbrechen schließen ließ. Nur um die Befragung der Nachbarn, die Pielkötter heute Morgen nicht angetroffen hatte, kam er wohl nicht herum.

Während Barnowski darüber grübelte, warum Pielkötter ihn im Büro mit dem Schreibkram zurückgelassen hatte, lief er den Weg zur Brücke hoch, die sich über den Kanal spannte, der einem kleinen Hafenbecken Zugang zum Rhein gewährte. Missmutig blickte Barnowski zu dem Vereinshaus des Ruhrorter Yacht Clubs. Dahinter erkannte er das alte Gebäude des Museums der Deutschen Binnenschifffahrt, das ehemals ein schönes Bad im Jugendstil beherbergt hatte. Ohne sich groß umzusehen wechselte Barnowski zum anderen Brückengeländer. Auf der Mühlenweide direkt am Rhein flackerten unzählige Fähnchen im Wind. Dahinter lagen die Rheinwiesen. Plötzlich hellte sich Barnowskis Miene für einen kurzen Moment auf. Unwillkürlich musste er an seine ersten sexuellen Erfahrungen mit Mädchen denken. Die hatte er am Rhein gemacht, in einer Grillhütte oben auf dem Deich, weiter flussabwärts.

Sichtlich besser gelaunt verließ Barnowski die Brücke und schlenderte die Deichstraße entlang bis vor das Haus, in dem Heitkämper im Gegensatz zu einigen anderen, die dort zur Miete wohnten, eine zweieinhalb Zimmer große Eigentumswohnung mit Balkon besessen hatte. Vier Nachbarn standen auf Barnowskis Liste. Die anderen hatte Pielkötter selbst befragt, ohne allerdings Entscheidendes erfahren zu haben.

Mehr aus einer Laune heraus beschloss Barnowski, die Parteien von oben nach unten abzuarbeiten. Zuerst klingelte er deshalb bei P. und R. Mühlbach, die jedoch immer noch nicht zu Hause waren. Bei Herrn Sturm hatte er etwas mehr Glück. Widerwillig führte der ihn in seine Wohnung, allerdings nur bis in die Diele mit hässlicher Blümchentapete.

»Also ich kann Ihnen wirklich nicht weiterhelfen«, erklärte Markus Sturm, noch ehe Barnowski eine einzige Frage gestellt hatte. Bisher hatte er sich lediglich vorgestellt und seine Dienstmarke vorgezeigt. »Zudem muss ich gleich wieder weg. Bin mit einem Geschäftspartner verabredet.«

»Aber Sie wissen schon, worum es geht?«, fragte Barnowski ärgerlich.

»Klar Mann, um den Heitkämper. So was spricht sich schnell rum. Komischer Typ. Lebte sehr zurückgezogen. Mehr kann ich dazu wirklich nicht sagen.«

Barnowski sah ihn durchdringend an. Den Blick hatte er extra mal vor dem Spiegel einstudiert.

»Nun ja, tut mir natürlich leid für den. Aber warum Sie jetzt wegen eines Unfalls so einen Wirbel machen, kann ich wirklich nicht verstehen.«

Insgeheim gab Barnowski ihm Recht.

»Wie schon gesagt, ich muss jetzt gehen«, fuhr Sturm fort. »Wenn jemand hier was weiß, dann sowieso die alte Krause von Parterre. Die macht so eine Art unbezahlte Hausmeisterin. Und die ist bestimmt froh, wenn sie jemandem was erzählen kann.«

»Okay«, erwiderte Barnowski und übergab ihm seine Karte mit der Durchwahl im Präsidium. »Falls Ihnen doch noch etwas einfallen sollte, rufen Sie mich bitte an.«

Barnowski konnte Markus Sturm förmlich aufatmen hören, als er ihm den Rücken zukehrte. In gewisser Weise konnte er den Mann sogar verstehen.

Als Barnowski wenig später bei Frau Krause im Erdgeschoss anschellte, wurde augenblicklich die Tür aufgerissen. Eine etwa siebzigjährige Frau mit silbergrauem Haar und frischer Dauerwelle lächelte ihm freundlich entgegen.

»Se wünschen?«

»Ich hätte ein paar Fragen wegen Herrn Heitkämper«, antwortete Barnowski und zückte eilig seine Dienstmarke.

»Dann ma rin inne gute Stube, junger Mann«, forderte Frau Krause ihn auf.

Offensichtlich hatte Markus Sturm die Situation richtig eingeschätzt.

Barnowski folgte ihr in ein gemütliches Wohnzimmer mit alten Möbeln und originellen Sofakissen. Wahrscheinlich hatte die alte

Dame die Kissenbezüge selbst gehäkelt, vielleicht auch gestrickt, damit kannte er sich nicht aus. Jedenfalls besaßen die Tiermotive Ohren und Rüssel, die aus dem Bezug herausragten.

»Tässken Kaffee für den jungen Herrn Polizisten?«

»Ja, gerne«, antwortete Barnowski ohne über die Konsequenzen nachzudenken.

Während Frau Krause aus dem Raum verschwand, bereute er seine Antwort. Bei älteren Leuten hatte er schon so manches erlebt. Womöglich fand sich in der Küche nicht eine einzige saubere Tasse. In dieser Beziehung war er eigen, geradezu pingelig, wie Gaby immer wieder versicherte.

Neugierig sah er sich in dem Wohnraum um, aber alles wirkte gepflegt. Selbst auf dem Fernsehgerät fand sich kaum ein Staubkörnchen. Bis Frau Krause mit einer Kaffeekanne und zwei Tassen zurückkehrte, hatte sich der Eindruck noch verstärkt.

»Wat genau wollen Sie denn wissen?«, fragte Heitkämpers Nachbarin, während sie den Kaffee einschenkte. »Zucker und Milch stehen auf dem Tisch.«

»Erzählen Sie einfach alles, was Sie von Ihrem Nachbarn wissen. Ob das wichtig ist, kann ich später sondieren.«

Die alte Dame strahlte, als hätte sie jahrelang auf eine solche Aufforderung gewartet.

»Also, ich leb ja gez ne ganze Weile hier. Eigentlich seit dat Haus gebaut worden ist, aber so einen Nachbarn wie den Heitkämper hatte ich bisher noch nich. Auch nich in den vorherigen Wohnungen. Der war vielleicht stickum. Nee, so wat von stickum, der krichte die Zähne wirklich nur für einen kurzen Gruß auseinander. Also, nich, dat der unfreundlich war. Tote soll man ja nix Schlechtes nachsagen. Kann ich bei dem auch wirklich nich, da müsst ich echt lügen. Ich glaub, der konnte keine Fliege wat zuleide tun. Nur war der eben en bisken zu stickum. Ich bin ja da eher dat krasse Gegenteil. Deshalb fiel mir dat auch besonders auf.«

»Demnach hat der mit keinem aus dem Haus Kontakt gehalten«, erkämpfte sich Barnowski das Wort.

»Kann man so sagen. Mit mir hat der noch am meisten gesprochen, weil, ich lass ja so schnell nich locker. Dat Stickume hat mich schon irgendwie gereizt, und wie gesagt, der war ja nich unfreundlich.«

»Hatte er denn andere Kontakte? Bekam der Besuch?«

»Besuch?«, fragte sie ungläubig. »Der Heitkämper?«

Frau Krause genehmigte sich drei Stückchen Würfelzucker und nahm dann einen Schluck Kaffee.

»Nee, nee, nich der Heitkämper. Ganz im Gegensatz zu die Koschinskis von nebenan, da rückt dauernd die ganze Bagage aufe Bude. Grundsätzlich hab ich ja nix dagegen, aber wat die manchmal für nen Larry machen. Besonders, wenn die son paar Püllekes Wodka inne Birne haben. Ich krich dat ja mit, wenn die hier mit ihre scheppernden Plastiktüten anrollen.«

Barnowski verdrehte die Augen. »Kommen wir auf Heitkämper zurück«, erwiderte er, als sie kurz innehielt, um neuen Kaffee einzuschenken.

»Ich muss aber noch eben sagen, dat mich dat mit dem Wodka eigentlich nicht stört. Mein seliger Mann hat in dat Zeug ja auch nicht reingespuckt.«

»Frau Krause!«

»Aber son Lärm müssen die dabei doch wirklich nicht machen, oder?«

»Ich finde, Sie sollten mir noch ein bisschen was über den Toten erzählen.«

»Ach ja, wir waren beim Besuch stehen geblieben. Krichte der eigentlich eher selten. Früher, als seine Mutter noch gut konnte, ist die ihm wohl gelegentlich auf die Bude gerückt. Ganz die besorgte Mami. Kennt man ja. Obwohl der Sohn schon mehrfach volljährig ist. Na ja, ich hab keine Kinder. Sie vielleicht? Aber Sie sind wohl noch en bisken wat zu jung.«

Wenn die so weitermacht, werde ich wohl auch nicht mehr dazu kommen, irgendwelche Kinder zu zeugen, dachte Barnowski. Wurde wirklich Zeit, der alten Dame etwas Einhalt zu gebieten.

»Ab und zu hab ich auch mal seinen Bruder gesehen«, fuhr sie fort, ehe er eine Bemerkung machen konnte. »Nehme jedenfalls an, dat dat sein Bruder war. Jedenfalls sah der ihm schon sehr ähnlich.«

»Wann war der denn zuletzt hier? Erinnern Sie sich?«

»Klar, dat war vergangene Woche«, antwortet Frau Krause, ohne groß nachdenken zu müssen. »Aber sonst war der eher selten hier. Allenfalls alle paar Monate. Und abgesehen von dem Bruder habe ich kaum jemanden für Heitkämper hier gesehen. An und an hat ihn wohl ein Mann besucht.«

»Können Sie mir etwas mehr über ihn sagen? Wissen Sie, wie er heißt? Haben Sie mal sein Auto gesehen?«

»Nein, der kam immer zu Fuß. Viel mehr kann ich Ihnen nicht sagen.«

Das sollte ihn wundern. Gerade als er nachfragen wollte, setzte sie schon wieder an.

»Außer dass er ungefähr Heitkämpers Alter hatte. Mittelgroß, nicht zu dick, nicht zu dünn. Normal eben. Die Haare, so mittelbraun. Nicht zu lang, nicht zu kurz.« Sie überlegte. »Ne, wat soll ich Ihnen noch sagen?«

»Wie lange ist der immer geblieben?«

»Ach, son paar Stündkes war der wohl immer da. Immer inne Woche. War aber alles ganz ruhig bei denen.«

»Dann danke ich Ihnen sehr für die Informationen«, erwiderte Barnowski und erhob sich eilig.

Wichtige Daten würde er der Dame nicht mehr entlocken, so viel stand fest, allenfalls die Anzahl von Koschinskis Wodkapüllekes.

»Schade, dat Sie schon gehen wollen«, entgegnete Frau Krause sichtlich enttäuscht. »Wenn Sie umfassend ermitteln wollen, müssen Sie auch wat über dat Umfeld von dem Heitkämper wissen. Und da könnt ich Ihnen ne Menge zu erzählen.«

»Das glaube ich Ihnen gern, aber ich habe noch einen anderen Termin. Wahrscheinlich muss ich sowieso noch einmal herkommen.«

Nachdem Barnowski sich verabschiedet hatte, klingelte er noch eben bei P. und R. Mühlbach an, aber die beiden waren immer noch nicht zu Hause.

9

»Unseren dreißigsten Hochzeitstag habe ich mir wirklich anders vorgestellt«, moserte Marianne. »Ein Ausflug zum Lohheider See ist wirklich kein Ersatz für den verpatzten Urlaub.«

Der gefährliche Unterton in ihrer Stimme gefiel Pielkötter nicht, und es kostete ihn einige Anstrengung, den aufkommenden Ärger zu unterdrücken. »Die Tage am Meer holen wir ja nach«, erklärte er. »Zudem hast du selbst einmal gesagt, der Blick von der Terrasse bei Renzis Wasserbahnhof erinnere dich an Urlaub.«

Sehnsüchtig schaute Pielkötter vom Parkplatz zu den gemütlichen Gartenstühlen mit Seeblick. Irgendwie verspürte er schon leichten Hunger. Am liebsten hätte er ohne Runde um den See ein Mahl genossen. Wohl auch, weil die Konversation während eines Spaziergangs nichts Gutes verhieß. Und er hätte die gemeinsam verbrachte Zeit gerne verkürzt. Trotzdem lief er den kleinen Trampelpfad von dem höher gelegenen ehemaligen Bahnhofsgebäude der alten Reichsbahn zum Uferweg hinunter. Marianne folgte ihm.

»Ich gehe wieder arbeiten«, erklärte sie ohne Vorwarnung.

»Dieses leidige Thema haben wir doch hinreichend diskutiert«, brummte Pielkötter ärgerlich.

»Diskutiert«, höhnte sie. »Davon habe ich wirklich genug. Jetzt habe ich endlich Fakten geschaffen.«

»Was für Fakten?« Pielkötters Stimme klang irritiert.

»Ab dem Ersten arbeite ich halbtags in einer Boutique auf dem Sonnenwall. Heute Morgen habe ich endlich zugesagt. Immerhin haben die schon länger auf meine Antwort gewartet.«

Für einen Moment verschlug es Pielkötter die Sprache. Das Blut pulsierte an den Schläfen, ein Gefühl von Schwindel überfiel ihn plötzlich.

»Ich weiß genau, was du jetzt sagen willst«, fuhr Marianne fort. »Natürlich habe ich das nicht gelernt. Aber meine zukünftige Chefin legt eben mehr Wert auf gute Umgangsformen.«

»Mir liegt was ganz anderes auf der Zunge. Du kannst mich doch nicht einfach vor vollendete Tatsachen stellen. Da habe ich doch wohl auch noch ein Wörtchen mitzureden.«

»Na fein, wie hier mit zweierlei Maß gemessen wird«, höhnte sie. »Hast du den Urlaub nicht auch eigenmächtig abgesagt? Ich erinnere mich an so viele Fälle, wo du für deine Arbeit etwas entschieden hast, ohne mich vorher zu fragen.«

»Immerhin verdiene ich mit meinem Beruf unseren Lebensunterhalt.«

»Dann wird es höchste Zeit, dass ich eigenes Geld verdiene, um auch etwas dazu beizutragen. Zudem finde ich deine Ansicht total antiquiert.«

»Warum musst du immer gleich unsachlich werden?«, fragte Pielkötter wütend.

»Wenn du die Wahrheit unsachlich findest, ist das nicht mein Problem«, erklärte sie und wandte den Kopf demonstrativ zur Seite.

Pielkötter schaute auf einen Steg hinunter, an dem etliche Boote mit bunten Planen vor Anker lagen. Inzwischen hatten sie den ersten der beiden kleinen Yachthäfen des Sees erreicht. Sie schwiegen sich an.

Wieder einmal mitten im Zweifrontenkrieg, dachte Pielkötter. Wie er diese Situation hasste. Der Stress auf der Arbeit reichte doch nun wirklich. Warum musste Marianne jetzt auch noch zickig werden? Fairerweise musste er allerdings zugeben, dass er ihr den Urlaub als Ausgleich für viele versäumte gemeinsame Stunden versprochen hatte. Vielleicht waren seine Ansichten sogar etwas antiquiert. Aber musste sie deshalb gleich hinter seinem Rücken eine Arbeit annehmen? Die Gedanken purzelten durcheinander, er schaffte es nicht, sie zu ordnen.

Der Schwindel in seinem Kopf verstärkte sich. Reiß dich zusammen, alter Junge, ermahnte er sich. Tage ohne Schlaf hatten ihm bisher doch auch nichts ausgemacht. Eigentlich hatte jeder neue Fall die Nächte erst einmal zum Tag gemacht. Am voranschreitenden Alter konnte es nicht liegen, zumindest hoffte er das.

Zwei Segelboote steuerten direkt auf den Yachthafen zu. Für einen kurzen Moment stellte Pielkötter sich vor, mit einem der

Boote allen Problemen davonzusegeln. Dazu jedoch besaß er einfach zu viel Pflichtgefühl. Zuerst wollte er den neuen Fall lösen. Anschließend würde er seine Ehe wieder in Ordnung bringen. Diese unausgegorene Idee mit diesem Aushilfsjob musste ihr doch noch auszutreiben sein.

Inzwischen hatten sie Büsche und Bäume hinter sich gelassen und blickten auf eine Reihe nobler, erst kürzlich errichteter Villen.

»Exklusiver Standort«, erklärte Pielkötter, um das Schweigen zu beenden und dem Gespräch eine neue Richtung zu geben.

Marianne jedoch reagierte nicht.

»Möchte nicht wissen, was die Grundstücke hier kosten«, versuchte er es erneut. »Zumal es nur wenige davon gibt. Der größte Teil des Ufers verläuft ja zum Glück nicht an der Straße.«

»Ich hab keine Lust auf diese Art Konversation«, ließ sich Marianne endlich zu einer Reaktion herab.

»Und ich will nichts mehr von dieser Arbeit hören«, brüllte Pielkötter. »Schließlich waren wir uns einig, dass du nicht arbeiten gehst.«

»Vor unserer Hochzeit«, erwiderte sie, während ihre Augen wütend blitzten. »Genau vor dreißig Jahren. Aber du lebst anscheinend sogar noch im letzten Jahrhundert.«

Gerne hätte Pielkötter etwas dagegen gehalten, aber mit einem Mal schien sein Herz sich zu überschlagen. Sein Puls raste, heftiger Schwindel erfasste ihn.

»Was hast du?«, fragte Marianne mit veränderter Miene.

Pielkötter schwieg, versuchte sich auf seine Atmung zu konzentrieren. Dabei wusste er nicht einmal, warum.

»Wie du aussiehst«, bemerkte Marianne erschrocken. »Gib mir dein Handy. Ich werde einen Notarzt rufen.«

»Keinen Notarzt«, brachte Pielkötter mühsam hervor. »Es geht gleich wieder.«

Dabei war er dessen nicht gerade sicher. Aber irgendwie musste es gehen. Er hasste körperliche Schwäche, seelische natürlich auch.

Marianne hatte inzwischen einen Arm um seine Taille gelegt. Für einen Augenblick verharrten sie in dieser Stellung. Während Pielkötter seinen Puls zu messen versuchte, eilte eine Frau mittleren Alters quer durch einen Garten geradewegs auf sie zu, trat durch das kleine Tor hinaus und überquerte den Schienenstrang, der sie vom Uferweg trennte.

»Ich habe Sie vom Fenster aus gesehen«, erklärte die Frau, als sie ein wenig atemlos vor ihnen stand. Sie zeigte auf die Villa hinter ihr. »Soll ich einen Krankenwagen rufen?«

»Nicht nötig«, wehrte Pielkötter ab, nachdem er sie eine Weile fassungslos angestarrt hatte. Pielkötter wusste nicht recht, ob ihm inzwischen der kleine Schwächeanfall mehr zu schaffen machte oder der Anblick der Frau. Inken!, war es wie ein kleiner Blitzschlag durch seinen Kopf geschossen, noch ehe die Frau zum Sprechen angesetzt hatte. Konnte sie wirklich Inken sein? Wie war Inken hierhergekommen? Und warum erkannte sie ihn nicht? Fast hätte er über seine törichte Frage gelächelt. Schließlich hatten sie sich seit über dreißig Jahren nicht mehr gesehen. Wie sehr hatte er sich in dieser Zeit doch verändert!

»Geht es Ihnen wieder etwas besser?«, fragte Inken.

Oder ähnelte die Frau einfach nur seiner alten Jugendliebe? Immerhin wusste er nicht, wie Inken heute aussah. Sicher hatte auch sie sich verändert.

»Meine Frau kann den Wagen holen«, brachte er schließlich hervor. »Ich muss es nur bis zur Straße schaffen.«

Pielkötters Blick wanderte automatisch an der Reihe Villen entlang, deren Grundstücke einen direkten Zugang zur Straße versperrten. Die Frau beobachtete ihn. Skeptisch starrte sie ihn plötzlich an. Sympathie und Anteilnahme schienen urplötzlich aus ihrer Miene verschwunden zu sein.

»Wo haben Sie Ihren Wagen denn abgestellt?«, fragte sie zögernd.

»Auf dem Parkplatz bei Renzis Wasserbahnhof.«

»Dann kommen Sie doch wohl am besten mit ins Haus«, erklärte die Frau unglücklich. »Die nächste öffentliche Passage zur Straße ist viel zu weit.« Dabei klang ihre Stimme, als hätte sie sich nur ungern zu diesem Entschluss durchgerungen.

»Wir nehmen dich in die Mitte«, bestimmte Marianne.

Pielkötter jedoch winkte ab. Inzwischen traute er sich zu, allein zu gehen. Alles andere wäre ihm auch ungeheuer peinlich gewesen, besonders vor Inken oder dieser Frau mit Inkens meergrünen Augen und dem rotblonden Haar. Er würde sehen, wie sie auf seinen Namen reagierte.

»Hauptkommissar Pielkötter«, stellte er sich vor, wobei er sie genau beobachtete.

Für einen kurzen Moment wirkte ihre Miene irritiert, blitzte Erstaunen in ihren Augen auf. Anschließend versteckte sie sich schnell wieder hinter einer neutralen Maske. Was hatte das zu bedeuten? Wollte Inken ihn nicht wiedererkennen? Wegen Marianne vielleicht? Oder eines Mannes, der sie auf dem Grundstück zurückerwartete? Oder hatte er sich einfach nur getäuscht?

Nachdenklich schlich Pielkötter die kleine Anhöhe zu der Villa hoch, flankiert von Marianne und der Frau. Bevor sie den Schienenstrang überquerten, entdeckte er das Schild, das ein Betreten der Gleise verbot. Das war ihm jedoch herzlich egal. Soviel er wusste, verkehrte hier sowieso nur noch einmal im Jahr ein historischer Zug.

Bis zu dem offenen Gartentor waren es noch einige Meter, und er legte zur Vorsicht lieber eine kleine Pause ein. Neugierig tastete er nach seinem Puls. Nicht gerade normal, aber nicht mehr bedrohlich, schätzte er seine körperliche Verfassung ein.

»Hübsches Fleckchen Erde haben Sie sich ausgesucht«, erklärte Pielkötter, weil er plötzlich das dringende Bedürfnis verspürte, von seinem Schwächeanfall abzulenken. Tatsächlich fühlte er sich nun wieder in der Lage, halbwegs normal zu gehen und seine Umgebung richtig wahrzunehmen, nur die Frau irritierte ihn genauso wie zuvor.

Die Frau reagierte nicht. Als sie den Garten betraten, taxierte Pielkötter die Rückseite der noblen Villa. Baustil wie Anstrich erinnerten ihn an die Toskana. Verstohlen betrachtete er dann wieder das Profil der Frau mit den hohen Wangenknochen und der kleinen Nase. Warum hatte sie sich ihnen bisher nicht vorgestellt? Wollte sie ihn bewusst darüber im Unklaren lassen, dass sie Inken war?

»Willibald, jetzt siehst du schon viel besser aus«, erklärte Marianne, während sie den gepflegten Garten durchquerten.

Auf der Terrasse gruppierten sich wuchtige Korbsessel mit karierten Bezügen um einen länglichen Holztisch. Eine der Glastüren zur Terrasse stand weit auf. Offensichtlich war ihre Retterin aus dem Haus gestürmt und hatte sie in der Eile nicht verschlossen. Die Frau führte ihn zu einer kleinen Ledercouch neben einem Kamin.

»Ihr Wagen steht also bei Renzis?«, wandte sie sich an Marianne. Die Aufforderung hinter ihrer Frage war kaum zu überhören.

»Ich mache mich dann gleich auf den Weg«, antwortete Marianne schnell.

Pielkötter geriet kurz in Versuchung, direkt mit ihr zu gehen, aber etwas hielt ihn zurück. Weniger Schwäche. Eher Neugier. Und die Hoffnung, doch noch herauszubekommen, ob es sich um Inken handelte. Vielleicht würde sie sich offenbaren, sobald Marianne fort war?

Während die Frau Marianne hinausbegleitete, begutachtete er die exklusive, wenn auch nicht gerade gemütliche Einrichtung. Jedenfalls schätzte Pielkötter die Möbel sehr hochwertig ein, und bei den Bildern an den Wänden handelte es sich garantiert um echte Gemälde.

Als die Frau mit einem Glas Wasser zurückkehrte, fiel ihm auf, wie wenig sie eigentlich in diese Umgebung passte. Ihr schlichtes blaues Kleid betonte zwar ihre schlanke Taille, wirkte allerdings nicht gerade teuer. Die zusammengebundenen rotblonden Haare hatten anscheinend schon länger keinen Friseur mehr gesehen. Während die Frau ihm das Wasser reichte, lächelte sie plötzlich. Leider verschwand das Lächeln im nächsten Moment zugunsten einer distanzierten Miene.

»Wie geht es Ihnen jetzt?«, fragte sie und bedachte ihn mit einem prüfenden Blick. »Auch wenn Ihre Frau meint, Sie sähen jetzt besser aus, sollten Sie unbedingt einen Arzt aufsuchen.«

»Sobald es meine Zeit erlaubt«, erwiderte Pielkötter ausweichend und starrte in Inkens meergrüne Augen. Die Situation kam ihm mit einem Mal unwirklich vor.

»Sie haben wohl viel zu tun auf der Arbeit?«, fragte die Frau unerwartet. »Jedenfalls mussten wir uns das immer anhören, sooft wir die Polizei verständigt haben. Und natürlich, dass sie sich schließlich nicht um alles kümmern könnten.«

»Aus welchem Grund haben Sie uns denn angerufen?« Pielkötter war froh über diese Wendung des Gesprächs.

Noch ehe die Frau die Frage beantworten konnte, hörte er ein Geräusch halb über sich. Es schien von der Treppe zu kommen, die sich in einem Bogen aus dem ersten Stock bis zum Wohnzimmer hinunterwand. Als Pielkötter sich umschaute, sah er eine schlanke Frau mit dunklen, halblangen Haaren herabsteigen. Er hätte sie auf Mitte bis Ende zwanzig geschätzt, hätte sie sich nicht so langsam, fast ein wenig schwerfällig bewegt. Das auf eine ungewöhnliche Art hübsche Gesicht mit tief liegenden braunen Augen war sehr schmal.

»Kommissar Pielkötter«, stellte er sich vor.

»Vanessa Martini. Frau Gerhardt, unsere Haushälterin, hat mir schon von Ihrem Schwächeanfall berichtet«, erwiderte die junge Frau mit leiser, angenehmer Stimme.

Frau Gerhardt, also, dachte er. Zwar war ihm der Name unbekannt, aber das bedeutete nichts. Schließlich konnte Inken verheiratet oder geschieden sein.

Nachdem Vanessa Martini Pielkötter gegenüber in einem Sessel Platz genommen hatte, schickte sich die Haushälterin zunächst an, den Raum zu verlassen, blieb dann aber plötzlich stehen. Mit einem unterdrückten Seufzen wandte Pielkötter seinen Blick von ihr ab und konzentrierte sich auf die Frau des Hauses. Trotz ihrer maximal dreißig Jahre wirkte Vanessa Martini müde. Zudem entdeckte er eine Spur Trauer in ihren Zügen. Im Gegensatz zu Frau Gerhardt glitzerte an ihrer rechten Hand ein Ehering.

»Wir haben immer wieder Probleme mit Mofas, die unerlaubt auf dem Seeweg fahren«, beantwortete Vanessa Martini die Frage, die er vorhin Frau Gerhardt gestellt hatte. Dabei klang ihre Stimme resigniert und passte überhaupt nicht zu den Worten. »Meist handelt es sich dabei um Jugendliche.«

»Natürlich herrscht auch bei uns Personalmangel«, stellte Pielkötter mit einem Seitenblick auf Frau Gerhardt klar. »Trotzdem darf man die Sache nicht auf sich beruhen lassen. Ich werde mich darum kümmern.«

»Aber zuerst sollten Sie einen Arzt aufsuchen.«

Ehe er etwas erwidern konnte, schrillte die Türglocke. Erschrocken fuhren beide Frauen zusammen.

»Sicher ist das meine Frau«, erklärte Pielkötter verwundert.

Diese Vermutung entspannte offensichtlich die Situation.

»Vielen Dank für Ihre Hilfe «, fuhr er fort, während er sich erhob.

Vanessa Martini reichte ihm zum Abschied eine kalte, kraftlose Hand. Ein merkwürdiger Ausdruck lag in ihrem Blick. Wahrscheinlich ist sie erleichtert, dachte er. Die meergrünen Augen von Frau Gerhardt drückten eine ähnliche Empfindung aus. Zu gerne hätte Pielkötter den Grund erfahren, doch wenig später fiel die Haustür hinter ihm ins Schloss, ohne dass er die Antwort auf irgendeine seiner Fragen erhalten hätte. Vor allem, ob Frau Gerhardt den Vornamen Inken trug.

Draußen wartete Marianne mit beunruhigter Miene. »Ich fahr sofort mit dir ins Krankenhaus«, erklärte sie.

»Moment«, entgegnete er ärgerlich. »Da habe ich ja wohl auch noch ein Wörtchen mitzureden. Und ich sage dir eines, wegen dieser Lappalie lege ich mich in keine Klinik.«

»Sofern du nichts Ernstes hast, behalten sie dich auch nicht dort.«

»Ich gehe in keine Klinik. Basta. Im Übrigen solltest du mich damit nicht aufregen, wenn du schon so besorgt um meine Gesundheit bist.«

»Nur aus diesem Grund biete ich dir jetzt einen Kompromiss an«, erwiderte Marianne. »Wir fahren jetzt zu Doktor Düllenhofer. Dienstags hat der immer länger Sprechstunde, extra für Berufstätige.«

Pielkötter gab einen undefinierbaren Laut von sich, der entfernt an ein missglücktes Brummen erinnerte. Jedenfalls schien Marianne dies als Zustimmung zu werten und beendete damit die Diskussion.

»Ich fand, die Frau hat sich seltsam benommen«, erklärte Pielkötter während der Fahrt. Dabei ging es ihm nicht nur darum, von seinen Symptomen abzulenken. Er war auch neugierig auf Mariannes Einschätzung.

»Du glaubst die Frau, die uns geholfen hat, passt nicht in die Umgebung?«

»Nein, nein, das meine ich nicht«, wehrte er ab. »Sie ist die Haushälterin. In dieser Funktion hat sie sich kaum auffällig benommen. Als sie uns mit ins Haus genommen hat, war sie einfach unsicher, ob sie ihre Kompetenzen überschritten hat. Aber warum hat sie sich nicht vorgestellt?«

»Vielleicht war sie einfach zu geschockt«, erklärte Marianne, während sie für Pielkötters Geschmack zu langsam auf eine grüne Ampel zurollte. »Immerhin bricht nicht jeden Tag ein Passant hinter ihrem Garten zusammen.«

»Du übertreibst«, wiegelte Pielkötter ab. »Zudem hättest du die Haushälterin und die Dame des Hauses erleben sollen, als du geklingelt hast. Beide sind merklich zusammengezuckt. Erst als ich sie daran erinnerte, dass du mich nun wohl abholen würdest, ließ ihre Anspannung nach.«

»Was du schon wieder witterst«, entgegnete Marianne. »Zudem haben wir im Moment wirklich andere Probleme.«

»Die haben dich nicht einmal erneut ins Haus gelassen.«

»Nun, seltsam war das schon. Wie gesagt, ist das im Augenblick jedoch kaum unser Thema. Jetzt fahren wir erst einmal zum Arzt. Ich hoffe, er zieht dich für eine Weile aus dem Verkehr.«

10

Pielkötter hätte Doktor Düllenhofer am liebsten zur Eile angetrieben, während dieser seelenruhig die Untersuchungsergebnisse studierte.

»Das EKG weist keine Unregelmäßigkeiten auf«, erklärte er endlich. »Allerdings heißt das nicht viel. Man hätte eben genau zu dem Zeitpunkt messen müssen, als Sie die Symptome verspürten.«

»Was schlagen Sie also vor?«, fragte Pielkötter mit einer gewissen Erleichterung.

»Am besten machen wir erst einmal ein Langzeit-EKG«, antwortete Düllenhofer. »Zudem gefällt mir Ihr viel zu hoher Blutdruck nicht. Den werden wir über einen längeren Zeitraum regelmäßig kontrollieren. Wahrscheinlich kommen Sie nicht ohne Medikamente aus.«

»Soviel ich weiß, habe ich bisher nie zu hohen Blutdruck gehabt. Liegt das am Alter?«

»Nicht unbedingt. Ich denke, Sie haben sich in letzter Zeit zu viel zugemutet. Sie müssen etwas kürzer treten. Optimieren Sie Ihren Arbeitsplan. Delegieren Sie mehr.«

Am liebsten hätte Pielkötter die Augen verdreht, so wie Barnowski, wenn er sich unbeobachtet fühlte. Delegieren, dachte er, ausgerechnet an Barnowski.

»Wenn das immer so einfach wäre«, äußerte Pielkötter laut.

»Auf jeden Fall schreibe ich Sie erst einmal krank.«

»Das geht nicht!« Bisher hatte er nicht einen einzigen Tag im Dienst gefehlt.

Doktor Düllenhofer sah ihn durchdringend an.

»Ich arbeite gerade an einem schwierigen Fall. Deshalb habe ich extra meinen Urlaub verschoben.«

Doktor Düllenhofers unangenehmer Blick ruhte noch immer auf ihm. Warum erwiderte er nichts? Pielkötter war bereit, jedem Argument entgegenzutreten.

Immer noch wortlos lehnte sich der Arzt zurück und legte seine Hände lässig auf die Lehne des Schreibtischstuhls.

»Krankgeschrieben. Das geht einfach nicht. Jedenfalls nicht im Moment.«

»Nun, ich kann Sie nicht zwingen«, äußerte sich Doktor Düllenhofer endlich. »Ihr Körper allerdings kann das durchaus. Und ich garantiere Ihnen, wenn Sie jetzt nicht gegensteuern, fallen Sie bald viel länger aus.«

Pielkötter schluckte.

»Kennen Sie Sebastian Kneipp?«

»Meinen Sie diesen Wasserdoktor?«

»Nun ja, wenn Sie den so nennen wollen«, antwortete Düllenhofer. »Jedenfalls hat der gesagt: wer nicht etwas Zeit in seine Gesundheit investiert, wird eines Tages viel Zeit für seine Krankheit benötigen.«

»Dann stellen Sie die Krankenbescheinigung schon aus«, gab Pielkötter sich notgedrungen geschlagen. »Aber sollten Langzeit-EKG und Blutdruckmessen nichts ergeben, bin ich sofort wieder im Dienst.«

Als Pielkötter abends unbekleidet im Schlafzimmer stand, drängte sich ihm wieder die Frage auf, ob eine Frau Inken Gerhardt wirklich nur in seiner Fantasie existierte. Sollte er sich getäuscht haben? Immerhin hatte sie sich ihm nicht zu erkennen gegeben, dafür gäbe es eigentlich keinen Grund. Unwillkürlich zog Pielkötter den Bauch ein und betrachtete sein Profil im Spiegel. Natürlich hatte der Zahn der Zeit auch an ihm genagt, aber er hatte sich ihr vorgestellt. Seinen Namen würde Inken kaum vergessen haben. Pielkötter warf einen mürrischen Blick auf sein Spiegelbild. Jedenfalls würde er nicht ruhen, bis er diesem Geheimnis auf die Spur gekommen war.

Kapitel 11

Bernhard Barnowski fuhr vom Präsidium in Richtung Innenstadt. An der nächsten Kreuzung zeigte die Ampel Rot. Während er einen Schokoladenriegel aus dem Handschuhfach fischte, dachte er an Pielkötters Anruf am frühen Morgen. In gewisser Weise empfand er so etwas wie Schadenfreude. Natürlich wäre ihm ein anderer Grund, Pielkötter endlich aus dem Verkehr zu ziehen, lieber gewesen. Schließlich jedoch konnte er nichts dafür, wenn sein übereifriger Chef wegen Überlastung zusammenbrach. Jedenfalls würde er noch mehr als bisher darauf achten, dass ihm selbst nicht

Ähnliches passierte. Die Hälfte von Pielkötters Ratschlägen an diesem Morgen, die ohnehin genervt hatten, schlug er am besten in den Wind. Sonst war er direkt der Nächste, der schlappmachte.

Als die Ampel auf Grün sprang, gab er etwas mehr Gas als nötig. Die Ermittlungen auf Heitkämpers Arbeitsstelle würden sicher genauso wenig ergeben, wie die Befragung der Nachbarn. Dieser Typ hatte einfach total unauffällig und zurückgezogen gelebt. Abgesehen von seiner alten Mutter und vielleicht dem älteren Bruder gab es anscheinend niemanden, der richtig um ihn trauerte. Sein Vater war bereits vor vielen Jahren gestorben, und ein Cousin mütterlicherseits hatte ihn seit Jahren nicht gesehen. Gute Bekannte konnte Heitkämper auch nicht vorweisen. Jedenfalls hatten das inzwischen alle seine Nachbarn glaubhaft versichert, selbst P. und R. Mühlbach. Die Einzigen, die richtig Wirbel um seinen Tod machen, sind wir, dachte Barnowski wenig begeistert.

Vielleicht hätte er doch lieber Flugbegleiter statt Polizist werden sollen. Dann bräuchte er sich jetzt nicht durch verstopfte Straßen zu schleichen. Noch dazu in einer Ermittlung, die er für total sinnlos hielt. Als er sich endlich durch die City gequält hatte und auf der Achse nach Norden fuhr, atmete er kurz auf, aber er hatte sich zu früh gefreut. Irgendwie schien die B 8 mit Ampeln gepflastert zu sein, und natürlich durfte er vor jeder warten. Laufend musste Barnowski die von ihm prognostizierte Ankunftszeit an Heitkämpers ehemaligem Arbeitsplatz nach hinten korrigieren. Während der nervenaufreibenden Wartezeit rief er sich noch einmal wichtige Informationen über die Firma ins Gedächtnis. Soviel er schon in Erfahrung gebracht hatte, produzierte man dort Bekleidung für Nobel-Boutiquen und beschäftigte annähernd fünfzig Mitarbeiter.

Missgelaunt parkte Barnowski seinen Dienstwagen auf dem Besucherparkplatz vor einem imposanten, alten Industriegebäude aus ehemals rotem, jetzt etwas schmutzigem Backstein. Mit wenigen Sätzen hechtete er die breite Treppe zum Haupteingang hoch. An der Pforte zeigte er seinen Dienstausweis. Erschrocken zuckte die Empfangsdame zurück, als habe er sie bei einem Vergehen erwischt. Wahrscheinlich hatte sie privat telefoniert oder heimlich in einem Schundroman gelesen.

»Ich möchte mit den Arbeitskollegen von Herrn Heitkämper sprechen«, erklärte Barnowski der Frau, deren Namensschild sie als Frau Norbert auswies. »Und dann natürlich auch mit seinem Chef.«

»Direkte Kollegen hatte der Heitkämper eigentlich nicht«, erwiderte die Empfangsdame. »Er war hier der einzige Buchhalter. Mit eigenem Büro, versteht sich.«

»Aber mit einigen Leuten hatte er doch wohl näher zu tun«, beharrte Barnowski. »Einen Vertreter hatte er sicher auch.«

»Ja, ja, natürlich. Am besten reden Sie zuerst mit Herrn Thieme. Der war für Heitkämpers Vertretung zuständig.«

Widerwillig erhob sich Frau Norbert und öffnete die Glastür, die sie von ihrem Besucher trennte. Während sie vor Barnowski herlief, klapperten ihre hohen Absätze auf den rotbraunen Steinfliesen. Ohne Eile führte sie ihn eine Treppe hinauf in den ersten Stock. Fast am Ende eines weiß gestrichenen Ganges hielt sie und klopfte an eine Holztür mit einem Schild »Vorsicht! Hier wird gearbeitet!« Nachdem sie ein undeutliches Gemurmel vernommen hatten, traten sie ein.

Thieme saß hinter einem riesigen Schreibtisch, halb verdeckt von einem Bildschirm. Ehe er zu ihnen aufblickte, beendete er das Programm. Wahrscheinlich hat er sich mit einem kleinen Spielchen vergnügt, kombinierte Barnowski.

»Ein Herr von der Kripo möchte Sie gerne sprechen«, kündigte Frau Norbert ihn an. Dann wandte sie sich an Barnowski: »Mich brauchen Sie ja jetzt wohl nicht mehr.«

»Sie können gehen«, erklärte Barnowski großzügig. In manchen Momenten genoss er seine Stellung. Offensichtlich konnte er Personen, die von einer Ermittlung betroffen waren, Respekt einflößen. Einigen zumindest.

»Kripo?«, fragte Thieme jetzt erstaunt, wobei sein Kopf in voller Größe hinter dem Bildschirm hervorlugte. Plötzlich blitzten seine Augen auf, als profitiere er gerade vom Aha-Effekt. »Ach so, wegen Heitkämper. Tragische Sache.«

»Wie gut kannten Sie ihn?«, fragte Barnowski und nahm vor dem Schreibtisch in einem gemütlichen Sessel mit Lehne Platz. Das ist echter Sitzkomfort, dachte er, keine Marke Sparstuhl mit dem Qualitätssiegel des öffentlichen Dienstes.

»Kennen wäre wirklich übertrieben. Ich kannte ihn genauso wenig wie alle anderen hier. Heitkämper war nämlich der typische Einzelgänger.«

»Aber als Buchhalter war er doch wohl auch auf Informationen der Mitarbeiter angewiesen.«

»Schon«, erwiderte Thieme und schob seinen Oberkörper langsam an Barnowski heran, so als wolle er ihm gleich ein Geheimnis anvertrauen. »Aber er war komisch. Nie zu einem kleinen Plausch aufgelegt. Heitkämper kannte nur seine Arbeit. Falls wir ihm Unterlagen in sein Büro reichen mussten, waren wir in wenigen Sekunden wieder draußen. Und in der Kantine hat er sich auch nie blicken lassen. Hatte immer seine Bütterkes dabei. Immer zwei. Eins mit Käse und eins mit Schinken. Wir haben uns oft darüber lustig gemacht. Sogar die Toilette suchte er immer zur gleichen Zeit auf.«

»Immer?«, fragte Barnowski ungläubig, während er einen kleinen Notizblock aus seiner Brusttasche zog.

»Ja, so war unser Heitkämper«, seufzte Thieme. »Eigentlich schade. Jetzt haben wir keinen mehr zum Lästern.«

»Hatte er jemals Streit mit einem Mitarbeiter?«

»Nicht, dass ich wüsste. Im Grunde war er sehr friedlich.«

»Haben Sie sich nie über ihn geärgert?«, fragte Barnowski und schien sein Gegenüber mit einem gezielten Blick zu durchbohren. Wieder dieser Blick, den er tagelang vor dem Spiegel eingeübt hatte. Solange, bis er mit dem Resultat zufrieden gewesen war. Tatsächlich schien sich Thieme sichtlich unwohl zu fühlen. Unruhig wanderten seine Augen im Raum umher, als wollten sie Barnowskis Blick ausweichen.

»Um ehrlich zu sein, ja«, gestand er schließlich kleinlaut. »Aber nur ein einziges Mal.«

»So, so«, höhnte Barnowski, wobei er versuchte, die Intensität seines Blickes aufrechtzuerhalten.

»Die Sache ist schon einige Wochen her. Heitkämper war zuvor im Urlaub. Übrigens der einzige seit etlichen Jahren. Gewöhnlich hat er auf seinen Urlaub verzichtet. Na ja, komischer Typ, wie schon gesagt.«

»Kommen Sie zur Sache.«

»Ich habe also seine Urlaubsvertretung übernommen«, fuhr Thieme eine Spur ärgerlich fort. »Dabei habe ich unseren Quartalsabschluss geprüft und unterschrieben. Heitkämper war deshalb sauer. Die Unterschrift wäre seine Aufgabe, hat er geschimpft. Dabei kam die Anweisung doch von oben.«

»Wie ging der Streit aus?«

»Heitkämper wollte alles noch einmal nachprüfen«, erklärte Thieme, wobei er pausenlos mit seinem Kugelschreiber auf die Schreibunterlage klopfte. »Verständlicherweise hat mich das auf die Palme gebracht. Die anderen hielten natürlich zu mir. Deshalb habe ich mich schnell wieder abgeregt.«

»Hat er Sie danach noch einmal angesprochen? Wegen Unregelmäßigkeiten vielleicht?«

»Nein«, erwiderte Thieme entrüstet. »Es gab keine. Außerdem ist der Abschluss vom Chef abgesegnet worden.«

»Dann spreche ich jetzt wohl am besten mit Ihrem Chef«, entgegnete Barnowski und erhob sich eilig.

»War's das schon?«

»Für Sie ja.« An der Tür drehte sich Barnowski noch einmal um, das hatte er sich von Colombo abgeguckt. »Sie könnten doch noch etwas für mich tun.«

»Soo?«

»Melden Sie mich bei Ihrem Chef an.«

Sichtlich erleichtert nahm Thieme den Telefonhörer in die Hand. Dem Gespräch entnahm Barnowski, dass der Big Boss Zeit hatte und bereit war, ihn zu empfangen.

Das Chefbüro lag in der zweiten Etage und war mit einem teuren Perserteppich ausgestattet. An der Wand gegenüber der Tür hingen zwei Porträts. Wahrscheinlich zeigten die Gemälde den Firmengründer samt Gattin. Ein Herr um die Vierzig mit schwarzen, für Barnowskis Geschmack im Nacken etwas zu langen Haaren kam hinter einem wuchtigen Schreibtisch aus Eiche hervor und gab ihm beflissen die Hand.

»Mein Name ist Lund. Was kann ich für Sie tun?«

»Über den Tod Ihres Buchhalters sind Sie ja schon informiert.«

»Ja, tragischer Unfall. Mich wundert nur, dass die Polizei jetzt noch einmal nachfragt. Es war doch ein Unfall, oder?«

»Wir gehen zumindest davon aus«, erklärte Barnowski. »Trotzdem müssen wir den Fall natürlich überprüfen. Reine Routine sozusagen.«

»Verstehe.«

»Ist Ihnen in der letzten Zeit vor seinem Tod etwas Besonderes an Heitkämper aufgefallen? Benahm er sich beispielsweise anders als sonst?«

»Tut mir leid. Er benahm sich niemals anders. Er war der berechenbarste Mensch, den ich kenne. Darüber hinaus ein mustergültiger Mitarbeiter. Stets zuverlässig, überpünktlich. Genau wie man sich einen Untergebenen wünscht. Mit ihm hat unser Werk einen seiner besten Männer verloren. Dabei halte ich jetzt keine Grabrede. Ich erzähle Ihnen nichts als die Wahrheit.«

»Herr Thieme hat mir aber berichtet, dass es vor wenigen Wochen zwischen ihm und Herrn Heitkämper zum Streit kam.«

»Streit ist übertrieben. Sie hatten eine kleine Meinungsverschiedenheit.«

»Worüber?«

»Es ging um den üblichen Quartalsabschluss. Heitkämper fühlte sich übergangen, weil Thieme während seines Urlaubes die Abrechnungen unterzeichnet hat. Das übliche Kompetenzgerangel zwischen Angestellten. Dabei traf Thieme nicht einmal die geringste Schuld. Ich selbst hatte ihn angewiesen, die Unterlagen zu prüfen und zu unterschreiben.«

»War das üblich?«, fragte Barnowski, während er Lund fest in die Augen sah.

Dieser ließ sich aber nicht so leicht irritieren wie sein Angestellter. »Üblich war einzig und allein, dass Heitkämper an seinem Arbeitsplatz saß. Der Mann hat fast immer auf seinen Urlaub verzichtet.

Vielleicht können Sie jetzt ermessen, welch unschätzbaren Mitarbeiter ich mit ihm verloren habe.«

»Und warum hat Thieme die Abrechnung nicht einfach liegen lassen, bis Heitkämper aus dem Urlaub zurück war?«

»Meinetwegen«, antwortete Herr Lund mit einem süffisanten Lächeln. »Ich wollte nicht bis zu seiner Rückkehr warten, da eine dringende Geschäftsreise anstand. Dafür brauchte ich einfach die neusten Zahlen. Zudem hat doch keiner geahnt, dass Heitkämper sich dadurch persönlich betroffen fühlen würde.«

»Eine letzte Frage«, wandte Barnowski ein. »Fährt einer Ihrer Angestellten einen schwarzen PKW?«

»Schon möglich. Verständlicherweise kenne ich nicht alle Wagen. Ich selbst bevorzuge übrigens rote Autos. Die nimmt man einfach besser wahr.«

»Welche Marke?«

»Porsche«, antwortete Lund, »oder Jaguar natürlich.«

Barnowski nickte neidisch. Firmenchef müsste man sein.

»Vorerst möchte ich Ihre Zeit nicht länger in Anspruch nehmen. Gegebenenfalls komme ich noch einmal auf Sie zurück.«

Als Barnowski kurz darauf das Büro verließ, wirkte Herr Lund sichtlich erleichtert. Offensichtlich sieht man uns lieber von hinten, dachte Barnowski, während er über die breite Treppe nach unten eilte. Am Empfang blieb er noch einmal stehen.

»Eine letzte Frage habe ich noch: Fährt jemand aus Ihrer Firma einen schwarzen Wagen?«, schreckte er Frau Norbert von ihrer Lektüre hoch. Hatte er doch richtig gelegen, dass die Angestellte während der Dienstzeit in diesen Schundheftchen las. Ganz Polizist, schmunzelte er in sich hinein.

»Hm, ja doch«, stotterte sie sichtlich verlegen, »der Nerwinger.«

»Der Nerwinger fährt also einen schwarzen Wagen«, echote Barnowski sichtlich interessiert. »Marke?«

»VW Golf.«

»Steht der hier draußen auf dem Gelände?«

»Sicher. Den können Sie nicht verfehlen. Der blinkt wie kein anderer.«

»Blinkt?«

»Ja, der ist doch flatschneu. Nerwinger hat den erst seit gestern. Für den kommt kein Gebrauchtwagen in Frage. Na ja, wer's sich leisten kann. Seine Frau verdient nämlich noch mehr als er.«

»Danke für die umfangreiche Information«, verabschiedete sich Barnowski schnell, ehe die Frau noch weiter ins Detail gehen konnte.

Missmutig stieg er wieder in seinen Dienstwagen. Er hatte doch gleich gewusst, dass sich bei diesen unnötigen Befragungen nichts ergeben würde.

Kapitel 12

Zum wiederholten Mal an diesem Tag fragte sich Pielkötter, ob er wirklich auf den Rat des Arztes hätte hören sollen. Den Urlaub hatte er extra abgesagt, weil der Fall Heitkämper ihm unter den Nägeln brannte, und nun saß er hier untätig und allein zu Hause herum. Marianne befand sich auf Einkaufstour, was ihn allerdings nicht gerade störte. Zwar hatten sie seit seinem Arztbesuch nicht mehr gestritten, aber die Stimmung zwischen ihnen war immer noch ziemlich angespannt. Blumen wollte sie kaufen, Blumen, weil er die zum Hochzeitstag vergessen hatte. Als ob solche abgenutzten Gesten so wichtig wären! Plötzlich kam ihm eine Idee.

Seit gestern hatte er immer wieder an Frau Gerhardt aus der Villa am Lohheider See denken müssen, auch wenn er es inzwischen sehr skeptisch betrachtete, dass sie seine Inken sein könne. Trotzdem wollte er Gewissheit haben und sah endlich einen Weg, seine Neugierde zu befriedigen. Er würde sich mit zwei kleinen Blumensträußen für die Hilfe bedanken. Im Moment konnte er sowieso nichts tun, außer dem gelegentlichen Surren des Blutdruckgeräts zu lauschen. Eilig kritzelte er Marianne eine Notiz auf einen Zettel und legte ihn auf den Küchentisch. Dann nahm er seinen Schlüsselbund vom Haken in der Diele und verließ das Haus.

Nur wenige Minuten später parkte er seinen Wagen vor einem Blumenladen. Dafür brauchte die Floristin doppelt so lange, ihm die Vorzüge einer Mischung aus gelben Rosen, lachsfarbenen Nelken und blauen Glocken darzulegen. Was sie nicht wusste: Die Blumen waren ihm herzlich egal, eher Marke »Mittel zum Zweck«, aber vielleicht waren sie das ja fast immer.

Als er dann mit den beiden kleinen Blumensträußen in seiner Linken vor der Villa der Martinis stand, hielt er sein Vorhaben plötzlich nicht mehr für eine besonders gute Idee. Er hatte wirklich andere Sorgen, als seiner Jugendliebe nachzuspüren. Für eine Umkehr jedoch war es bereits zu spät, da Frau Gerhardt im Türrahmen erschien.

»Eine kleine Aufmerksamkeit«, erklärte Pielkötter der erstaunten Haushälterin und schwenkte die Blumensträuße ungeschickt nach vorn. »Ich wollte mich noch einmal für die Hilfe bedanken.«

»Das ist aber wirklich nicht nötig. Wir haben gern geholfen.«

Pielkötter empfand diese Floskeln als das, was sie waren; eine höfliche Fassade, hinter der Frau Gerhardt etwas verbarg. War es Nervosität? Jedenfalls wirkte sie nicht entspannt. Und wie er befürchtet hatte, machte sie keinerlei Anstalten, ihn ins Haus zu lassen. Nachdem sie sich bedankt hatte, schickte sie sich an, beide Sträuße entgegenzunehmen und die Tür wieder zu schließen.

»Augenblick«, wandte Pielkötter geistesgegenwärtig ein, »den Strauß für Frau Martini möchte ich ihr gern persönlich überreichen.« Dabei ging es ihm weniger um die Begegnung mit der Frau des Hauses, als darum, noch etwas länger mit Frau Gerhardt zu reden.

»Ich glaube nicht, dass das möglich ist«, erwiderte die Haushälterin unsicher.

»Frau Gerhardt, wer hat denn geläutet?«, vernahm er plötzlich eine schwache Stimme.

Zögernd gab die Haushälterin die Tür frei und führte ihn ins Wohnzimmer, in dem Vanessa Martini auf der kleinen Couch saß, an die er sich nur zu gut erinnern konnte.

»Herr Kommissar Pielkötter«, begrüßte sie ihn erstaunt. Allerdings lag noch etwas in ihrem Blick, das er nicht so recht zu deuten vermochte.

»Ich wollte mich noch einmal für die Hilfe bedanken«, erklärte er und reichte ihr den zweiten Blumenstrauß.«

»Am besten stelle ich sie gleich ins Wasser«, bemerkte Frau Gerhardt und verließ eilig den Raum.

Eine Entwicklung, die Pielkötter überhaupt nicht gefiel. Offensichtlich hatte sie nicht die Absicht, ihm etwas anzubieten und seinen Aufenthalt in diesem Haus zu verlängern. Oder war sie dazu nicht befugt?

»Wie ich sehe, haben Sie sich wieder etwas erholt«, riss ihn Frau Martini aus dieser Überlegung.

»Dafür scheint es Ihnen heute nicht so gut zu gehen.«

»Heute?«, entgegnete sie mit einer gewissen Resignation in der Stimme. »Früher ging es mir jedenfalls besser.«

Sie betonte *früher*, als sei diese Zeit ein halbes Leben her. Dabei war sie doch noch gar nicht so alt. Aus Erfahrung wusste er jedoch, dass einschneidende Erlebnisse oft auch in jungen Leben schlimme Veränderungen auslösten. Er konnte sich gut vorstellen, dass etwas passiert sein musste, was ihr Kraft, Lebendigkeit und vielleicht sogar die Lust am Leben geraubt hatte. Jedenfalls benahm sich Vanessa Martini nicht wie eine Frau in den besten Jahren.

»Sie sind noch viel zu jung, um von *früher* zu reden«, versuchte Pielkötter, sie etwas aus der Reserve zu locken, doch sie hatte keine Gelegenheit, darauf einzugehen. Aus der Diele drangen aufgeregte Stimmen. Sie lauschte ihnen angestrengt. Fast besorgt, vielleicht sogar ängstlich?, fragte sich der Kriminalist Pielkötter. Auf jeden Fall wirkte sie auf ihn sehr unsicher.

Plötzlich stürmte ein Mann ins Zimmer, jedenfalls schritt er trotz eines leichten Gehfehlers ungewöhnlich schnell durch den Raum. Noch ehe Pielkötter sich vorstellen konnte, baute er sich vor Vanessa Martini auf, die Hände in die Taille gestützt. »Du gehörst ist Bett«, sagte er laut. »Der Arzt hat angeordnet, dass du dich schonen musst.«

Bedauernd zuckte sie die Achseln und erhob sich langsam.

»Soll ich dir helfen?« Die Frage mochte gut gemeint sein, doch für Pielkötters Empfinden schien wenig Besorgnis in seiner Stimme zu liegen.

Vanessa Martini schüttelte nur den Kopf, nickte Pielkötter kurz zu und verschwand wieder in der oberen Etage.

Der Mann schaute ihr kopfschüttelnd hinterher, dann wandte er sich an Pielkötter: »Was machen Sie eigentlich hier?« Seine Stimme klang barsch.

»Ich wollte mich nur für die Hilfe bedanken«, erwiderte Pielkötter betont ruhig. »Gestern hatte ich am See mit gesundheitlichen Problemen zu kämpfen, und da hat mich Frau Gerhardt netterweise hereingebeten.« Plötzlich stand die Haushälterin mit bleichem Gesicht im Türrahmen.

»Dann lassen Sie uns aus Dankbarkeit demnächst in Ruhe«, unterbrach ihn der Hausherr.

Für einen Moment verschlug es Pielkötter die Sprache.

»Führen Sie den Mann hinaus«, befahl Herr Martini, ehe Pielkötter eine Erwiderung gefunden hatte.

Pielkötter überlegte kurz, ob er ihm noch kurz seinen Dienstausweis unter die Nase halten sollte, entschied sich dann aber dagegen. Ohne ein weiteres Wort ließ er sich von Frau Gerhardt hinausbegleiten. Dabei wirkte sie sehr unglücklich, und er verspürte den Wunsch sie zu trösten. Doch ehe er sich die richtigen Worte zurechtgelegt hatte, verschwand sie im Haus.

Aufgewühlt lief Pielkötter zu seinem Wagen. Eine seltsame Stimmung herrscht in dieser Villa, überlegte er, während er eine Weile regungslos hinter dem Steuer saß. Offensichtlich hatte er soeben Herrn Martini kennengelernt, daran gab es für ihn kaum einen Zweifel. Allerdings auf sehr unschöne Weise. Warum nur hatte Vanessas bessere Hälfte so aufgebracht reagiert? War er leicht erregbar und cholerisch oder handelte er einfach aus berechtigter Sorge um seine kranke Frau?

Pielkötter konnte nicht sagen, wie lange er hinter dem Lenkrad gegrübelt hatte, als er plötzlich Frau Gerhardt bemerkte. Mit gesenktem Kopf lief sie in knapp hundert Metern Entfernung den

Gehweg entlang. Sie erregte sein Mitleid, gleichzeitig freute er sich, endlich mit ihr unter vier Augen reden zu können. Eilig ließ er den Motor an. Als der Wagen mit ihr auf einer Höhe war, stoppte er und kurbelte das Fenster hinunter.

»Kann ich Sie irgendwo absetzen?«, fragte er fürsorglich.

»Lassen Sie mich bitte in Ruhe!«, rief Frau Gerhardt wütend. »Können Sie sich eigentlich vorstellen, was Sie mir eingebrockt haben!«

Während sie aus seiner Reichweite zu entkommen versuchte, stoppte er den Wagen und stieg aus. Auf keinen Fall konnte er den Vorwurf auf sich beruhen lassen. Er musste unbedingt erfahren, warum sie so aufgebracht war, unabhängig davon, ob er tatsächlich Inken vor sich hatte. Nach wenigen Metern holte er sie ein, doch sie lief weiter und starrte stur geradeaus. Da er sicher war, dass sie ihm vorerst keine Auskunft geben würde, ging er eine Weile stumm neben ihr her. Verstohlen warf er hin und wieder einen Blick auf ihr hübsches Profil. Sie weinte. Die Tränen rollten an ihrer zierlichen Nase entlang.

Einige Hundert Meter weiter hörte sie auf zu weinen.

»Tut mir leid«, entschuldigte sie sich unerwartet. »Aber ich bin ganz durcheinander. Der Mann von Frau Martini hat mich soeben fristlos entlassen.«

»Entlassen?«, fragte Pielkötter ungläubig.

»Weil ich Sie unerlaubterweise ins Haus gebeten habe«, erklärte Frau Gerhardt, »aber das war natürlich ein Vorwand. Meine Anwesenheit war ihm schon lange ein Dorn im Auge.«

»Ich weiß ja nicht, was zwischen Ihnen vorgefallen ist, aber wenn es nur das ist ... Damit kommt Ihr Arbeitgeber nicht durch«, erwiderte Pielkötter empört. »Ich kann Ihnen helfen. Laufen Sie mit mir zum Wagen zurück.«

Frau Gerhardt nickte nur müde.

Überzeugt wirkte sie nicht gerade, dachte Pielkötter, als sie seiner Aufforderung folgte. Wahrscheinlich hatte sie einfach keine Kraft mehr, sich zu wehren. Aufgewühlt hielt er ihr die Wagentür auf. Immerhin stand er kurz davor, das Geheimnis um Inken zu lüften.

»Wo können wir in aller Ruhe einen Kaffee trinken? Schlagen Sie etwas vor. Schließlich bin ich nicht ganz unschuldig an Ihrem Dilemma.«

»Kennen Sie den *Hafensturm* in Homberg? Das sind zwar einige Kilometer bis dahin, aber meine Schwester wohnt dort in der Nähe. Die fährt mich dann später nach Hause. Heute Abend möchte ich einfach nicht alleine sein.«

»Dieser Biergarten direkt hinter der kleinen Brücke, die über den Kanal zwischen Yachthafen und Rhein führt?«

»Keine Ahnung, ob das ein Kanal ist, aber die Brücke ist blau angestrichen und mit übergroßen Nieten zusammengeschweißt.«

»Dann meinen wir wohl denselben Biergarten.«

Während Pielkötter den Motor anließ, heulte Frau Gerhardt noch einmal leise in ein kleines Stofftaschentuch. Pielkötter versuchte, sich auf den Verkehr zu konzentrieren. Genau das aber fiel ihm in Inkens Gegenwart, oder wer die Frau auch immer sein mochte, äußerst schwer.

Schon nach kurzer Zeit verlief die Fahrt mehr oder weniger nah am Rhein entlang. Hin und wieder versperrten Häuser oder Deiche die direkte Sicht auf den Strom.

Der *Hafensturm* lag etwas unterhalb der Straße, dafür aber mit traumhafter Aussicht auf die neue Homberger Brücke, den breiten Strom und das gegenüberliegende Ufer mit der Ruhrorter Promenade. Als sie ausstiegen, hatte sich Frau Gerhardt wieder etwas gefangen. Pielkötter überlegte, ob sie lieber an den schmalen Biertischen in der ersten Reihe mit bestem Rheinblick Platz nehmen sollten oder an einer der hinteren runden Tische mit bequemen Sesseln. Frau Gerhardt steuerte jedoch direkt auf eine der unbesetzten Bänke zu.

»Das ist hier wie in Bayern«, erklärte sie.

Darauf konnte sich Pielkötter keinen Reim machen – angesichts der Flusslandschaft und dem, was soeben vom Nachbartisch zu ihnen herübertönte: »Boh glaubse, dat war vielleicht ein Dingen!« Was war hier bayerisch? Er blickte sie fragend an.

»Hier wird nicht bedient. Sie müssen den Kaffee selbst aus dem *Hafensturm* holen.«

»Kaffee also. Vielleicht einen Cognac dazu?« Jedenfalls hatte Inken gelegentlich einen guten Cognac zu schätzen gewusst.

Frau Gerhardt jedoch schüttelte den Kopf, allerdings für Pielkötters Begriffe nicht energisch genug. Zudem erhob sie keine Einwände, als er mit dem Kaffee und einem doppelten Braunen zurückkehrte.

»Ich bin gern hier«, erklärte sie, während sie in Richtung Rhein starrte. »Die vorbeifahrenden Schiffe haben etwas Beruhigendes. Vielleicht wollte ich auch deshalb hierher, nicht nur wegen meiner Schwester. Sehen Sie dahinten dieses kleine Stückchen vom Schornstein mit den weißen Ringen?«

Dabei deutete sie mit der Hand zur Promenade von Ruhrort. Pielkötter erkannte zunächst nur das mehrstöckige Hotel, in dem ein italienisches Restaurant in der obersten Etage mit phantastischer Aussicht das ebenso phantastische Essen zu einem Erlebnis werden ließ. Den Namen hatte er allerdings vergessen. Etwas weiter links erkannte er nun auch den Schornstein. Aber eigentlich war ihm der herzlich egal. Das zögerte alles nur die Antwort auf die Frage hinaus, die ihm seit gestern keine Ruhe mehr ließ.

»Der Schornstein gehört zum Museumsschiff«, erklärte Frau Gerhardt. »Dorthin haben Vanessa und ich unseren ersten gemeinsamen Ausflug gemacht. Da war sie noch ein kleines Kind. Und nun will mich ihr Mann einfach fristlos entlassen.«

»Jetzt trinken Sie erst einmal schön Ihren Cognac«, erwiderte Pielkötter, da er jeden Moment einen erneuten Tränenausbruch befürchtete. »Im Übrigen kommt Ihr Arbeitgeber damit nicht durch. Schließlich gibt es Gesetze.«

Wenig überzeugt starrte Frau Gerhardt einem Schubschiff nach, das mit relativ hoher Geschwindigkeit rheinabwärts fuhr, dann stürzte sie eilig die Hälfte des Cognacs hinunter. Sie verzog das Gesicht. Offensichtlich war sie nicht an Hochprozentiges gewöhnt.

»Seit ewiger Zeit arbeite ich bei der Familie«, seufzte sie.

Seit ewiger Zeit, ewig, ewig, hämmerte es hinter Pielkötters Stirn. Was hieß das konkret? Frau Gerhardts Augen wirkten fast noch jugendlich und ihre Haut wies kaum Runzeln auf, abgesehen von ein paar Lachfältchen. Selbst die verliehen ihrem Gesicht eine besondere Note. Jedenfalls würde Inken demnächst neunundvierzig werden. Das hatte er bereits gestern Abend ausgerechnet.

»Ich habe schon für Vanessas Eltern gearbeitet, bevor sie auf der Welt war«, fuhr Frau Gerhardt fort.«

»Davor haben Sie nicht zufällig in Münster gewohnt?«, konnte sich Pielkötter nun mit einem Vorstoß nicht länger zurückhalten.

»Nein, wie kommen Sie darauf?«, fragte sie sichtlich irritiert. »Ich habe niemals in Münster gelebt. Aber vielleicht wäre das besser gewesen. Hier habe ich so vieles falsch gemacht.«

Sie weinte erneut, und Pielkötter fühlte sich hilflos angesichts ihrer Tränen. Immerhin konnte er nun sicher sein, dass sie nicht Inken war. Allerdings zog sie ihn deshalb kaum weniger an.

»Hat Frau Martini eigentlich Geschwister? Haben Sie die auch betreut?«, fragte er, hauptsächlich um sie von ihren trüben Gedanken abzulenken.

»Nein. Für ihre Eltern war es schwer genug, überhaupt ein Kind zu bekommen. Deshalb waren sie auch so entsetzt, als ihre einzige Tochter diesen Alexander, ich nenne ihn nur noch Lump, geheiratet hat. Habe diesen Nichtsnutz sofort durchschaut.« Sie schnäuzte mehrmals in ihr Stofftaschentuch. »Vanessas Eltern waren nämlich schon damals sehr vermögend. Die Firma mit etlichen Angestellten florierte.«

»Nun, die Villa am Lohheider See wirkt auch nicht gerade bescheiden«, erwiderte Pielkötter.

»Sofern es nach dem Windhund ginge, säßen sie sicher in einer Art Schloss«, entgegnete Frau Gerhardt mit unverhohlener Verachtung in der Stimme. »Der würde das Geld zum Fenster hinauswerfen, wenn er nur könnte. Aber ihre Eltern haben das kommen sehen. Deshalb haben sie dem einen Riegel vorgeschoben.«

Erregt fuhr sie mit ihrer rechten Hand an der Stirn entlang, als wollte sie eine lästige Locke zur Seite streichen.

»Mit einem Ehe- sowie einem Erbvertrag haben die alten Martinis vorgebeugt«, fuhr sie fort. »Ich erinnere mich noch genau, wie lange sie Vanessa damit in den Ohren gelegen haben. Wenn er sowieso nicht an dem Erbe und nur an ihr interessiert sei, könne ihm der Vertrag doch egal sein, haben sie argumentiert.«

»Der Ehevertrag sieht wahrscheinlich vor, dass Vanessas Mann sie nicht beerben kann«, bemerkte Pielkötter.

Frau Gerhardt nickte. »Zudem haben die Eltern mit ihr einen Erbvertrag geschlossen. Vanessa hat allem ohne Probleme zugestimmt. Materielles ist ihr nicht wichtig, glaube ich. Sie hat auch bei ihren Männerbekanntschaften nie nach Geld geschaut. Eine Zeit lang war sie ja mal mit meinem Neffen eng befreundet. Ein wirklich netter Junge. Es wäre so schön gewesen, wenn ...«

Frau Gerhardt zuckte resigniert mit den Schultern, schaute eine Weile ins Leere. Dann machte sie eine wegwerfende Handbewegung.

»Nein, Vanessa hat einfach nicht das richtige Gefühl für den Wert des Geldes. Von Kindesbeinen an hat sie ja immer alles gehabt, was sie brauchte. Für sie ist ein gewisser Reichtum selbstverständlich.«

»Was genau besagt denn der Erbvertrag?«

»Ich weiß nur so viel, dass Vanessa die Firma und das Vermögen erst zu einem späteren Zeitpunkt erbt. Bis dahin erhält sie nur eine bestimmte monatliche Auszahlung.«

»Ist denn der Erbfall schon eingetreten? Was ist denn mit ihren Eltern?«

»Ein tragischer Unfall. Ihr Tod hat Vanessa ziemlich mitgenommen.« Katharina Gerhardt seufzte laut. »Manchmal habe ich solche Angst, auch Vanessa könnte etwas Schreckliches zustoßen«, sagte sie mehr zu sich selbst.

Bewundernswert, dachte Pielkötter, anscheinend fühlt die Frau so mit Vanessa, dass sie ihren eigenen Kummer vollkommen vergessen hat. Und er begann sich langsam für diese Familie zu interessieren.

»Wieso erbt sie erst später?«

»Damit der Nichtsnutz nicht schon jetzt das Geld verpulvern kann«, erklärte Frau Gerhardt nun sichtlich erregt. »Ich glaube Vanessas Eltern haben darauf gehofft, dass ihre Tochter im Laufe der Zeit seinen wahren Charakter erkennt und sich scheiden lässt.«

Den wahren Charakter eines Menschen erfassen, dachte Pielkötter, darum ging es in seiner Arbeit auch immer wieder. Und er wusste genau, wie schwierig das war. Wie oft hatte er erlebt, dass auch die nächsten Angehörigen völlig ahnungslos waren.

»Was glauben Sie, welchen Ärger es nach dem Tod von Vanessas Eltern gegeben hat? Vorher wusste der Lump offensichtlich nichts von dem Erbvertrag. Das Theater hätten Sie mal erleben sollen. Wieso hast du mir diesen Vertrag verheimlicht?, hat er Vanessa angeschrien. Hast du nicht das geringste Vertrauen zu mir? Dabei hätte ich viel mehr Grund, dir zu misstrauen. Schließlich hast du mir sogar meine Karriere ruiniert. – Meiner Meinung nach hat diese Reaktion Vanessa den Rest gegeben. Ihre Eltern waren doch erst gerade unter der Erde. Aber anstatt ihr beizustehen, hat der Lump ihr nur die Hölle heiß gemacht. Kein Wunder, dass sie seitdem Beruhigungsmittel schluckt.«

»Womit hat sie denn seine Karriere ruiniert?«, frage Pielkötter interessiert.

»Darüber möchte ich nicht reden«, erwiderte Frau Gerhardt und schaute gedankenverloren an ihm vorbei.

»Wer beerbt eigentlich Vanessa, wenn sie keine Kinder hinterlassen sollte?«, lenkte Pielkötter das Gespräch wieder auf das vorherige Thema.

»Dann fallen Firma und Vermögen an eine Stiftung, die behinderten Menschen in Indien zugute kommt.«

»Ehevertrag plus Erbvertrag«, sinnierte Pielkötter. »Da haben sich Frau Martinis Eltern aber ganz gehörig abgesichert.«

»Die hatten einfach Angst um Vanessa. Dem Lump haben sie doch alles zugetraut.«

»Alles?«, fragte Pielkötter hellhörig.

Unwillkürlich erinnerte er sich an die schlimmsten Verbrechen, die er im Laufe seines Berufslebens erlebt hatte. »Und Sie? Was trauen Sie ihm alles zu?«

Auch wenn Frau Gerhardt zunächst schwieg, las er die beunruhigende Antwort in ihren meergrünen Augen.

»Ich durchschaue ihn ebenfalls«, antwortete sie nach einer Weile mit seltsamer Stimme. »Deshalb möchte er mich auch so schnell wie möglich loswerden. Wie oft wäre ich tatsächlich am liebsten gegangen. Aber dann hätte ich das Gefühl, Vanessa schutzlos zurückzulassen. Das hätte auch ihren Eltern nicht gefallen.«

Erregt stürzte sie den Rest des Cognacs hinunter und sah Pielkötter traurig an. »Vanessa lässt sich einfach zu viel von ihrem Mann gefallen«, fuhr sie fort. »Ich habe versucht, das auszugleichen, ihr den Rücken zu stärken.«

Aha, dachte Pielkötter, kein Wunder, dass Vanessas Ehemann das nicht gefiel. In gewisser Weise konnte er Herrn Martini sogar verstehen. Er konnte nicht davon ausgehen, dass Frau Gerhardt die Zustände im Haus ihrer Arbeitgeber automatisch richtig beurteilte, nur weil sie ihn an Inken erinnerte. Vielleicht hatte sie sich einfach in die Idee verrannt, in Herrn Martini nichts als den berechnenden, zu allem fähigen Fiesling zu sehen. Dennoch fiel es Pielkötter ungewöhnlich schwer, Frau Gerhardt gegenüber objektiv zu bleiben.

»Meiner Meinung nach benötigt Vanessa dringend psychologische Hilfe«, erklärte sie, während sie den leeren Cognacschwenker zwischen Zeigefinger und Daumen drehte. »Besonders jetzt, wo ich ihr nicht mehr beistehen kann. Die vielen Beruhigungstabletten sind jedenfalls keine Lösung.«

Sofort musste Pielkötter an den Psychologen Mark Milton denken. Seit dem ersten gemeinsamen Köpi hatten sie sich einige Male im Finkenkrug und im Webster getroffen. Milton hatte ihm den falschen Verdacht nicht nachgetragen und sein eigenes Verhalten schonungslos beleuchtet. Pielkötter kannte nicht gerade viele Menschen, die derart selbstkritisch mit sich selbst umgingen. Irgendwie imponierte ihm das, obwohl es nicht gerade zu seinen Eigenschaften zählte, sich schnell beeindrucken zu lassen. Während er nun überlegte, ob er Frau Gerhardt seinen guten Bekannten Milton empfehlen sollte, schaute sie zwei Containerschiffen hinterher, die wahrscheinlich aus Rotterdam kamen und in Kürze ihre Ladung im Hafen von Duisburg-Ruhrort löschen würden.

»Ihrer Meinung nach braucht Frau Martini also psychologische Hilfe«, nahm er den Faden wieder auf. »Möglicherweise könnte ich Ihnen jemanden vermitteln. Ein Bekannter von mir ist Psychologe.«

Dabei zog er seine Visitenkarte aus der Jackentasche und legte sie vor ihr auf den Tisch.

»Leider teilt Vanessa meine Meinung nicht«, erwiderte Frau Gerhardt mit einem Seufzen. »Aber ich werde einfach noch einmal mit ihr reden.«

»Und falls der saubere Herr die Kündigung nicht zurückzieht, brauchen Sie einen Anwalt«, kam Pielkötter zum Abschied noch einmal auf ihr Problem zurück. »Ich kenne einen guten Juristen für Arbeitsrecht.«

»Danke für Kaffee und Cognac«, sagte Frau Gerhardt, ohne darauf einzugehen. »Ich muss jetzt erst einmal meiner Schwester mein Herz ausschütten.« Während sie sich eilig erhob, lag seine Visitenkarte immer noch unberührt auf dem Tisch.

Pielkötter fühlte sich äußerst unwohl bei dem Gedanken, Frau Gerhardt vielleicht nie wiederzusehen. Obwohl er die Frau kaum kannte, wollte er auf keinen Fall, dass sie klanglos wieder aus seinem Leben verschwand wie damals Inken.

Schluss jetzt mit diesem misslichen Vergleich, rief er sich zur Räson. Du bist eben neugierig, so einfach ist das. Zudem kannst du Ungerechtigkeit schon gar nicht vertragen. Und die Kündigung ist ungerecht. In solch einer Situation musst du einfach helfen. Dafür bist du schließlich Polizist. Er freute sich, als sie die Visitenkarte endlich an sich nahm und in ihre Handtasche steckte.

Wenige Augenblicke später war Frau Gerhardt verschwunden. Pielkötter blieb noch einige Minuten sitzen und ließ das Gespräch Revue passieren.

Es blieben noch so viele ungeklärte Fragen. Der Kommissar in ihm spürte eine gewisse Unzufriedenheit, auch wenn es hier keinen Fall gab, zumindest keinen für die Polizei. Unwillkürlich musste er an den toten Heitkämper denken. Er überlegte kurz, dann zog er sein Handy aus der Tasche.

»Pielkötter hier«, meldete er sich. Ärgerlich legte er seine Stirn in Falten.

»Ja, Pielkötter, zum Donnerwetter noch mal. Was heißt hier krank? Ein echter Ermittler ist immer im Dienst.«

Anstatt dass Barnowski froh war für jede Unterstützung, meinte der Bursche, der Anruf käme jetzt ungelegen. Ungelegen, das stelle man sich vor. Pielkötter schnaubte.

»Ungelegen oder nicht«, schrie er ins Handy. »Jetzt hören Sie mir erst einmal zu. Mir ist da nämlich so eine Idee gekommen. Der mögliche Mörder von Heitkämper könnte doch eine Detektei beauftragt haben, um sein Opfer auszuspionieren. Der wird sein Geld wohl leicht verdient haben. Heitkämpers festgelegte Radtouren waren ja allgemein bekannt. Da war es sicher nicht schwer, auch noch das genaue Wo und Wann herauszufinden.«

»Na, dann kümmere ich mich mal um die Detekteien«, ließ sich Barnowski schließlich zu einer Zustimmung herab.

Begeistert klingt anders, dachte Pielkötter. Wenn das so weitergeht, wird mich diese erzwungene Auszeit noch in den Wahnsinn treiben.

Kapitel 13

Am nächsten Morgen machte sich Pielkötter auf den Weg ins Präsidium. Zuhause hielt er es einfach nicht mehr aus, zumal Barnowski ihn nicht über den Ermittlungsstand informierte. Nicht einmal den Obduktionsbericht hatte er ihm gefaxt. Diesen Fall konnte er seinem Mitarbeiter unmöglich allein überlassen. »Gewissenhaft« war für den doch ein Fremdwort.

Als Pielkötter die Eingangshalle des Präsidiums durchquerte, kam es ihm vor, als wäre er eine halbe Ewigkeit nicht an diesem Ort gewesen. Die vier Säulen, die die Halle optisch unterteilten, passten für sein Empfinden immer noch nicht hierher, aber vielleicht waren sie nötig wegen der Statik. Sein Blick traf die Ansammlung von Pokalen an der rechten hinteren Wand. Soviel er sich erinnerte, stammten die vom Polizeisportverein. Ein erster Platz für ein Hallenfußballturnier war auch dabei. Nachdenklich eilte er weiter zu Barnowskis Büro. Wenig später stand er seinem verdutzten Mitarbeiter gegenüber. Ein »Schön, Sie zu sehen« hatte Pielkötter sicher nicht erwartet, dennoch fand er Barnowskis vollkommene Sprachlosigkeit reichlich überzogen.

»Der Fall Heitkämper lässt mich nicht so ganz ruhen«, erklärte Pielkötter, um endlich das Schweigen zu brechen.

»Und dafür laufen Sie extra hier auf«, hatte Barnowski seine Sprache endlich wiedergefunden.

»Immerhin haben wir den Fall übernommen, bevor ich krank geworden bin«, entgegnete Pielkötter, obwohl er eigentlich der Meinung war, hier gäbe es nichts zu erklären.

»Wir?«, fragte Barnowski voller Ironie.

»Als Ihr Vorgesetzter werde ich mich doch wohl nach dem Stand der Ermittlungen erkundigen dürfen.«

»Ich weiß nur, dass Sie dienstunfähig geschrieben sind und ich mein Bestes gebe, um diesen Fall aufzuklären. Der Unfall ist ja erst einige Tage her«, verteidigte sich Barnowski erregt.

»Einige Tage? Genau vier. Wenigstens das sollten Sie wissen.« Und ganz offensichtlich hatte Barnowski immer noch nicht eingesehen, dass hinter diesem Unfall mehr stecken konnte, als es zunächst den Anschein gehabt hatte. Würde gewiss nicht schaden, ihm etwas Dampf zu machen und notfalls jeden Tag in seinem Büro auf der Matte zu stehen.

»Haben Sie sich den Obduktionsbericht inzwischen einmal genauer angesehen?«

»Was denken Sie denn?«

Soviel Pielkötter mit einem Blick auf den Schreibtisch seines Untergebenen erkennen konnte, lag der Bericht aufgeschlagen vor ihm. Wahrscheinlich hatte Barnowski ihn gerade erst studiert, als er einfach zur Tür hereingeschneit war.

»Da kann ich nur hoffen, dass Sie die richtigen Schlüsse daraus ziehen werden«, mahnte Pielkötter.

Ehe er aus dem Büro verschwand, machte er seinem Untergebenen unmissverständlich klar, dass er darauf bestand, den gefaxten Obduktionsbericht noch heute in seinem Haus vorzufinden.

Kapitel 14

Teilnahmslos rührte Vanessa in ihrer Teetasse herum. Frau Gerhardt, die die Abwesenheit des Hausherrn nutzte, um ihre ehemalige Arbeitgeberin zu besuchen, beobachtete sie entsetzt. Leider deutete vieles daraufhin, dass sich ihr Zustand inzwischen verschlimmert hatte. Das schöne, halblange Haar hing strähnig herunter, um die vollen Lippen lag ein verhärmter Zug. Ganz offensichtlich hatte sie resigniert, anstatt die Probleme endlich in die Hand zu nehmen.

»Sie nehmen zu viele Medikamente«, tadelte Frau Gerhardt. »Natürlich habe ich Ihnen das schon oft gesagt. Aber wie ich sehe, haben Sie meinen Rat immer noch nicht befolgt.«

Vanessa lächelte müde.

»Ich sitze Ihnen jetzt nicht mehr als Angestellte gegenüber«, fuhr Frau Gerhardt fort. »Deshalb wage ich, ganz offen mit Ihnen zu reden.«

»Haben Sie das nicht schon immer?«

»Jedenfalls bin ich dieses Gespräch Ihren Eltern schuldig.«

Vanessa zuckte kaum merklich zusammen. Wahrscheinlich schämt sie sich jetzt, dachte Frau Gerhardt. Kein Wunder bei dem korrekten Vater und der gepflegten Mutter. Wie die wohl reagiert hätten?

»Es ist nicht fair, meine Eltern ins Spiel zu bringen«, entgegnete Vanessa mit starrer Miene.

»Aber das Verhalten Ihres Gatten, das ist fair«, erwiderte Frau Gerhardt ironisch. Sie hatte die Stimme ein wenig erhoben.

Überrascht schaute Vanessa auf. Noch nie hatte sie ihre ehemalige Angestellte wütend erlebt.

»Ich weiß ja, wie sehr Sie an Ihrem Mann hängen. Deshalb wollte ich auch keinen Keil zwischen Sie treiben. Aber schauen Sie doch einmal in den Spiegel. Sieht so eine glückliche Frau aus? Wenn Sie so weitermachen, ist Ihnen bald alles egal. Selbst Ihre Ehe.«

Trotz der Beruhigungsmittel zitterte Vanessas Unterlippe. Plötzlich erhob sie sich und lief ins Bad. Jedoch nicht schnell genug, um ihre Tränen zu verbergen. Frau Gerhardt seufzte. Warum musste sich Vanessa ausgerechnet in diesen Egoisten vergucken? Es gab doch wirklich genügend nette Männer, auch wenn es nicht ihr Neffe sein konnte.

Unwillkürlich musste sie an Pielkötter denken. Seine verständnisvolle Art hatte ihr sehr imponiert. Ein Mann, in dessen Gesellschaft sie sich wohl gefühlt hatte, trotz ihrer misslichen Lage. Natürlich war sie zunächst wütend auf ihn gewesen, aber die Wut hatte sich ziemlich schnell gelegt. Schließlich konnte er nichts dafür, dass der Lump ihr gekündigt hatte. Ohne den Kommissar hätte er dazu eben einen anderen Anlass genommen. Während sie sich an das Gespräch im *Hafensturm* erinnerte, fiel ihr wieder ein, dass Pielkötter erwähnt hatte, einen guten Psychologen zu kennen. Sobald Vanessa aus dem Bad zurückkam, würde sie das Gespräch darauf bringen.

Tatsächlich betrat Vanessa wenige Augenblicke später das Wohnzimmer. Sie hatte die Tränen getrocknet. Nur die geröteten Augen verrieten noch, dass sie geweint hatte.

»Übrigens habe ich mich nach dem Eklat hier lange mit diesem Kommissar unterhalten«, setzte Frau Gerhardt das Gespräch fort. »Ein Bekannter von ihm ist Psychologe.«

»Ich möchte mich bei Ihnen entschuldigen«, erwiderte Vanessa ohne darauf einzugehen.

Diese Wendung hatte Frau Gerhardt nun wirklich nicht erwartet.

»Ich hätte zu Ihnen halten müssen, als Alexander Sie entlassen hat. Wie kann ich das nur wiedergutmachen?«

»Tun Sie mir einfach den Gefallen und nehmen Sie Kontakt zu Kommissar Pielkötters Bekannten, diesem Psychologen, auf. Ich glaube, er könnte Ihnen helfen.«

»Vielleicht sollte ich das wirklich tun«, antwortete Vanessa zu ihrem Erstaunen. »Und die Tabletten werde ich auch reduzieren. Und damit Sie sehen, wie ernst ich das meine, rufe ich gleich Alexander an, um ihm diesen Entschluss mitzuteilen.«

Frau Gerhardt jedoch plagten enorme Zweifel, ob ihrem Ehemann diese Entwicklung wirklich gelegen kam.

Kapitel 15

Im Schutz der Dunkelheit huschte die Gestalt an der Hecke des Grundstücks entlang, das Gesicht von einer Wollmütze mit zwei Sehschlitzen verdeckt. Der Körper steckte in einem schwarzen Trainingsanzug, die Hände in hauchdünnen, dunklen Handschuhen. Nur die breiten Schultern und die eher schmalen Hüften ließen erahnen, dass ein Mann hinter der Vermummung steckte.

Mit wenigen lautlosen Schritten erreichte er die Terrassentür. Die schwarze Wollmütze verbarg ein diabolisches Lächeln. Zu seiner Freude war die Tür gekippt und schien ihn geradezu einzuladen. Zufrieden zog er den Rucksack von seinen Schultern und holte eine Brechstange heraus. Er bückte sich zur Unterkante der Tür. Anschließend schob er das abgewinkelte und wie ein Meißel keilförmig ausgeprägte Ende der Brechstange zwischen Tür und Rahmen. Innerhalb kürzester Zeit hatte er die Tür aufgehebelt. Nun verstaute er die Brechstange wieder in dem Rucksack und zog stattdessen eine kleine Taschenlampe hervor. Eilig huschte er ins Haus.

Innen knipste er die Taschenlampe an. Der Lichtkegel wanderte langsam durch den riesigen Raum und blieb schließlich an der Treppe hängen, die hinter einem kleinen Mauervorsprung nach oben führte. Während der Lichtkegel den Stufen in die erste Etage folgte, lauschte der Mann. Nachdem er eine Weile in dieser Stellung verharrt hatte, wandte er sich um. Er näherte sich einer Vitrine, öffnete zwei Schubladen und wühlte darin. Offensichtlich stellte der Inhalt ihn nicht zufrieden. Ohne die Schubladen wieder zu schließen, schlich er zu dem Gemälde links neben der Vitrine. Mit einem geübten Griff zog er ein Messer aus der Hosentasche und klappte es auf. Während der Einbrecher den Strahl der Taschenlampe in seiner Linken nun auf das Gemälde richtete, schnitt er mit dem Messer in seiner Rechten an dem Rahmen entlang.

Plötzlich hörte der Vermummte ein leises Knacken. Das Geräusch schien aus der ersten Etage zu kommen. Reflexartig knipste er die Taschenlampe aus und drehte sich um. Für einen Moment blieb alles still, dann jedoch vernahm er wieder dieses Knacken. Zudem beschlich ihn das Gefühl, in dem Raum nicht länger allein zu sein. Angespannt hielt er den Atem an und spähte durch die Dunkelheit nach oben. Sein Griff um das Klappmesser verstärkte sich. Nachdem es eine kleine Ewigkeit ruhig geblieben war, wollte er sich schon wieder dem Gemälde zuwenden, da durchflutete plötzlich Licht die erste Etage. Wie gebannt starrte er wieder nach oben.

Eine junge Frau tauchte am oberen Ende der Treppe auf. Er war nicht sicher, ob sie ihn schon gesehen hatte, doch dann öffnete sie den Mund und schrie. Während er sich mit gezücktem Messer langsam der Treppe näherte, verharrte sie regungslos, wie erstarrt. Doch bevor er sie erreichen konnte, rannte sie mit einem Mal los. Eine Tür fiel ins Schloss, ein weiteres Geräusch deutete darauf hin, dass sie sich eingeschlossen hatte. Der Mann dachte kurz nach, dann drehte er um und eilte in die Nacht hinaus.

Kapitel 16

Nachdem Pielkötter einige Zeit ziellos durch die Straßen gefahren war, hielt er an der nächsten Bude. Ein älterer Mann mit Bierflasche in der einen und Zigarette in der anderen Hand stand seitlich davor, den Rücken lässig gegen die Ablage gelehnt. Während Pielkötter sich näherte, zog Zigarettenrauch in seine Nase. Obwohl ihn der Geruch inzwischen eher abschreckte, hätte er sich zum ersten Mal seit Jahren gerne wieder eine Zigarette angesteckt. Als Alternative hätte er auch gerne einen doppelten Wodka getrunken. Aber der musste warten bis heute Abend.

»Nee, wat die wieder nen Scheiß mit uns veranstalten«, erklärte der alte Mann, ehe Pielkötter eine Rolle Pfefferminz bestellen konnte.

»Wer?«, fragte er aus einer Laune heraus, obwohl ihn das herzlich wenig interessierte. Wahrscheinlich meinte der Mann sowieso den MSV oder irgendeinen anderen Fußballverein.

»Na, die Regierung.«

Verständnislos runzelte Pielkötter die Stirn.

»Dieses ganze Hin und Her mit die Steuern«, erklärte der Mann. »Aber egal, wat die mit uns veranstalten, besser wird sowieso nix.«

Pielkötter schüttelte den Kopf, zahlte und stieg wieder in seinen Wagen. Immerhin hatte er nun genug davon, sinnlos in der Gegend herumzufahren und die Regierung mit seinem Benzinverbrauch finanziell zu unterstützen. Er wollte nur noch auf dem schnellsten Weg ins Präsidium.

Unschlüssig stand Pielkötter wenig später vor seinem Büro: Sollte er zuerst einen Blick hineinwerfen oder doch lieber unangemeldet bei Barnowski reinschneien? Wenn er es sich so recht überlegte, war er eher in der Stimmung für eine wenig nette Überraschung. Barnowski hatte es wahrlich verdient. Schließlich hatte er sich nicht einmal gemeldet, um ihn über den neusten Stand der Ermittlungen aufzuklären.

Barnowskis Büro befand sich auf demselben Gang drei Türen weiter. Während Pielkötter mit Wucht die Klinke hinunterdrückte, schien sich sein Puls zu beschleunigen. Kein gutes Zeichen für sein inneres Gleichgewicht, jedoch war Dampf ablassen jetzt vielleicht genau das Richtige. Enttäuscht starrte Pielkötter in den menschenleeren Raum. Zum Donnerwetter, hatte sich denn heute alles gegen ihn verschworen? Zuerst wollte er das Büro sofort wieder verlassen, aber dann gewann doch die Neugierde, und er trat ein, um einen kurzen Blick auf Barnowskis Schreibtisch zu werfen. Leider war der so gut wie leer. Ein Zettel mit der Adresse von Heitkämpers Bruder lag obenauf, ein Blatt mit handschriftlichen Aufzeichnungen, die er nicht entziffern konnte, und ein Reiseprospekt. Pielkötters Puls beschleunigte sich ein weiteres Mal. Am liebsten hätte er die Schubfächer kontrolliert, aber so weit wollte er dann doch nicht gehen. Aufgebracht rauschte er aus Barnowskis Büro und lief direkt dem leitenden Polizeidirektor über den Weg.

»Hauptkommissar Pielkötter?«, fragte Theodor Kraschnitz, genannt, die Krake, verwundert. »Wie ich hörte, sind Sie krankgemeldet.«

»Mir geht es schon wieder besser«, antwortete Pielkötter. »Eigentlich könnte ich …«

»Sind Sie noch krankgemeldet oder nicht?«, schnitt Kraschnitz ihm das Wort ab.

»Das schon, aber …«

»Also kommen Ermittlungen nicht in Frage. Sie kennen doch die Rechtslage. Wenn Ihnen im Dienst etwas zustößt, haben wir ein Problem. Und ich habe wahrlich genug davon.«

»Wollte nur kurz im Präsidium vorbeischauen«, verteidigte sich Pielkötter.

»Dann lassen Sie das nicht zur Gewohnheit werden«, entgegnete die Krake und ließ ihn stehen.

Ärgerlich schaute Pielkötter ihm nach. Was hatte der alte Mann an der Bude noch gleich gesagt? Jedenfalls irgendwas mit »Scheiß«. Genau das trifft den Kern der Sache, dachte er und setzte sich missmutig in Bewegung.

Kapitel 17

Vorwurfsvoll sah Marianne ihm entgegen, als Pielkötter nach Hause kam. Offensichtlich hatte sie das Mittagessen schon abgeräumt. Zwar gab sie keinen Laut von sich, aber er las Anklagen in ihren Gesichtszügen, die er in diesem Moment kaum ertragen konnte.

Ich hätte niemals auf diesen Doktor Düllenhofer hören sollen, dachte er wütend. Dieser ganze Stress hier zu Hause macht mich doch erst richtig krank. Am liebsten hätte er gleich morgen früh die Arbeit wieder aufgenommen, aber nach seiner Begegnung mit Kraschnitz kam das wohl nur nach Rücksprache mit dem Arzt in

Frage. Und der würde seine Zustimmung nicht geben, auch wenn Pielkötter keinen neuen Schwächeanfall erlitten und das Langzeit - EKG keinen besorgniserregenden Befund ergeben hatte. Den zu hohen Blutdruck bekam er sicher auch noch in den Griff.

Verärgert lief er zum Wohnzimmerschrank und holte eine Flasche Wodka hervor. Die Flasche war lauwarm. Warum war der Wodka nie kalt, wenn man ihn am nötigsten brauchte? Damit sollte ich für Kühlschränke werben, dachte Pielkötter und gab einen Laut von sich, der einem Grunzen ziemlich nahekam und entfernt an ein missglücktes Lachen erinnerte. Obwohl er keinen lauwarmen Wodka mochte, schenkte er sich ein Schnapsgläschen ein.

Nachdem Marianne ins Zimmer gerauscht war und ihn mit einem weiteren anklagenden Blick bedacht hatte, geriet er in Versuchung, die Prozedur zu wiederholen. Wahrscheinlich schmeckte der zweite warme Wodka gar nicht mehr so schlecht. Doch ehe er sich entschieden hatte, klingelte das Telefon.

»Ich hoffe, ich störe Sie nicht gerade«, hörte er Frau Gerhardts Stimme.

»Nein, nein«, versicherte Pielkötter schnell.

Tatsächlich freute er sich über den Anruf, hatte ihn in gewisser Weise sogar herbeigesehnt.

»Gestern habe ich Vanessa besucht«, erklärte Frau Gerhardt. »Sie war in einem schrecklichen Zustand, und ich habe ihr ins Gewissen geredet. Dabei habe ich auch von Ihrem Bekannten, diesem Psychologen, erzählt. Sie will tatsächlich mit ihm reden. Nun möchte ich keine Zeit verlieren, ehe sie sich das wieder anders überlegt.«

»Ich werde so schnell wie möglich mit Milton Kontakt aufnehmen«, versprach Pielkötter. »Allerdings benötige ich noch einige Informationen, um ihm zu zeigen, wie dringend die Angelegenheit ist. Am besten schaue ich bei Ihnen vorbei, dann können wir alles in Ruhe besprechen.«

War ihm etwa dieser eine warme Wodka zu Kopf gestiegen? Wie kam er dazu, sich einfach bei Frau Gerhardt einzuladen?

»Sie könnten heute Nachmittag zum Kaffee kommen«, erwiderte sie jedoch zu seiner Freude.

»Gern.«

Nachdem sie ihm noch ihre Adresse genannt hatte, verabschiedete sie sich. Pielkötter starrte auf den Hörer in seiner Hand. Zum ersten Mal an diesem Tag zeigte sich ein kurzes Lächeln auf seinem Gesicht.

Nachdem er einfach eine Weile in seine Gedanken vertieft in seinem Sessel gesessen hatte, stand er auf und lief ins Bad. Es konnte nicht schaden, sich vor dem Kaffee noch etwas frisch zu machen. Als er noch tropfnass unter der Dusche stand, schneite Marianne herein.

»Telefon für dich, Frau Gerhardt. Die Haushälterin der Martinis.«

Pielkötters Laune stürzte um einige Grade auf der Skala nach unten. Was konnte dieser erneute Anruf schon bedeuten? Sicher eine Absage. Nebenbei fiel ihm auf, dass er Marianne offensichtlich noch nichts von der Kündigung erzählt hatte. Kein Wunder, wo sie so wenig Zeit miteinander verbrachten.

»Ist Frau Gerhardt noch in der Leitung?«

»Ja, ich konnte ja nicht wissen, dass du unter der Dusche steckst.«

Hastig trocknete er sich ab, band sich das halb nasse Handtuch um die Hüften und eilte aus dem Bad.

»Pielkötter, hier«, bemerkte er sichtlich angespannt.

»Vanessa hat mich soeben angerufen«, erklärte ihm Frau Gerhardt aufgeregt. »Gestern Nacht ist in ihrer Villa eingebrochen worden. Die Ärmste war völlig durcheinander. Sie ist so labil. Ich habe übrigens einen Verdacht, wer hinter dem Einbruch steckt. Glauben Sie mir, Vanessa ist in Gefahr.«

Bisher hatte Pielkötter nicht gewagt, ihren Redefluss zu unterbrechen, aber wenn er ihr wirklich helfen sollte, war er auf präzisere Angaben angewiesen. »Wann genau hat der Einbruch denn stattgefunden?«, fragte er, ehe Frau Gerhardt weiterreden konnte.

»Gegen Mitternacht, sofern ich Vanessa richtig verstanden habe. Dabei weiß ich nicht einmal, ob ich mich auf ihre Angaben verlassen kann. Wahrscheinlich hatte der Lump sie wieder total mit Medikamenten zugedröhnt. *Ich habe wirklich schreckliche Angst, er tut ihr was an.*«

»Aber bei dem Ehevertrag würde er sich damit finanziell doch sehr schaden«, versuchte Pielkötter sie zu beruhigen. »Trotzdem nehme ich Ihre Befürchtung natürlich sehr ernst. Deshalb schlage ich vor, ich informiere mich genau über den Einbruch. Anschließend schaue ich bei Ihnen vorbei, wie abgemacht.«

Nachdem sie aufgelegt hatte, eilte Pielkötter ins Bad zurück. Während er sich ankleidete, gestand er sich ein, dass eine Absage ihn weit mehr aufgewühlt hätte als diese Einbruchsgeschichte. Zumal er davon ausging, dass sich Frau Gerhardt unnötige Sorgen machte. Aber nun hatte er ihr versprochen, sich der Sache anzunehmen. Zuerst überlegte er, direkt im Einbruchsdezernat anzurufen, entschied sich dann aber doch dagegen. Eigentlich hatte er nichts gegen die Kollegen, aber zumindest Ferdinand Holthausen war eine männliche Klatschtante in Reinkultur. Sofern Holthausen von seinem Anruf Wind bekam, wusste bald das ganze Präsidium, was ihn während seiner Dienstunfähigkeit beschäftigte. Auf diese Publicity konnte er nun wirklich verzichten.

Schließlich entschloss Pielkötter sich, statt des Einbruchsdezernats Jochen Drenck von der Spurensicherung einzuschalten. Zumindest traute er dem Mann vom Erkennungsdienst absolute Verschwiegenheit zu, sofern er ihn ausdrücklich darum bitten würde. Nach zwei erfolglosen Anläufen hatte er Drenck endlich an der Strippe.

»Was war eigentlich gestern Nacht am Lohheider See los?«, fragte Pielkötter unvermittelt, nachdem er sich kurz gemeldet hatte.

»Ich denke, Sie sind dienstunfähig«, bemerkte Jochen Drenck verwundert.

Pielkötter räusperte sich. »Richtig, aber selbst als Privatmann ist man doch im Dienst. Zudem kenne ich die Leute persönlich. Wäre mir aber sehr lieb, wenn Sie meine Anfrage nicht gerade an die große Glocke hängen würden.«

»Auf meine Verschwiegenheit können Sie zählen«, bestätigte Drenck mit einem gewissen Stolz in der Stimme. »Also schießen Sie los. Was genau wollen Sie wissen?«

»Ich bin dankbar für jedes Detail.«

»Okay, kurz vor Mitternacht ging der Notruf ein. Als wir eintrafen, war der Täter natürlich längst über alle Berge. Offensichtlich ist er ins Haus gelangt, indem er die Terrassentür aufgehebelt hat. Die war anscheinend gekippt.«

»Seltsam«, entfuhr es Pielkötter.

»Ja, seltsam. Zudem sehr leichtsinnig«, bestätigte Jochen Drenck. »Soviel ich mitbekommen habe, war die Frau zum Zeitpunkt des Einbruchs allein in dem Haus. Erst als wir schon am Tatort waren, kehrte ihr Mann von einem Spaziergang zurück. Er wollte wegen Kopfschmerzen nur einen kurzen Spaziergang machen und hatte daher die Terrassentür nicht besonders sorgfältig geschlossen. Unterwegs hat er beim Laufen wohl Probleme bekommen und ist aus diesem Grund verspätet zurückgekehrt.«

»Merkwürdige Zufälle«, sagte Pielkötter mehr zu sich selbst.

»Zumindest hat der Mann wirklich eine leichte Behinderung am Bein.«

»Ja, ich weiß. – Was ist eigentlich gestohlen worden?«

»Wahrscheinlich nichts«, erwiderte Jochen Drenck. »Zumindest haben die Besitzer bislang nichts vermisst, auch wenn der Täter zwei Schubladen durchwühlt hat. Lediglich ein Gemälde hat er unvollständig aus dem Rahmen geschnitten. Nun ja, schließlich hat die Dame des Hauses ihn ja überrascht. Die Ärmste war völlig fertig mit den Nerven. So ein Einbruch ist ja immer ein Schock. Aber wenn man einer vermummten Gestalt auch noch hilflos gegenübersteht, trifft es einen besonders schlimm.«

»Ich hoffe, Sie hat wenigstens eine halbwegs brauchbare Täterbeschreibung geliefert?«

»Leider war der Einbrecher ja maskiert«, antwortete Jochen Drenck. »Falls ich mich recht erinnere, hat Frau Martini den Täter als mittelgroß und relativ schlank beschrieben. Aber das habe ich nur so nebenbei mitbekommen. Vielleicht fragen Sie doch noch einmal bei Robert Silbereisen nach. Der hat sie nämlich befragt.«

»Sie haben mir noch nichts über irgendwelche Spuren erzählt«, bemerkte Pielkötter.

Jochen Drenck lachte verhalten. »Leider gibt es da nicht viel zu erzählen. Wir haben weder brauchbare Fingerabdrücke noch sonst etwas gefunden, was nicht den Besitzern der Villa zugeordnet werden könnte.«

»Wie wertvoll war eigentlich das Gemälde?«

»Keine Ahnung. Da müssen Sie ebenfalls besser beim Einbruchsdezernat nachfragen. Die wissen das inzwischen bestimmt.«

»Vielleicht nicht so wichtig«, entgegnete Pielkötter. »Immerhin haben Sie mir schon eine Menge Details verraten. Erst einmal vielen Dank. Natürlich auch für Ihre Verschwiegenheit.«

Nachdem Pielkötter das Gespräch beendet hatte, lehnte er sich nachdenklich in seinem Schreibtischstuhl zurück. Wirklich seltsam, überlegte er. Kaum war der Hausherr eine Zeit lang abwesend, gelangte der Einbrecher ins Haus. Was hatte Frau Gerhardt damit gemeint, sie habe einen Verdacht, wer hinter dem Einbruch stecke? Wahrscheinlich der eigene Mann, vermutete er. Den hatte die ehemalige Haushälterin ja regelrecht auf dem Kieker. Ich habe wirklich schreckliche Angst, er tut ihr was an, hatte sie gesagt. Nun, sympathisch hatte er ihn auch nicht gefunden. Dennoch konnte es sich bei der Straftat kaum um einen versuchten Mord an Vanessa Martini handeln. Ihr Mann würde sich angesichts des Ehevertrages wahrscheinlich in große finanzielle Schwierigkeiten bringen. Vielleicht ging es bei dem Einbruch eher um Versicherungsbetrug? Auf jeden Fall würde er Frau Gerhardt bei seinem Besuch nach dem Wert des halb aus dem Rahmen geschnittenen Gemäldes fragen.

Kapitel 18

Als Barnowski das letzte Mal privat in Walsum-Aldenrade war, hatte es auf dem Marktplatz von Menschen nur so gewimmelt. Dagegen wirkte der Platz jetzt fast leer. Falls heute Markttag war, hatten die Händler ihre Stände schon abgeräumt, ihre nicht verkauften Waren wieder nach Hause gefahren und der städtische Reinigungsdienst seine Arbeit getan.

Barnowski schlenderte an der Häuserzeile längs des Platzes vorbei, bog dann ab, um zu der Straße hinter dem Markt zu gelangen. Gut gelaunt taxierte er die gepflegten Einfamilienhäuser auf der rechten Seite, die nicht recht zu den mehrstöckigen Bauten auf der linken zu passen schienen. Gaby und er würden sich wohl nie eine eigene Hütte leisten können. Was soll's, dachte er, sie hatten auch so genug Spaß. Im Augenblick planten sie ein exquisites Dinner zu zweit. Mit allem Drum und Dran, worauf er sich besonders freute.

Lächelnd steuerte Barnowski auf eines der Einfamilienhäuser zu, das sicher schon vor einigen Jahrzehnten erbaut worden, aber noch gut erhalten war. Hier also wohnte der Bruder von Heribert Heitkämper. Mit wenigen Schritten hatte er die Haustür erreicht. Noch ehe er sich irgendwie bemerkbar gemacht hatte, wurde die Tür plötzlich aufgerissen.

»Wir erwarten Sie schon«, begrüßte ihn Horst Heitkämper, der einem Foto seines toten Bruders äußerst ähnlich sah.

Zu Barnowskis Erstaunen trug der Mann Schwarz. Wollte er nun seine Trauer demonstrieren, nachdem er zunächst seinen Geschäften trotz des tragischen Unfalls weiter nachgegangen war? Nun ja, vielleicht wollte er jetzt vor der Kripo Eindruck schinden.

Im Wohnzimmer saß eine attraktive Blondine mittleren Alters und klärte Barnowski endlich auf, wen der Hausherr noch mit »Wir« gemeint hatte.

»Meine Frau Ella«, stellte er die Blondine vor.

»Kriminalkommissar Barnowski.«

»Bitte setzen Sie sich doch«, forderte die Dame des Hauses ihn auf.

»Erst einmal mein herzliches Beileid.«

»Wir hatten zwar kein enges Verhältnis zu Heribert, aber trotzdem war der Unfall natürlich ein Schock für uns«, erwiderte sie.

»Irgendwann musste Heribert ja so enden«, ergänzte ihr Mann.

»Wie meinen Sie das?«, fragte Barnowski hellhörig.

»Immerhin hat er bei seinen Radtouren einiges riskiert.«

»Ich denke, Radfahren ist äußerst gesund. Und so risikofreudig ist mir Ihr Bruder bei unseren Ermittlungen bisher nicht erschienen.«

»Aber nicht, wenn man dabei schon beinahe zwanghaft seinen Gewohnheiten folgt, egal wie widrig die Umstände sind. Den haben doch weder Nebel noch Glatteis abgeschreckt. Zudem hatten nicht alle Routen Fahrradwege.«

»War Ihr Bruder denn in allen Dingen so extrem?«

»Extrem würde ich das nicht unbedingt nennen, eher starrsinnig.«

»Der hatte einfach nen Knall«, ergänzte Ella Heitkämper. »Der brauchte immer denselben Ablauf. So etwas ist doch nicht normal.«

»Das hatte er von meinem Vater.«

»Immerhin hat der zwei Kinder in die Welt gesetzt, ein Akt, den ich Heribert niemals zugetraut hätte.«

»Darf ich daraus schließen, dass der Verstorbene niemals was mit Frauen hatte?«

»Davon würde ich mal ausgehen«, antwortete Ella Heitkämper. »Und wenn der jemals die tollste Frau auf Erden kennengelernt hätte, hätte die garantiert nicht in seinen Zeitplan gepasst.«

»Ella, bitte«, tadelte ihr Mann und strafte sie mit einem verständnislosen Blick. »Er ist tot. Und über Tote redet man nicht schlecht.«

»Aber der Kommissar muss sich doch schließlich ein Bild machen.«

»Warum eigentlich?«, fragte Horst Heitkämper und sah jetzt Barnowski so komisch an. »Das war doch ein Unfall, oder?«

»Zumindest gehen wir vorerst davon aus. Trotzdem müssen wir ermitteln. Immerhin ist der Unfallverursacher flüchtig.«

»Heißt das jetzt, dass Sie Absicht nicht ausschließen?«

»Einige Umstände erscheinen uns ziemlich merkwürdig.«

»Und jetzt wollen Sie von uns wissen, welches Motiv wir gehabt haben könnten«, entgegnete Horst Heitkämper mit einer gewissen Empörung in der Stimme. »Mit uns jedoch liegen Sie völlig falsch. Mein Bruder war nicht vermögend. Zudem hat er auch für das Seniorenheim unserer Mutter gezahlt. Das kann ich jetzt alleine übernehmen.«

Unter diesen Umständen kann ich einen Kaffee wohl vergessen, dachte Barnowski enttäuscht. Jedenfalls hatte er darauf gehofft, dass sie ihm zumindest ein Glas Wasser anbieten würden.

»Es liegt mir wirklich fern, Ihnen irgendetwas zu unterstellen. Aber vielleicht hatte jemand anderes ein Motiv und Sie können mir helfen, das herauszufinden. Womöglich hatte Ihr Bruder Feinde, von denen wir noch nichts wissen.«

»Heribert und Feinde, das kann ich mir kaum vorstellen«, antwortete Horst Heitkämper wieder in normaler Lautstärke.

»Dem waren andere Menschen doch viel zu gleichgültig, um auch nur einen Streit zu beginnen«, schaltete sich nun Ella ein.

»Im Übrigen besitze ich ein Alibi. Bis Samstag hatte ich geschäftlich in Bayern zu tun. Ab Montag sollte es dann in Wien losgehen. Deshalb hat sich die Rückfahrt nicht gelohnt und ich bin gleich von dort aus nach Wien weiter. Zur Unfallzeit saß ich wahrscheinlich gerade beim Frühstück. Wollen Sie den Hotelnamen wissen? Ich glaube, Hotel Maria Theresia. Natürlich kann ich nachsehen.«

»Nun mal langsam«, erwiderte Barnowski. »Erst einmal möchte ich von Ihnen nur wissen, wann Sie Ihren Bruder zum letzten Mal gesehen haben.«

»Also normalerweise sehe ich ihn höchstens alle paar Monate, meistens bei unserer Mutter«, antwortete Heitkämper. »In der letzten Woche jedoch war ich zufällig bei ihm. Es ging um einen Termin im Seniorenheim. Heribert sollte mich da vertreten. Eigentlich wollte ich ihn anrufen, aber er ging nicht ran. Deshalb bin ich zu ihm gefahren.«

»Wieso? Er hätte doch nicht zu Hause sein können.«

»Da kennen Sie meinen Schwager schlecht. Zu bestimmten Zeiten war der immer zu Hause«, mischte sich Ella wieder ein.

»Und, war er das?«

»Erstmal hat er auf mein Klingeln nicht reagiert, was schon sehr ungewöhnlich war. Dann habe ich festgestellt, dass im Wohnzimmer Licht brannte. Ich hab mir richtig Sorgen gemacht. Schließlich habe ich die Tür einfach aufgeschlossen.«

»Hatten Sie denn einen Schlüssel?«, fragte Barnowski erstaunt. »Ich denke, Sie hatten kein besonders inniges Verhältnis.«

»Damit liegen Sie durchaus richtig. Den Schlüssel hat er auch nicht ganz freiwillig herausgerückt. Meine Mutter hat ihm immer wieder in den Ohren gelegen. Zumindest seit er unter Bluthochdruck litt. Sie wusste ja, dass er sonst keine Bekannten hatte.«

»Wie hat denn Ihr Bruder auf Ihr Eindringen reagiert?«

»Fragen Sie lieber, wie ich reagiert habe«, erwiderte Horst Heitkämper und schüttelte verständnislos mit dem Kopf. »Mein Gesicht hätten Sie sehen sollen. Hab wohl ganz schön blöd aus der Wäsche geguckt. Da sitzt Heribert auf dem Sofa und stiert vor sich hin. Total besoffen. Die Literflasche Wein auf dem Tisch ist leer. Stellen Sie sich das vor. Der hat doch sonst nie getrunken.«

»Also war der wohl doch nicht so berechenbar.«

»Bis zu diesem Tag schon. Ich glaube, es war das erste Mal, dass mein Bruder mich in Erstaunen versetzt hat. Unabhängig davon, dass ich sein Verhalten allgemein nie ganz nachvollziehen konnte.«

»Was hat er denn zu Ihnen gesagt?«

»Zuerst hat der mich überhaupt nicht bemerkt. Hat nur irgendwas vor sich hin gemurmelt. Hörte sich an wie: Ich muss es ihr sagen. Und das immer wieder.«

»Wissen Sie, wen er damit gemeint haben könnte?«, fragte Barnowski, während er eilig einen Notizblock aus der Tasche zog. Der Fall schien für ihn nun doch eine unerwartete Richtung zu nehmen.

»Keine Ahnung«, antwortete Heitkämper. »Als Heribert mich bemerkte, hat er auch sofort mit dem Gemurmel aufgehört. Der hat sich nicht einmal groß aufgeregt, war einfach zu betrunken. Ich hab ihn quasi ins Bett geschickt wie ein kleines Kind. Am nächsten Tag habe ich ihn dann angerufen, aber da hat er sich wie immer verhalten. Hat mir sogar versprochen, den Termin wahrzunehmen, aber dazu ist es dann ja nicht mehr gekommen.« Zum ersten Mal im Verlaufe des Gesprächs zeigte Horst Heitkämpers Miene so etwas wie Trauer.

»Nach der Beerdigung kommen Sie bitte noch einmal aufs Präsidium«, erklärte Barnowski und erhob sich. »Sie müssen Ihre Aussage noch unterschreiben.«

Aufgewühlt verließ er wenig später das Haus. Das sonderbare Verhalten des Opfers wenige Tage vor seinem Tod warf ein ganz neues Licht auf den Unfall, zumindest für ihn. Sollte Pielkötter, dieser alte Fuchs, mit seinem Riecher mal wieder Recht behalten? Obwohl ihn selbst der Obduktionsbericht nicht wirklich von einem Mord überzeugt hatte, nahm er sich vor, dem Fall Heitkämper fortan eine ganz neue Priorität einzuräumen.

Kapitel 19

Während Kommissar Pielkötter vor der Wohnung von Frau Gerhardt wartete, fühlte er sich für einen Moment seltsam unsicher. So hatte er sich nicht mehr gefühlt, seit er die Jugendjahre hinter sich gelassen hatte. Trotzdem gefiel ihm der Vorstoß, sich in ihrer Wohnung zu treffen, ziemlich gut. Es gab ja auch einen offiziellen Grund für seinen Besuch, der mit seinem Beruf zu tun hatte. Das war sein Terrain, das würde ihm Sicherheit geben, und gleichzeitig könnte er seine Neugier befriedigen. Immerhin wusste er nun schon, dass Frau Gerhardt mit Vornamen Katharina hieß, sofern das Namensschild an der Tür nicht log. Neugier war eben eine Art Berufskrankheit, was in diesem Fall jedoch nur die halbe Wahrheit ausmachte.

»Ich freue mich über Ihren Besuch«, begrüßte ihn Katharina Gerhardt, als sie ihm die Tür öffnete. Anschließend führte sie ihn durch eine Diele, in der es nach einer Mischung aus frischer Tapete und Backwerk roch.

Pielkötter bemerkte sofort, dass Katharina noch attraktiver aussah als sonst. Jedenfalls hatte sie sich dezent geschminkt, was ihm bei den beiden ersten Begegnungen zumindest nicht aufgefallen war. Der beige Lidschatten betonte ihre ohnehin auffallenden meergrünen Augen. Ihre langen Beine steckten in einer schwarzen Bundfaltenhose, der grüne Kaschmirpullover schmiegte sich eng an ihren Körper, was sie sich bei ihrer Figur durchaus leisten konnte. Unwillkürlich zog Pielkötter seinen Bauch noch ein bisschen weiter ein.

»Nehmen Sie am Esstisch Platz«, forderte Katharina Gerhardt ihn auf, nachdem sie ein gemütliches kleines Wohnzimmer betreten hatten.

Der Tisch war bereits gedeckt. In der Mitte thronte ein Apfelkuchen. Geschickt balancierte Katharina Gerhardt ein übergroßes Kuchenstück auf seinen Teller und goss ihm eine Tasse Kaffee ein. Dass ich Kaffee trinke, weiß sie aus dem Besuch im *Hafensturm*, kombinierte Pielkötter.

»Ich bin sehr froh, dass Sie sich heute Zeit für mein Anliegen genommen haben«, eröffnete Katharina Gerhardt das Gespräch. »Sie können sich kaum vorstellen, in welcher Sorge ich um Vanessa bin. Erst die Kündigung und jetzt der Einbruch.«

Unwillkürlich runzelte Pielkötter die Stirn. »Ich verstehe den Zusammenhang nicht ganz«, sagte er ehrlich verwundert.

»Für mich ist das kein Zufall, da steckt was dahinter, das können Sie mir glauben. Das ist seine Strategie. Erst hat der Lump sie von allen Menschen, die ihr nah standen, isoliert und jetzt schreckt er auch vor einem Einbruch nicht zurück, um sie ganz zu verwirren. Ich habe solche Angst, was als Nächstes passiert.«

»Aber der Einbruch könnte doch einen ganz anderen Hintergrund haben«, erwiderte Pielkötter wenig überzeugt. »Immerhin lässt der Anblick der Villa sofort auf Wertgegenstände im Inneren schließen. Soviel ich von einem Kollegen erfahren habe, wurde ein Bild halb aus dem Rahmen geschnitten. Zudem hat der Täter zwei Schubladen durchwühlt.«

Katharina Gerhardt winkte ab. »Der Lump hat eben einen Einbruch vorgetäuscht. Jedenfalls würde es mich kaum wundern, wenn er nichts mitgenommen hätte. Nicht einmal den antiken Leuchter auf dem Beistelltisch neben dem Sofa.«

»Vielleicht hatte der Täter keine Ahnung von dessen Wert«, entgegnete Pielkötter. »Offensichtlich war er aber an dem Gemälde links neben der Vitrine interessiert. Haben Sie eine Ahnung, was das Bild gekostet hat? Oder ob es versichert war?«

»Ich bin kein Experte, aber die wertvolleren Bilder hängen in einem Büro im ersten Stock.«

»Hm«, brummte Pielkötter.

»Vanessa hat mir erzählt, der Einbrecher sei vermummt gewesen«, fuhr Katharina Gerhardt fort. »Alles andere hätte auch keinen Sinn ergeben, schließlich sollte sie ihren Mann nicht erkennen. Leider habe ich vergessen, Vanessa nach seiner Statur zu fragen. Ich tippe jedenfalls auf mittelgroß und schlank.«

»Diese Beschreibung wurde mir auch genannt, aber sie passt einfach auf zu viele Menschen. Zudem leuchtet mir immer noch nicht ein, warum ihr ehemaliger Arbeitgeber den Einbruch verübt haben soll.«

»Ich frage Sie: Gehen Einbrecher maskiert in die Häuser?«

»Nun, die wenigen, die wir auf frischer Tat erwischen konnten, haben sich diese Mühe nicht gemacht. Aber warum sollte jemand in seinem eigenen Haus einbrechen?«

»Um Vanessa zu verwirren, sie krankzumachen und so von der Firma fernzuhalten. Wahrscheinlich hat er Angst um seine Machtposition bekommen«, erklärte Frau Gerhardt. »An dem Morgen hat mir Vanessa noch versichert, sie wolle die Tabletten reduzieren. Zudem hat sie überlegt, mit dem Psychologen zu reden. Sie wollte raus aus ihrem Tief, wollte zurück ins Leben. Genau das wird ihrem Mann nicht gefallen haben. Sie war so stolz auf ihren Entschluss und hat es ihm direkt am Telefon erzählt. Damit hatte der Lump genug Zeit, den nächtlichen Einbruch vorzubereiten.«

Während Katharinas meergrüne Augen vor Aufregung blitzten, fühlte sich Pielkötter, wie so oft in ihrer Nähe, in eine Zeit vor über dreißig Jahren zurückversetzt. Zwar teilte er ihre Ansicht nicht, dennoch zog ihn ihr Eifer in gewisser Weise magisch an.

»Eine psychologische Behandlung ist wahrlich nicht in seinem Sinn«, fuhr Katharina Gerhardt wütend fort. »Der Lump redet Vanessa höchstens noch mehr Schuldgefühle ein. Will das Leben ohne seine Frau genießen. Aber natürlich mit ihrem Geld.«

»Schuldgefühle?«

Leider ging sie nicht darauf ein.

»Um noch einmal auf seine Machtposition zurückzukommen«, sagte Pielkötter. »Wenn ich mich recht an unser Gespräch im *Hafensturm* erinnere, ist sein Handlungsspielraum wegen des Erbvertrages doch sowieso begrenzt.«

Frau Gerhardt seufzte. »Schon. Allerdings kenne ich seine Kompetenzen in der Firma nicht. Aber als Geschäftsführer wird er sich doch einiges erlauben können, zumal wenn seine Frau gar keinen Einfluss mehr ausüben kann.«

»Hat er den Posten eigentlich erst nach dem Unfalltod von Vanessas Eltern eingenommen?«

»Nein, die alten Martinis haben es schon mit ihm als Geschäftsführer versucht. Dabei hat der sich eigentlich immer nur für Tennis interessiert. Soviel ich weiß, hat er seine Ausbildung als Industriekaufmann schon sehr halbherzig und mit schlechtem Ergebnis abgeschlossen. Danach hat er sich erst einmal ganz dem Tennisspielen gewidmet.«

»Wahrscheinlich mit besserem Erfolg«, erwiderte Pielkötter.

»Stimmt. In dieser Beziehung war er äußerst ehrgeizig. Er hatte schon während seiner Ausbildung einige Turniersiege errungen und die Aussicht auf eine steile Karriere stand sehr gut. Das passte auch wirklich zu dem geltungssüchtigen Lump.«

Pielkötter wollte zunächst fragen, woran die Karriere letztendlich gescheitert war, aber dann erinnerte er sich an seine Begegnung mit Herrn Martini. Der Mann hatte leicht gehinkt.

Ohne zu fragen, schenkte Katharina Gerhardt Kaffee nach. Offensichtlich war sie zu sehr mit ihren Gedanken beschäftigt.

»Ich bin ziemlich sicher, dass er eine Geliebte hat«, erklärte sie plötzlich.

Moralisches Fehlverhalten, dachte Pielkötter, aber nicht gerade strafbar. Verdammt, warum hatte der Kerl nichts verbrochen, dann hätte er wenigstens eingreifen können. Wenige Tage ohne Ermittlungsarbeit und schon solche absurden Gedanken. Wie konnte ein Polizeibeamter sich denn ein Verbrechen herbeiwünschen? Es wurde Zeit, dass er sich endlich auf Auszeit programmierte.

»Jetzt nehmen Sie erst einmal ein zweites Stück Kuchen«, platzte Frau Gerhardt in diesen frommen Wunsch.

»Danke, ich nehme gerne noch eins. Ihr Kuchen schmeckt wirklich köstlich.«

»Ich backe furchtbar gerne, aber für mich alleine lohnt sich der Aufwand kaum. Deshalb schätze ich es doppelt, dass Sie mich heute besuchen. Nicht nur wegen des Kuchens. Ich meine ... na ja, es tut gut, sich alles von der Seele zu reden.«

Endlich weiß mich jemand zu schätzen, dachte Pielkötter, und sieht in meinem Engagement keinen Übereifer.

»Warum glauben Sie an ein Verhältnis?«, fragte er neugierig.

»Ach, da gibt es mehrere Gründe. Ich war zwar nur einmal fast verheiratet, aber man hat ja so gewisse Vorstellungen vom Eheleben. Jedenfalls läuft da nicht mehr viel zwischen Vanessa und ihrem Mann, wenn Sie wissen, was ich meine. Dabei sind die beiden noch jung und selbst in unserem Alter hat man doch noch gewisse Bedürfnisse.«

Während sie den letzten Satz aussprach, errötete Katharina Gerhardt. Pielkötter musste innerlich schmunzeln. Recht hat sie, dachte er und zog unwillkürlich eine kurze, nicht gerade aufbauende Bilanz.

»Außerdem sollte ich einmal seinen Anzug zur Reinigung bringen«, fuhr sie schnell fort. »Wie der nach Parfüm gerochen hat. Und es war nicht Vanessas. In der letzten Zeit benutzt sie nicht einmal welches.«

Mit grübelnder Miene rührte Katharina Gerhardt in ihrer Kaffeetasse herum.

»Manchmal denke ich, diese Frau ist ein weiterer Grund, warum der Lump Vanessa unbedingt loswerden will. Und dabei schreckt der vor nichts zurück, das können Sie mir glauben.«

»Dabei denken Sie aber nicht etwa an Mord!«

Katharina erwiderte nichts, was Pielkötter allerdings genug zu denken gab.

»Einerseits kann ich Ihre Sorge ja verstehen«, erklärte er. »Andererseits spricht der Ehevertrag genau dagegen. Nach Vanessas Tod würde ihr Mann doch leer ausgehen.« Trotz dieses triftigen Arguments schien er Katharina Gerhardt von der Grundlosigkeit ihrer Sorge nicht gerade überzeugt zu haben.

Nachdenklich versuchte Pielkötter die Krümel seines zweiten Kuchenstücks mit der Gabel aufzunehmen.

»Möchten Sie noch eins?«

Pielkötter lehnte ab, obwohl er liebend gerne noch eins gegessen hätte. Der Kuchen war wirklich zu köstlich, aber bei seinem Bauchumfang wollte er lieber verzichten. Überhaupt wollte er in Zukunft mehr auf sein Gewicht achten. Dann würden sicher auch diese Symptome verschwinden, die ihm ab und an zu schaffen machten, wenn auch nicht so heftig wie am Lohheider See. Immerhin hätte er Katharina Gerhardt sonst nicht kennengelernt. Pielkötter wischte mehrmals mit seiner Serviette über den Mund, als könnte er diesen beunruhigenden Gedanken dadurch verscheuchen.

»Haben Sie Vanessa Martini eigentlich von Ihrem Verdacht erzählt, ihr Mann könne eine Geliebte haben?«

»Wo denken Sie hin?«, entgegnete Katharina Gerhardt. »Die Ärmste hatte schon genug Probleme. Zudem kennt sie so etwas nicht. Ihre Eltern waren sehr glücklich. Zumindest bis auf den unerfüllten Kinderwunsch.«

»Wieso unerfüllt?«, fragte Pielkötter erstaunt. »Ich denke, Vanessa ist ihre leibliche Tochter?«

»Selbstverständlich, aber was haben die nicht alles angestellt, um ein Kind zu bekommen? Und das zu der damaligen Zeit. Jedenfalls haben sich die Martinis ihren Kinderwunsch einiges kosten lassen.«

»Wenigstens mit Erfolg.«

»Jetzt verrate ich Ihnen was«, flüsterte Katharina Gerhardt geheimnisvoll.

Allerdings rührte sie erst einmal nur schweigend in ihrer Kaffeetasse herum. Offensichtlich schwankte sie noch, ob sie intime Details aus dem Leben ihrer ehemaligen Arbeitgeber wirklich preisgeben dürfe.

»Vanessa Martini wurde nicht natürlich gezeugt«, gestand sie ihm endlich, als er schon nicht mehr damit rechnete. »Sie war eines der ersten sogenannten Retortenbabys, zumindest eines der ersten in Deutschland. Heute ist das ja schon fast normal.«

Pielkötter wusste nicht recht, ob er diese Information als belanglos einstufen sollte oder ob ihr eine ganz besondere Bedeutung zukam. Jedenfalls konnte es nicht schaden, sie im Hinterkopf zu behalten.

»Frau Martini hat es mir selbst erzählt, in einer stillen Stunde«, fuhr Frau Gerhardt fort. Sie war so glücklich, dass ihr die Medizin zu dem Kind verholfen hat. Immerhin war das damals fast einmalig.«

»Weiß die Tochter eigentlich davon?«

»Ich glaube nicht. Warum fragen Sie danach? Halten Sie das für bedeutsam?«

»Schwer zu sagen. Das kann Ihnen ein Psychologe wohl besser beantworten. Ach übrigens, ich werde mein Möglichstes tun, damit Milton sich um Frau Martini kümmert«, erwiderte er mit gemischten Gefühlen. »Leider muss ich jetzt gehen.« Es drängte ihn plötzlich zum Aufbruch.

»Ja, leider. Aber ich danke Ihnen, dass Sie gekommen sind und dass Sie sich um Vanessa kümmern.« Katharina Gerhardt bedachte ihn mit einem Blick, den ihm schon lange keine Frau mehr zugeworfen hatte.

In der Diele roch es immer noch nach der seltsamen Duftmischung. Aber jetzt nahm er den Geruch kaum noch wahr, nur Katharinas Nähe.

Mit einem Ruck riss er die Haustür auf. Es wurde Zeit, an der frischen Luft auf andere Gedanken zu kommen.

Als er wieder hinter dem Steuer seines Wagens saß, seufzte er mehrmals laut auf. Unzählige Fragen geisterten in seinem Kopf herum. Auf was ließ er sich hier ein? Und was sollte er von diesem Einbruch oder Katharinas Ängsten halten? Unwillkürlich musste er jetzt an Barnowski denken. Wie kam der wohl voran? Gleich morgen würde er sich telefonisch noch einmal über den Stand der Ermittlungen informieren, ob es seinem Untergebenen nun passte oder nicht.

Kapitel 20

»Wo willst du denn noch hin?«, fragte Vanessa, während sie auf Alexanders neuen teuren Anzug schielte. Ihre Stimme klang enttäuscht.

»Ich fahre noch einmal in die Firma«, antwortete er. Ob sie ihm glaubte?

»Bitte bleib. Ich habe Angst, dass wieder jemand einbricht.«

Für einen kurzen Moment verspürte er Mitleid mit ihr. Er zögerte. Sollte er ihr zuliebe hierbleiben? Sein Blick fiel auf die Siegerurkunden an der gegenüberliegenden Wand. Er hatte nur die aufgehängt, die ihm am meisten bedeuteten, einige davon hatte er sogar schon während seiner Ausbildung zum Industriekaufmann errungen. Auf die war er besonders stolz. Aus ihm hätte wirklich ein Star werden können, leider war dieser Traum nun ausgeträumt. Und das war allein ihre Schuld. Eine große Tenniskarriere hatte vor ihm gelegen. Und nun? Statt im Rampenlicht zu agieren, saß er jetzt in einem dunklen Büro in der Firma herum.

»Unsinn«, erklärte er. »Du brauchst keine Angst zu haben. Hier bricht niemand mehr ein. Ich habe alles verriegelt. Zudem wurden Bewegungsmelder installiert.«

Er beeilte sich hinauszukommen, ehe Vanessa etwas erwidern konnte. Die Tür fiel hinter ihm ins Schloss und keine halbe Stunde später betrat Alexander das Duisburger Spielcasino.

Früher war er immer bis nach Aachen gefahren, aber seit WestSpiel auch im City Palais vertreten war, gehörte dieser Aufwand endlich der Vergangenheit an. Zudem hatte man das Casino modern und aufwendig hergerichtet. Tausende Lichter funkelten an der Decke, Sterne schwebten über dem Black-Jack-Tisch. Leider hatten die ihm meist kein Glück gebracht, ebenso wie die vier Cash Game Pokertische. Inzwischen hatte er sich auch mehr auf das Roulette-Spiel verlegt. Er liebte geradezu das Studieren der Permanenzen. Auch heute hatte er sich wieder die aktuelle Liste aller gefallenen Zahlen genau angeschaut.

Ungeduldig tauschte er 5000 € gegen Jetons. Wenig später setzte er siegessicher auf die Sieben, zumindest die Hälfte. Während die Kugel rollte, schwitzte er trotz der Klimaanlage. Wie gebannt starrte er auf den sich drehenden Zahlenteller. Kurz bevor er zum Stehen kam, kniff er die Augen zu. Erst als der Croupier das Ergebnis verkündete, schlug er sie wieder auf. Vingt-huit, nur eine Zahl daneben. Nur jetzt nicht weich werden, dachte er und setzte die restlichen Jetons erneut auf die Sept. Bald würde das Knausern sowieso ein Ende haben, davon war er überzeugt.

Nachdem der Croupier Alexanders restliche Jetons vom Spielfeld geschoben hatte, stand er ärgerlich auf. Er wollte endlich mehr sein als ein Geschäftsführer mit relativ bescheidenen Kompetenzen, wollte endlich wieder das Ansehen besitzen, das er als aufstrebender Tennisstar einst genossen hatte.

Kapitel 21

Alexander stutzte. Die Wände der Dusche waren voll frischer Wassertropfen. Neugierig befühlte er die Armatur. Vanessa hatte geduscht, und zwar kalt! Deshalb also war sie noch wach. Er stellte sich ihr aufreizendes Nachthemd vor, bei dem dünne Spaghettiträger einen Hauch durchsichtiger Spitze zusammenhielten. Es beflügelte seine Phantasie. Von wegen, Angst vor Einbrechern.

»Alexander, wo bleibst du?«, rief Vanessa leise aus dem Schlafzimmer.

»Ich bin doch schon hier«, erwiderte er, als er wenig später im Türrahmen erschien.

Erstaunt blickte er zu ihr hinunter. Die Bettdecke war etwas nach unten gerutscht, so dass er ihr Dekolleté sehen konnte. Durch die hauchdünne Spitze zeichneten sich ihre aufgerichteten Brustwarzen ab. Offensichtlich fror sie. Oder aber ... Ach, sie hatte schon lange nicht mehr nach Sex verlangt. Dennoch – dieser Blick, den kannte er noch sehr gut von früher. Irritiert kroch er in sein Bett und löschte das Licht. Er wünschte Vanessa eine gute Nacht, hauchte ihr einen flüchtigen Kuss auf die Stirn und wollte sich umdrehen. Doch sie hielt ihn mit beiden Armen fest, drückte sich an ihn, ließ ihren Mund über seinen Nacken streifen.

Er hätte der Versuchung gern nachgegeben, aber er war nach diesem Abend nicht wirklich in der Stimmung dazu. Was war überhaupt in sie gefahren? Warum musste sie gerade jetzt die alten Zeiten in Erinnerung bringen? Sanft, aber bestimmt machte er sich von ihr frei. In der Dunkelheit konnte er nur ihre Umrisse erkennen. Anscheinend hatte sie sich enttäuscht zusammengerollt. Er hörte einen unterdrückten Laut. Weinte sie?

»Wir müssen reden«, erklärte sie nach einer Weile völlig unerwartet.

»Worüber?« Warum mussten Frauen immer reden?

»Über unsere Ehe«, antwortete sie. »Wenn es denn noch eine ist. Wann haben wir das letzte Mal miteinander geschlafen? Ich weiß, es ist vor allem meine Schuld. Ich habe mich zu sehr auf meinen Kummer konzentriert. Und deinen darüber vergessen. Aber ich verspreche dir, dass alles anders wird.«

»Lass uns morgen darüber reden. Ich bin einfach zu müde. Du sicher auch. Oder hast du deine Tabletten noch nicht genommen?«

»Heute Abend war ich standhaft«, verkündete sie stolz. »Dabei fällt mir das nach dem Einbruch doppelt schwer.«

»Aber du darfst die Tabletten nicht einfach absetzen«, erklärte er mit einer Stimme, die keinen Widerspruch duldete. »Wer weiß, wie dein Körper darauf reagiert?«

»Die Tabletten machen alles noch schlimmer. Sobald sie wirken, fühle ich mich nur müde. In diesem Zustand kann ich mein Leben nicht ändern. Lieber nehme ich die Entzugsbeschwerden in Kauf.«

»Du hast ja keine Ahnung, was da auf dich zukommt. Zumindest musst du die Medikamente langsam reduzieren. Ansonsten kann der Versuch böse enden. Nachher drehst du völlig durch. Eines Tages komme ich dann nach Hause und ...«

»Und?«, fragte sie entsetzt.

»Du hast deinem Leben ein Ende gesetzt«, erwiderte er. »Wärst wahrlich nicht die Erste, die derart auf einen radikalen Entzug reagiert.«

Während sie leise ins Kissen schluchzte, stand er auf, um ihre Tabletten zu holen.

Kapitel 22

Kommissar Bernhard Barnowski hatte abends recht ausgelassen den Vierzigsten Geburtstag seines Schwagers gefeiert. Seine Schwester hatte einen Saal in einem feudalen Gasthaus gemietet und eine flotte Band engagiert. Zweifellos hatten sich alle gut amüsiert. Die Veranstaltung war ein voller Erfolg gewesen. Einziger Haken, Barnowski konnte sich nicht ausschlafen wie die anderen Gäste. Entsprechend fühlte er sich an diesem Morgen.

Zum ersten Mal wäre Pielkötters Anwesenheit von Vorteil gewesen. Dann hätte er an diesem Samstag keinen Dienst schieben müssen, sein übereifriger Chef hätte die Aufgabe sicher gerne übernommen. Allerdings konnte er während Pielkötters Abwesenheit das Tempo in gewisser Weise selbst bestimmen, auch wenn er jetzt lieber mit mindestens zwei Kopfschmerztabletten im Bett gelegen hätte. Zudem konnte man in seinem Job nie wissen. Er trank gerade seine dritte Tasse Kaffee, als sein Blick auf die

Liste mit Besitzern eines schwarzen Pkws fiel. Genauer eines VW Golf, das hatte das Labor inzwischen herausgefunden. Aber es blieben noch zu viele Jahrgänge.

Barnowski stöhnte. Damit konnte man ganze Heerscharen von Ermittlern beschäftigen, leider gab es die nicht. Die Besitzer in der näheren Umgebung waren eingekreist. Notfalls würde man die Suche aber weiter ausdehnen müssen. Hinzu kamen Verleihfirmen und Autowerkstätten. Einige würden heute wahrscheinlich nicht geöffnet haben, deshalb fing er am besten bei den Autobesitzern an. Bevor er seinen Entschluss in die Tat umsetzen konnte, machte ihm ein erneuter, heftiger Anfall von Übelkeit zu schaffen. Jedenfalls schwankte seine Gesichtsfarbe zwischen Kalkweiß und einem ungesunden Gelbgrün.

Als es ihm wieder etwas besser ging, griff er zum Telefon. Jetzt konnte er nur darauf hoffen, dass sich die meisten Kandidaten schon durch einen Anruf als Täter ausschließen lassen würden. Sicher hatte ein Großteil ein Alibi. Leider war Eile geboten. Wer konnte sich Wochen später noch erinnern, ob er vielleicht genau zur Tatzeit in den Armen einer Frau gelegen hatte. In Barnowskis Miene zeigte sich kurz der Anflug eines Lächelns, genau so lange, bis sein Kopf wieder dröhnte. Mist, dachte er, selbst Lächeln tut weh.

Kapitel 23

Richtiges Biergartenwetter, dachte Pielkötter, während er sich unter die zahlreichen sonntäglichen Spaziergänger in der Duisburger Innenstadt mischte. Wahrscheinlich waren die Plätze in der Außengastronomie am Innenhafen genauso besetzt wie die Sitze vor dem Eiscafé auf der Königstraße. Weil Mark Milton nicht weit entfernt vom Dellplatz wohnte, hatte Pielkötter sich mit ihm in der Brauerei Webster verabredet.

»Bei dem herrlichen Sommerwetter bleiben wir am besten hier draußen«, erklärte Pielkötter statt einer Begrüßung.

»Ist mir recht«, stimmte Milton zu. »So ein Biergarten zwischen Brauhaus und Kirche hat was. Das hohe Kirchengebäude bietet einen guten Schutz.«

»Mich erinnert der Platz an meine alte Heimat Münster«, bemerkte Pielkötter, nachdem er beim Kellner ein Webster Braun für sich und ein Webster Blond für Milton bestellt hatte. »Weiß allerdings nicht, warum.«

»Wahrscheinlich weil in Münster so gut wie jeder Biergarten irgendwie im Schatten einer Kirche liegt, es gibt dort doch so viele.« Milton lachte.

Pielkötter stimmte ein. »Ja, und um die Gäste nicht zu stören, läuten die Glocken nur bei Regen.«

»Was? Ist es nicht umgekehrt? Man sagt doch immer, in Münster regnet es, oder die Glocken läuten.«

»Mann, Sie kennen sich ja besser in Münster aus als ich.«

»Wohl kaum, aber ich habe dort immerhin für kurze Zeit gearbeitet, nach dem Studium.«

»Das wusste ich gar nicht.« Pielkötter war erstaunt, fing sich aber schnell. »Aber damit sind wir eigentlich beim Thema. Ich habe durch Zufall eine junge Frau kennengelernt. Sie braucht dringend psychologische Hilfe. Wahrscheinlich ist sie tablettenabhängig.«

»Ein Webster Blond, ein Webster Braun für die Herren«, unterbrach ihn die Bedienung.

»Wünscht sie denn überhaupt eine Therapie?«

»Zumindest laut Auskunft ihrer ehemaligen Haushälterin.«

»Hui, also Leute mit Geld«, erwiderte Milton, nachdem er den Bierkrug abgesetzt hatte. »Wieso sind Sie da auf mich gekommen?«

»Nun ja, ich kenne sonst keinen Psychologen. Zudem sind Sie der geeignete Mann. Da brauch ich doch nur an unseren gemeinsamen Fall zu denken. Haben Sie nicht dafür gesorgt, dass sich die Opfer von ihren Ehemännern emanzipierten? Genau das ist hier auch vonnöten, meint zumindest die Haushälterin.«

»Leider sind einige dieser Patientinnen dafür jetzt tot.«

Vielleicht war der Vergleich wirklich etwas makaber, dachte Pielkötter. Jetzt war es ihm peinlich. Er wollte gerade zu einer Entschuldigung ansetzen, aber Milton winkte ab.

»Ist schon gut. Sie sind mir sympathisch genug, dass ich es Ihnen verzeihen kann. Was ist denn nun mit Ihrer Bekannten?«

»Haben Sie denn noch freie Kapazitäten?«

»Wenn Sie mir erklären, dass es sich um einen Notfall handelt.«

»Möchte der Frau schon gerne helfen, sie heißt übrigens Vanessa Martini«, erklärte Pielkötter. »Ich bin sicher, alleine findet die aus der Nummer nicht mehr raus.« Er trank einen kräftigen Schluck und wischte sich anschließend den Schaum vom Mund. »Ihr Mann sollte von einer Therapie besser erst einmal nichts wissen«, fuhr Pielkötter fort. »Deshalb müssen Sie den Kontakt über die Haushälterin herstellen.«

»Gut, ich werde ihr ein Beratungsgespräch anbieten.«

»Darauf noch ein Webster«, erwiderte Pielkötter erleichtert.

Kapitel 24

»Kriminalkommissariat 11, Bernhard Barnowski«, vernahm Pielkötter die Stimme seines Untergebenen.

»Pielkötter hier«, brummte er nicht gerade freundlich in den Hörer. »Wollten Sie mich im Fall Heitkämper nicht auf dem Laufenden halten?«

Dabei wusste er selbstverständlich, dass von *wollen* keine Rede sein konnte. Ebenso war er sicher, dass Barnowski jetzt die Augen verdrehte.

»Viel Neues hat sich eben noch nicht ergeben«, antwortete der in flapsigem Ton.

»Dann geben Sie gefälligst etwas Gas. Stillstand bei den Ermittlungen können wir uns kaum leisten.«

»Ich kann mich schließlich nicht überschlagen.«

Pielkötter fühlte, wie sein Puls sich beschleunigte.

»In einer Sache gebe ich Ihnen allerdings Recht«, erklärte Barnowski, ehe sich Pielkötter in einen kleinen Wutanfall hineinsteigern konnte. »Der Fall Heitkämper gibt mehr Rätsel auf als erwartet.«

»Könnten Sie sich vielleicht etwas deutlicher ausdrücken?«, fragte Pielkötter ärgerlich.

»Kurz vor seinem Tod muss sich der Heitkämper wohl tierisch über etwas aufgeregt haben. Jedenfalls hat er sich laut Aussage seines Bruders zum ersten Mal in seinem Leben besoffen. Im Suff hat er dann mehrmals gestammelt: Ich muss es ihr sagen. Sein Bruder hat aber nicht herausbekommen, was er damit gemeint hat.«

»Ich hoffe, Sie haben etwas daraus gelernt.«

»Keine voreiligen Schlüsse, das wollen Sie doch jetzt hören«, erwiderte Barnowski ironisch, »aber was ich jetzt auch gelernt hab, dass ein Krankenschein für Sie auch nicht gerade das Wahre ist.«

Dieser Schnösel, dachte Pielkötter. Leider musste er zugeben, dass sein Untergebener damit genau richtig lag. Eigentlich hatte er Barnowski auch bitten wollen, Recherchen zu dem Unfalltod der alten Martinis aufzunehmen, aber dann würde er sich noch weiter darüber mokieren, dass sein Chef das Ermitteln nicht lassen könne. Die Sache hatte noch einige Tage Zeit, dann würde er sicher wieder auf seinem Platz im Präsidium sein und konnte sich persönlich darum kümmern. Wichtig war, dass er Milton ins Boot geholt hatte. Katharina Gerhardt würde ihm sehr dankbar sein.

»Da Sie ja nun wissen, dass ein Krankenschein mich nicht vollständig aus dem Verkehr zieht, können Sie mir demnächst ja etwas eher Bescheid geben«, verabschiedete sich Pielkötter.

In Gedanken bei Katharina Gerhardt hatte seine Stimme deutlich an Schärfe verloren.

Kapitel 25

Verloren stand Mark Milton auf dem Parkplatz des Eurohofs am Üttelsheimer See. Seit seiner Scheidung von Susanne hatte er einige Kilos abgenommen, wodurch sein schmales Gesicht noch markanter wirkte. In seinem dunklen Haar zeigte sich an den Schläfen das erste Grau. Wiederholt blickte er auf seine Uhr. Vanessa Martini war seit fünfzehn Minuten überfällig. Ärgerlich kickte er einen kleinen Stein in die Hecke, die die Parkbuchten von einer größeren Rasenfläche trennte. Dabei hatte er Pielkötter zuliebe sogar einen Termin verschoben. Während er sich anschickte, seinen Wagen zu öffnen, rollte plötzlich ein Taxi die Auffahrt entlang und hielt unmittelbar neben ihm.

»Sie sind sicher Herr Milton?«, sprach ihn eine junge Frau an, die hinten aus dem Wagen stieg.

»Vanessa Martini?«, fragte er sichtlich irritiert. Ganz sicher hatte er sich die Frau nicht so attraktiv vorgestellt.

»Entschuldigen Sie meine Verspätung. Ich habe so lange auf das Taxi gewartet.«

»Ist etwas mit Ihrem Wagen?«

»Seit ich Medikamente nehme, setze ich mich nicht mehr selbst hinters Steuer.«

»Nun, Hauptsache, Sie sind jetzt hier«, erwiderte Milton.

Während sie dankbar lächelte, trafen sich ihre Augen. Ihr Blick ließ sein Herz einen Augenblick höher schlagen, dann beruhigte es sich wieder. »Gehen wir«, schlug er vor, um sich von seiner Verwirrung abzulenken. Als sie einen Platz mit Tischen und Sonnenschirmen hinter dem Eurohof passierten, bemerkte er, wie schwer ihr sein Tempo fiel.

»Dort drüben befindet sich der Durchgang zum See«, erklärte er, während er seine Schritte verlangsamte. »Am Wochenende herrscht hier immer Hochbetrieb.«

»Kein Wunder, bei der traumhaften Lage.«

»Welche Medikamente nehmen Sie?«, fragte Mark Milton interessiert, nachdem sie auf den Seeweg gestoßen waren.

»Beruhigungsmittel, seit kurzem auch Darfor oder so ähnlich.«

Auch wenn Sie es nicht richtig ausgesprochen hatte, kannte er das Mittel. Teufelszeug, dachte er.

»Sie wissen, dass diese Tabletten abhängig machen?«

»Aber ich komme schon seit Langem nicht mehr zur Ruhe. Seit dem Unfalltod meiner Eltern fühle ich mich alleingelassen und unfähig mein Leben zu meistern«, entgegnete Vanessa Martini und fuhr sich mit der Hand durch das halblange, schwarze Haar.

»Trotzdem sollte man diese Medikamente so schnell wie möglich wieder absetzen.«

»Aber ich fühle mich schuldig. Die Schuld kann man leider nicht absetzen.«

»Woran fühlen Sie sich schuldig?«

»Ja und nein. Es ist zu schrecklich«, flüsterte sie traurig.

Er war sicher, dass sich ihre Augen jetzt mit Tränen füllten. Vielleicht war das gut so, um ihre Anspannung zu lösen. Er dachte an die vielen Patienten, denen er schon ein Taschentuch gereicht hatte. In seinem Behandlungsraum lag stets eine Packung Tempos bereit. Der Gedanke würde ihm helfen, jetzt professionell vorzugehen, auch wenn er diese Frau am liebsten einfach nur in den Arm genommen und ewig festgehalten hätte. Dieser Wunsch überraschte ihn. Schließlich erlebte er jeden Tag, dass verzweifelte Frauen ihm ihr Herz ausschütteten. Während er Vanessa Martini Zeit gab, schaute er zu einer kleinen mit Bäumen und Sträuchern bewachsenen Insel.

Mit einem Mal seufzte Vanessa Martini. Vergeblich hoffte er, dass dies der Auftakt zu einem offenen Gespräch sein würde. Schweigend liefen sie weiter, bis sie an einem Kinderspielplatz vorbeikamen, der sich bis zum See hinunterzog. Zu der Anlage gehörte sogar ein kleiner Sandstrand. Obwohl ein Schild auf das Badeverbot hinwies, hielt sich kaum jemand daran. Bei diesem schönen Sommerwetter herrschte hier reges Treiben. Am Wochenende feierte man hier wahre Grillorgien, besonders die türkischen Anwohner, die oft mit ihrer ganzen Familie herkamen.

»Ich habe meinen Mann zum Krüppel gefahren«, murmelte sie plötzlich, als spräche sie zu sich selbst.

»Pielkötter hat Ihren Mann doch persönlich kennengelernt«, erwiderte Milton erstaunt. »Aber von einer Behinderung hat er mir nichts erzählt.«

»Sicher hat er nicht so darauf geachtet. Mein Mann hinkt. Und ich trage daran die Schuld.« Sie stockte. Ihr verschleierter Blick schien in die Ferne zu schweifen.

»Wie ist es passiert?«, frage Milton nach einiger Zeit.

»Ich habe ihn angefahren. Vor unserer Garage. Habe ihn einfach übersehen.«

»Das ist tragisch, aber Sie haben es schließlich nicht mit Absicht getan. Das mindert doch die Größe Ihrer Schuld, oder nicht?«

»Nein«, widersprach sie traurig, wobei sie sich zu ihm beugte, als hätte sie mit einem Mal Angst vor weiteren Zuhörern.

Mark Milton atmete den Duft ihres Haares ein. Er rief etwas in ihm wach, das er längst verloren geglaubt hatte.

»Ich war betrunken«, fuhr Vanessa Martini fort. »Zuvor hatten wir in der Firma einen erfolgreichen Geschäftsabschluss gefeiert. Dabei waren wohl zwei, drei Gläser Sekt zu viel.« Tränen rannen über ihr Gesicht. »Ich habe seine Karriere zerstört«, schluchzte sie plötzlich hemmungslos.

Gern hätte er ihr über das Haar gestrichen, ihr die Tränen getrocknet oder sie einfach nur festgehalten. Eine solche Reaktion jedoch durfte er sich auf keinen Fall erlauben.

»Was für eine Karriere?«, fragte er stattdessen, nachdem sie sich wieder etwas beruhigt hatte.

Ohne zu antworten starrte sie auf den kleinen Pfad an dem dicht bewachsenen Südufer des Sees.

»Vor dem Unfall war mein Mann ein exzellenter Tennisspieler«, fuhr sie nach einer Weile unerwartet fort. »Er hat Turniere bestritten. Schon während seiner Ausbildungszeit hat man ihn mit Urkunden überschüttet. Die Aussicht auf eine ganz steile Karriere stand mehr als gut. Das alles habe ich ihm genommen.«

»Sie müssen darauf schauen, was ihm geblieben ist«, erwiderte Mark Milton. »Offensichtlich kann er sich fast normal bewegen. Sonst hätte Pielkötter das erwähnt. Zudem besitzt er eine Frau, die ihn liebt, die immer zu ihm halten möchte.«

Während er den letzten Satz aussprach, fühlte er einen gewissen Neid. Allerdings gestand er sich dieses Gefühl nur ungern ein.

»Schuld ist Schuld. Kleinreden kann man sie nicht«, durchbrach Vanessa Martini seine Gedanken. Mit der linken Hand wischte sie sich über beide Wangen. »Was glauben Sie, warum meine Eltern kurz darauf verunglückt sind?«, fragte sie nun sichtlich erregt. »Etwa Zufall? Das war doch ein Zeichen. Oder besser, eine Art Strafe.«

»Ich glaube kaum, dass da ein Zusammenhang besteht. Zudem sind Ihre Vorwürfe doch Strafe genug. Überlegen Sie. Was haben Sie seit diesem Unfall alles aufgegeben? Ich kann es nur vermuten. Freunde, Lebensfreude, Lachen, nicht zu vergessen Gesundheit.«

»Als Außenstehender kann man das schlecht beurteilen«, entgegnete sie.

»Zumindest kann ich beurteilen, dass Tabletten keine Lösung sind.«

»Nur die Schuld, die können Sie mir nicht nehmen, nicht einmal im juristischen Sinn. Ich habe auch eine Straftat begangen.«

»Ich hoffe, Sie wissen, dass nichts von diesem Gespräch nach außen dringt, auch nicht zu Pielkötter.«

Diesen Satz empfand Mark Milton als professionell, leider galt das nicht für das gesamte Gespräch. Vanessa Martini hatte ihn einfach zu sehr fasziniert, um als neutraler Therapeut aufzutreten. Aus diesem Grund beschloss er, sie auf keinen Fall als Patientin anzunehmen.

»Machen Sie sich frei von Ihren Schuldgefühlen«, fuhr er fort. »Dazu brauchen Sie psychologische Hilfe. Ich kann Ihnen ausgezeichnete Kollegen empfehlen.«

»Ich weiß nicht, ich bin noch unentschlossen, vielleicht doch eher nicht ...«

»Denken Sie auch an Ihren Mann, er möchte sicher, dass Sie wieder gesund werden.«

»Natürlich«, antwortete sie, jedoch ein wenig zögernd und für seinen Geschmack eine Spur zu unsicher.

Fast hatte er das Gefühl, als ob sie den eigenen Worten nicht glaubte. Misstraute sie etwa ihrem Mann? Oder wollte sie bewusst leiden? Glaubte sie, dadurch die vermeintliche Schuld abzutragen?

»Trotzdem haben Sie sich heute mit mir getroffen«, bemerkte er.

»Wegen Frau Gerhardt, unserer ehemaligen Haushälterin«, antwortete sie. »Auch ihr gegenüber fühle ich mich schuldig, weil wir sie fristlos entlassen haben.«

Inzwischen hatten sie eine Stelle erreicht, an dem ein Weg direkt zum Seeufer hinunterführte. Mark Milton entschied sich jedoch für den höher gelegenen Weg mit Überblick.

»Pflegen Sie soziale Kontakte?«, fragte er unvermittelt.

»Alle Bekannten haben sich von uns zurückgezogen«, entgegnete sie mit einem gewissen Bedauern in der Stimme. »Sie mögen Alexander nicht besonders. Selbst meine beste Freundin. Über sie habe ich meinen Mann übrigens kennengelernt.«

»Aber wieso hat Ihre Freundin Sie denn dann zusammengebracht?«

»Zusammengebracht trifft die Sache eher nicht.«

Zum ersten Mal deutete Vanessa Martini den Anflug eines Lächelns an, und Mark Milton hätte vieles darum gegeben, dieses wunderbare Lächeln noch eine Weile auf ihrem Gesicht zu sehen.

»Christina hat im selben Tennisclub gespielt wie Alexander. Auf einer Clubparty, zu der sie mich mitgenommen hat, bin ich ihm dann begegnet. Meine Freundin war nicht gerade begeistert. Aber vielleicht war sie auch nur eifersüchtig.«

»Jedenfalls ist diese Isolation nicht gut für Sie«, äußerte Mark Milton, ohne weiter darauf einzugehen.

Inzwischen hatten sie den höchsten Punkt des Rundweges um den See erreicht. Auf der Anhöhe blieben sie stehen. Ihre Nähe verwirrte ihn. Er konnte nicht anders, er musste sie berühren. Nur ganz flüchtig streifte er ihren Arm, aber es war, als ob ein Stromschlag ihn durchzuckte. »Kommen Sie!«, forderte er Vanessa Martini auf, bemüht, das intensive Gefühl ihr gegenüber zu verbergen.

Während sie von der Anhöhe wieder bis zum Ufer hinunterliefen, präsentierten sich ihnen bunte Wiesen, Sträucher und Pferdekoppeln. Nur der zurückgelassene Unrat in einer Grillhütte wenige Meter vom Ufer trübte die Idylle.

Milton bedauerte, dass der Rundgang sich langsam dem Ende näherte. Am liebsten hätte er einfach angehalten, hätte noch einmal ihre Haut berührt, ganz bewusst den Duft ihres Haares eingeatmet oder ihr einfach nur in die Augen geschaut. Dagegen hatte es Vanessa Martini offensichtlich sehr eilig. Enttäuscht bemerkte er das wartende Taxi.

»Falls Sie sich für eine Therapie bei einem guten Kollegen entscheiden, melden Sie sich bitte«, erklärte er zum Abschied.

Seine Stimme klang jetzt distanziert.

»Danke«, erwiderte Sie, ohne darauf einzugehen.

Der letzte Blick, mit dem sie ihn bedachte, brachte erneut etwas in ihm zum Schwingen, das besser ruhen sollte. Irritiert starrte er dem Taxi nach, das langsam aus seinem Blickfeld verschwand.

Kapitel 26

Kritisch begutachtete Vanessa Martini ihre leicht verhärmten Gesichtszüge im Badezimmerspiegel. Das Gespräch mit dem Psychologen hatte sie stark aufgewühlt. Unaufhörlich hatte sie seitdem darüber nachgedacht, wie tief sie bereits in die Abhängigkeit geraten war. Vielleicht würde ihr eine Gesprächstherapie wirklich helfen, auch gegen die Angst. Die Angst, wovor eigentlich, war neu, verdrängte fast die Schuldgefühle. Ein seltsames Lachen drang aus ihrer Kehle. Nachdenklich stützte sie ihre Arme auf das Waschbecken. Sie musste unbedingt mit Alexander reden, musste sich die bohrende Angst von der Seele reden, bevor sie zur Panik wurde.

Traurig schaute sie auf die Dekorfliese im Spiegelbild. Die zarten Gräser erinnerten sie an einen japanischen Garten. Ihre verstorbene Mutter hatte dieses Muster mit ihr zusammen ausgesucht. Ohne den Tod ihrer Eltern wäre alles anders verlaufen. Sie zog ihre Lippen nach, mit zitternden Händen, ein sicheres Zeichen, dass sie ihre Tabletten noch nicht genommen hatte. Auch der Mund war trocken. Trotzdem würde sie standhaft bleiben, selbst dann, wenn ihr davor graute, an die Firma zu denken.

Während sie über die Treppe ins Untergeschoss stieg, fiel ihr ein, dass sie unbedingt noch Frau Gerhardt anrufen musste. Kaum jedoch hatte sie Frau Gerhardt von dem Treffen mit Mark Milton berichtet, da kehrte Alexander nach Hause zurück. Eilig beendete Vanessa das Gespräch.

»Was ist so wichtig, dass du mich in der Firma anrufst und bittest, dafür pünktlich Feierabend zu machen?«, fragte er ärgerlich. »Du weißt doch, was ich alles zu tun habe.«

»Aber es geht ja um die Firma«, erwiderte sie. »Um die Firma und um uns. Ich will nicht, dass zwischen uns ein Misstrauen steht.«

»Misstrauen?«, fragte er ungläubig.

»Die ganzen Rechnungen.«

»Ich verstehe nicht?«

»Du hast mir nicht alle vorgelegt, die das Limit überschreiten.«

»Schon möglich«, wiegelte er ab. »Aber manchmal ist schnelles Handeln oberstes Gebot. Ich kann einfach nicht immer warten, bis du endlich ansprechbar bist.«

»Ich will dir ja gerne vertrauen, lass uns die Rechnungen gemeinsam durchgehen«, schlug sie vor.

»Begreifst du nicht, was du anrichtest?«, schrie er zornig. »Zweifelst du jetzt auch noch meine Fähigkeiten als Geschäftsführer an? Hast du mir nicht schon genug angetan, als du mich zum Krüppel gefahren hast?«

Augenblicklich fühlte sie einen schmerzhaften Stich. »Wie lange willst du mir das noch vorhalten?«, fragte sie mit erstickter Stimme. »Du weißt doch, dass ich darunter fast so leide wie du.«

Während sie weinend ins Badezimmer lief, klingelte das Telefon. Als sie wiederkam, beendete Alexander das Telefonat ziemlich schnell.

»Du kannst doch gar nicht mehr klar denken«, schimpfte er.

»Ich weiß«, stimmte sie ihm zu, »genau deshalb muss ich endlich die Medikamente reduzieren.«

»Steigerst dich in abstruse Hirngespinste rein, die dir noch mehr schaden.«

Bitte, lass es wirklich nur Hirngespinste sein, dachte sie. Vielleicht tat sie ihm tatsächlich Unrecht. »Du lässt mich einfach zu oft allein«, erklärte sie laut, wobei ihre Stimme eher zärtlich als ärgerlich klang. Sein wütender Blick machte jedoch ihren Wunsch nach Versöhnung zunichte. Mit einem Mal fühlte sie sich müde und ausgelaugt. Sie sehnte sich nach ihrem Bett und vor allem nach den Tabletten. Morgen, morgen ganz bestimmt würde sie beginnen, die Dosis zu reduzieren.

»Leg dich ins Bett«, schlug er vor, als hätte er ihre Gedanken erraten. »Dann bringe ich dir deine Tabletten. Du brauchst einfach Ruhe, Ruhe und noch mal Ruhe.«

Kapitel 27

Missmutig starrte Bernhard Barnowski auf das Telefon, dann stand er auf und lief zum Fenster. Unten auf der Düsseldorfer Straße ratterte eine Straßenbahn vorbei. Er mochte die Anrufe lieber nicht zählen, die er an diesem Tag schon geführt hatte. Das Schlimmste daran war, dass sich kein Anhaltspunkt daraus ergeben hatte. Erst hatte er sich so gefreut, ohne Chef agieren zu können, und nun entwickelten sich seine Ermittlungen zum absoluten Flop. Zudem hatte er sich die halbe Nacht über Pielkötters erneute Kontrollanrufe geärgert.

Als es klopfte, drehte er sich verstimmt um. Glücklicherweise noch bevor er ein wütendes Herein hervorbringen konnte, betrat Brigitte Sprockhövel, die neue Assistentin, sein Büro. Ihre Anwesenheit war im Präsidium momentan der einzige Lichtblick. Mit den flammend roten, langen Haaren und dem nicht gerade dezenten Make-up brachte sie wenigstens etwas Farbe in den grauen Alltag eines gestressten Polizisten. Leider würde sie nach einer gewissen Zeit ihre Sporen in einer anderen Abteilung verdienen.

»Kaffee?«, fragte Barnowski und suchte schon nach einer Warmhaltekanne.

»Gern«, lächelte sie ihn an.

Während er zwei Tassen mit Kaffee füllte, nahm sie an der Vorderseite seines Schreibtisches Platz.

»Schwarz bitte.«

In seine eigene Tasse goss Barnowski so viel Milch nach, bis die Flüssigkeit die Farbe von Karamellpudding angenommen hatte.

»Bin da, glaub ich, auf eine heiße Spur gestoßen«, erklärte Brigitte Sprockhövel. »Eine Autowerkstatt in Mülheim. Dort haben sie zur fraglichen Zeit einen schwarzen VW Golf repariert.«

Barnowskis Miene hellte sich zunehmend auf.

»Der Besitzer heißt Martin Hegemann und wohnt in Neudorf auf der Lotharstraße. «

»Sie sind ein Schatz«, rutschte es Barnowski raus.

Zum Glück war Pielkötter nicht anwesend, und Brigitte Sprockhövel strahlte.

»Halten Sie hier die Stellung. Ich knöpfe mir in der Zeit diesen Herrn Hegemann vor.«

Barnowski schenkte Brigitte Sprockhövel ein strahlendes Lächeln. Nachdem er noch Hegemanns Hausnummer erfahren hatte, ließ er sie allein in seinem Büro zurück.

Kapitel 28

Willibald und Marianne Pielkötter saßen im urig gemütlichen Brauhaus Schacht 4/8 an einem Vierertisch unter den großen Fenstern mit runden Bögen. Das nach einer Thyssen Zeche benannte Lokal hatte sich in dem denkmalgeschützten Gebäude einer ehemaligen Duisburger Bank etabliert.

»Gut gemacht mit der dunklen Decke«, bemerkte Pielkötter, während er sich umsah. »Und die dunklen Säulen sollen wohl an die Stempel erinnern, mit denen sie Untertage die Gänge abgestützt haben.«

Hausgebrautes hatten sie schon bestellt, nur das Essen noch nicht. Damit wollten sie noch warten, bis ihr Sohn Jan Hendrik und sein Freund Sebastian eingetrudelt waren. Sie hatten die beiden eingeladen, um endlich den dreißigsten Hochzeitstag nachzufeiern. Pielkötter freute sich zwar, seinen Sohn wieder einmal zu sehen, aber mit dem Feiern hatte er so seine Probleme. Einfach so zu tun, als sei in ihrer Ehe momentan Friede, Freude, Eierkuchen, das war nichts für ihn. Trotzdem war er gewillt, sich die Schieflage ihrer Beziehung heute nicht anmerken zu lassen.

»Hör dir das an«, sagte Marianne und las aus einem Werbetext über die Lokalitäten vor. »Glück auf! Ers ma'n herzlichet Willkommen in mein Brauhaus. Ne lecker Pilsken nache Schicht und wat leckret zu Beißen dabei, da bisse echt froh datte Mensch bis.«

Pielkötter versuchte zu lachen.

»Es geht noch weiter«, erklärte Marianne. »Tja, dat auffe Schicht gehn, wie man dat auffe Zeche malochen gehn hier nennt, ja dat wird hier leider immer seltener, aber wat echt klasse is, is dat mein Brauhaus sich den Alltach in alter Tradition beibehält. Un so treff ich meine Kumpels um beim lecker Schlücksken Hausgebrautet zu kwasseln un um so richtig wat zu spachteln.«

»Jetzt weiß ich auch, warum unsere Nachbarin ihre Schwägerin immer Quasselstrippe nennt«, bemerkte Pielkötter.

»Un hömma«, fuhr Marianne fort. »Mutta kannze da auch hin mitnehmen. Aber nicht, dass du mich jetzt immer Mutta nennst.«

»Nur wenn du noch öfter unruhig zur Tür schaust«, erwiderte Pielkötter.

»Ich weiß wirklich nicht, wo die Jungs so lange bleiben.«

Aus ihrer Stimme hörte Pielkötter eine gewisse Besorgnis heraus.

»Die kommen schon noch«, brummte er. »Du weiß doch, wie das bei Krankenhausärzten ist. Die können nicht so einfach den Griffel fallen lassen wie so'n Schreibtischtäter.«

»Also eher wie so'n Polizist.«

Um sich abzulenken, warf Marianne schon einmal einen Blick in die Speisekarte. Sie war gerade bei Leberkäse mit Grubengoldsoße auf Sauerkraut und Kartoffelpüree angelangt, da tauchte Jan Hendriks schmale Gestalt am Eingang auf, dahinter Sebastian. Freudig winkte Marianne die beiden heran. Nach der Begrüßungsszene mit Umarmung und Küsschen, die Pielkötter doch ein wenig übertrieben fand, nahmen die beiden jungen Männer ihnen gegenüber Platz.

»Herr Pielkötter, Sie sehen etwas erholter aus als bei unserem letzten Treffen«, erklärte Sebastian.

Willibald spürte Mariannes Fuß an seiner Wade. Doch nicht jetzt, dachte er. Schließlich wollte er dem Freund seines Sohnes nicht schon nach dem ersten Satz der Unterhaltung das Du anbieten. Es war ihm schwer genug gefallen, Jan Hendriks homosexuelle Neigung zu akzeptieren. Inzwischen hatte er sich an Sebastian gewöhnt und mochte ihn, aber das schnelle Duzen lag ihm nun einmal nicht. Im Laufe des Abends würde sich sicher noch eine günstige Gelegenheit ergeben.

»Auf eure dreißig Jahre Ehe«, erklärte Jan Hendrik und erhob sein Glas, nachdem die Kellnerin auch Sebastian und ihn mit Getränken versorgt hatte. »Alle Achtung. Und das bei einem Ehemann, an dem die Emanzipation anscheinend spurlos vorübergegangen ist.«

Pielkötter nuschelte etwas Unverständliches. Er wusste, worauf sein Sohn anspielte. In gewisser Weise hatte er damit sogar Recht, aber Pielkötter war noch nicht danach, das auch offen zuzugeben.

»Falls wir zehn Jahre Freundschaft überstehen, heiraten wir auch«, erklärte Sebastian.

Während Marianne lächelte, konzentrierte sich Pielkötter darauf, keine Miene zu verziehen. »Heiraten?«, fragte er ungläubig.

»Zumindest eingetragene Partnerschaft«, erklärte Jan Hendrik. »Vielleicht finden wir aber auch einen Pfarrer, der sich, beziehungsweise uns traut.«

»Etwas Zeit habt ihr ja noch«, schaltete sich nun auch Marianne ein. »Wer weiß schon, wie dann die Gesetzeslage ausschauen wird. Aber jetzt feiern wir erst einmal den Hochzeitstag, und dass es eurem Vater wieder besser geht.«

Jetzt heißt das also schon »euer Vater«, dachte Pielkötter, dabei habe ich Sebastian noch nicht einmal das Du angeboten. Jedenfalls hatte er die feste Absicht dies nachzuholen, ehe Marianne unterm Tisch noch einmal nachhelfen musste. Während die anderen eifrig die Speisekarte studierten, überlegte Pielkötter fieberhaft, wie er am besten damit anfangen sollte.

»Auf unsere Familie«, hörte er sich plötzlich sagen und erhob sein Glas. »Und du, Sebastian gehörst natürlich dazu. Ich heiß übrigens Willibald, aber das weißt du ja bereits.«

»Und speziell auf meine Mutter, die nach dreißig Jahren Hausfrauendasein endlich über ihren eigenen Schatten springt«, erklärte Jan Hendrik augenzwinkernd. »Ja, ja, Liebe ist Arbeit, Arbeit, Arbeit. Welcher Therapeut hat das noch gesagt?«

»Sebastian«, sagte sein Freund sichtlich bewegt, ohne auf die Frage einzugehen.

Alle lachten, nur die Kellnerin verzog das Gesicht. Schließlich wollte sie langsam die Bestellung aufnehmen.

Kapitel 29

Missmutig starrte Pielkötter vor sich hin. Nach dem unterhaltsamen Abend hatte seine Laune einen wahren Absturz erlebt. Marianne hatte heute früh das Haus verlassen und war immer noch nicht zurück. Offiziell hatte sie ihre Arbeit zwar noch nicht aufgenommen, aber die zukünftige Chefin hatte sie gebeten, für eine andere Mitarbeiterin einzuspringen.

Das fängt ja schon gut an, dachte er. Marianne war mit fliegenden Fahnen aufgebrochen und hatte ihn einfach ohne warmes Essen sitzen lassen. Und Kochen gehörte nicht gerade zu seinen Hobbys, auch wenn er ein gutes Mahl zu schätzen wusste. Natürlich hätte er sich etwas auftauen können, aber eigentlich wollte er ja sowieso abnehmen.

Er musste gerade an Barnowski denken, was seine Laune auch nicht gerade hob, da klingelte das Telefon.

»Hauptkommissar Pielkötter«, brüllte er nicht gerade freundlich in den Hörer. Dabei meldete er sich als Privatmann sonst ohne Dienstbezeichnung.

»Katharina Gerhardt«, vernahm er eine unsichere Stimme. »Hoffentlich störe ich nicht gerade.«

Pielkötter schluckte. Einerseits freute er sich über den Anruf, andererseits ärgerte es ihn, dass sie ihn so unfreundlich erlebt hatte. »Was haben Sie auf dem Herzen?«, fragte er um drei Spuren freundlicher.

»Ich habe lange überlegt, ob ich Sie wirklich schon wieder in Anspruch nehmen darf. Aber ich weiß nicht, wer mir sonst helfen könnte.«

»Machen Sie sich mal keine Gedanken«, erwiderte Pielkötter mit einer Stimme, die Barnowski wahrscheinlich noch nie und Marianne in der letzten Zeit selten gehört hatte. »Ich bin es doch gewohnt, dass man mich anruft, wenn es irgendwo brennt.«

»Ich mache mir große Sorgen um Vanessa«, seufzte Katharina Gerhardt. »Sie hat tatsächlich mit Ihrem Bekannten, diesem Psychologen, gesprochen.«

»Aber das hört sich doch gut an«, bemerkte Pielkötter, obwohl er ahnte, dass er nun das Gegenteil zu hören bekommen würde. Dabei kritzelte er undefinierbare Zeichen auf einen alten Notizblock, die entfernt an Hieroglyphen erinnerten.

»Nach dem Gespräch mit dem Psychologen hat Vanessa mit mir telefoniert«, fuhr Katharina Gerhardt fort. »Sie war entschlossen, eine Therapie zu beginnen. Darüber habe ich mich so gefreut. Aber plötzlich hat sie einfach aufgelegt. Wahrscheinlich ist der Lump da gerade nach Hause gekommen. Ich habe sie dann später zurückzurufen versucht, ein paar Mal sogar, aber immer nur ihn erreicht. Beim ersten Mal hat er behauptet, Vanessa hätte sich gerade hingelegt, danach hat er einfach aufgelegt, sobald er meinen Namen hörte.«

»Das erstaunt mich nicht, nach allem, was Sie mir erzählt haben.«

»Ja, da haben Sie Recht, aber das ist ja noch lange nicht alles, warten Sie es ab. Weil mir die Sache keine Ruhe gelassen hat, bin ich gestern Abend zu ihrer Villa gefahren. Oft lässt der Lump sie abends nämlich allein. Sein Wagen stand jedoch vor der Tür. Also habe ich vor dem Haus gewartet, bis er tatsächlich herauskam. Nachdem er mit seinem Flitzer losgebraust ist, habe ich bei Vanessa geklingelt.«

»Und?«

»Sie hat nicht geöffnet. Als ich gerade wieder in meinem Wagen saß, kam der Lump plötzlich zurück. Anscheinend hatte er etwas vergessen. Jedenfalls verließ er kurze Zeit später erneut das Haus. Ich weiß nicht, ob mich eine Ahnung getrieben hat, jedenfalls bin ich ihm gefolgt. Vielleicht wollte ich einfach Beweise für seine Untreue. Beweise, um Vanessa endlich wachzurütteln.«

»Wohin ist er gefahren?«, fragte Pielkötter neugierig.

»In die City. Zu diesem neuen Casino im Forum.«

»Nun ja, strafbar ist das nicht.«

»Sie werden kaum glauben, wen er dort getroffen hat.«

Pielkötter hatte keine Ahnung, zumal er das soziale Umfeld der Martinis kaum kannte.

»Vanessa«, erklärte Katharina Gerhardt.

»Aber das macht doch überhaupt keinen Sinn«, erwiderte Pielkötter erstaunt.

»Jedenfalls sah die Frau, die dieser Lump vor dem Casino getroffen hat, genauso aus wie sie.«

In Gedanken spielte Pielkötter alle Möglichkeiten durch. Steckte Vanessa vielleicht doch mit ihrem Mann unter einer Decke? Vielleicht war sie der Meinung, Katharina mische sich zu sehr in ihre Angelegenheiten und hatte sie gelinkt, nur um sie auf ebenso billige wie schäbige Weise loszuwerden? Sofern er sich ein wenig auf seinen gesunden Menschenverstand verlassen konnte, traute er Frau Martini allerdings eine solche miese Tour kaum zu.

»Auf keinen Fall war das Vanessa«, fiel Katharina Gerhardt in seine Überlegung ein. »Schließlich kenne ich sie seit ihrer Geburt.

Wie diese Frau sich an seinen Arm gehängt und ihn angeschaut hat. Und geschminkt war die vielleicht, fast wie eine Prostituierte.«

»Wirklich seltsam.«

»Vor dem Casino gibt es so eine Weinbar«, fuhr Katharina Gerhardt fort. »Die Tische stehen im Gang des Einkaufscenters. Da haben Sie sich erst einmal hingesetzt. Die Frau hat tatsächlich Wein getrunken, obwohl Vanessa keinen Tropfen Alkohol mehr zu sich nimmt, seit ... also wegen der Medikamente. Nach dem zweiten Glas hätten sie die Frau mal erleben sollen. Dieses aufreizende Lachen. Das passt überhaupt nicht zu Vanessa.«

»Vielleicht haben die Medikamente ihre Persönlichkeit verändert«, erwiderte Pielkötter.

»Dann müsste ihr Mann aber auch welche genommen haben. Wie der mit ihr rumgeturtelt hat, und das ist noch harmlos ausgedrückt. Glauben Sie mir, Vanessa schwebt in großer Gefahr. Das spüre ich einfach.«

»Hm«, brummte Pielkötter. Die Leute sehen einfach zu viele Krimis im Fernsehen, dachte er. Als ob jeder untreue Ehemann gleich seine Frau umbringen würde. Aber diese fixe Idee würde er Frau Gerhardt schwer ausreden können, so aufgebracht, wie sie war. Das musste er sich bei aller Sympathie für die Frau eingestehen. Also sagte er stattdessen: »Denken Sie daran, dass Vanessas Mann sie nicht beerbt. Sie selbst haben mir doch von dem Ehevertrag erzählt. Demnach profitiert er nur, solange sie lebt. Diese Tatsache kann ich nur immer wiederholen.«

»Wenn ich Vanessa nur sprechen könnte«, fuhr sie fort. »Vielleicht haben Sie als Kommissar ganz andere Möglichkeiten?«

»Sofern es sich um einen Fall für die Polizei handelt«, antwortete Pielkötter ernst. »Dazu liegen allerdings keine Fakten vor.«

Katharina Gerhardt seufzte.

»Trotzdem nehme ich Ihre Sorge sehr ernst«, versuchte er sie zu beruhigen. »Ich werde ein wenig auf eigene Verantwortung recherchieren. Zudem nehme ich noch einmal Kontakt zu Milton auf. Vielleicht kann der etwas zu Veränderungen in der Persönlichkeit sagen.«

»Danke, vielen Dank«, erklärte Katharina Gerhardt zum Abschied.

Nachdem sie aufgelegt hatte, starrte Pielkötter noch lange auf das Telefon. Vielleicht hatte sie ja doch Recht, sie kannte schließlich das Ehepaar besser als irgendjemand sonst. Ja, er würde ihr den Gefallen tun. Er würde sich der Sache annehmen, auch wenn er skeptisch war. Ganz sicher aber war er darin, dass sich seine Laune sprunghaft verbessert hatte.

Kapitel 30

Pielkötters nicht mehr ganz saubere Jeans und das karierte Freizeithemd waren gerade gut genug für die Kneipe in Ruhrort. Schließlich hatte er nicht vor, durch schicke Kleidung unangenehm aufzufallen. Pielkötter erinnerte sich noch an den Tatort mit Schimanski, der hier am Tresen gestanden hatte. Damals hieß die Kneipe allerdings *Zum Anker*. Inzwischen nannte sie sich Café Kaldi.

Mark Milton stand am Eingang und erwartete ihn bereits. »Nanu, extra in Schlabberlook?«, fragte der Psychologe.

Nachdem sie den Laden betreten hatten, verstand Pielkötter die Frage. Gemütliche, dennoch schicke Einrichtung mit Stuckdecke und einem kleinen Lüster. Aufgemotzt, hätte Schimanski das vielleicht genannt und sich schwergetan, einen Fuß in dieses Lokal der etwas gehobeneren Klasse zu setzen.

»Exotische Kaffeespezialitäten haben die hier«, erklärte Mark Milton, »und leckere Snacks.«

Pielkötter jedoch wäre ein Köpi oder eine Webster lieber gewesen. Trotzdem bestellte er ein Kännchen Kopi Luwak, als die Bedienung kam, um sich dann an Milton zu wenden: »Danke, dass Sie sich so schnell Zeit genommen haben.«

»Geht schon in Ordnung. Bin in diesem Fall selbst neugierig.«

»Sie nehmen Vanessa Martini also in Therapie?«

»Keine Ahnung, wie sie selbst die Sache inzwischen sieht«, erwiderte Milton ernst, »nach unserem ersten und einzigen Treffen habe ich nichts mehr von ihr gehört. Ich für meinen Teil jedoch lehne eine Therapie ab.«

»Hat die Dame etwa zu viel Eindruck auf Sie gemacht?«, fragte Pielkötter scherzhaft.

Nach Miltons Gesichtsausdruck zu urteilen, lag er damit nicht gerade daneben.

»Ich erinnere mich an ein Seminar, das ein Kollege von Ihnen geleitet hat«, erklärte Pielkötter. »Jedenfalls hat der behauptet, man bekäme so lange dieselbe Aufgabe in verschiedensten Varianten vorgesetzt, bis man endlich gelernt hätte.«

Milton lachte. »Ich persönlich zähle auch zu den Verfechtern dieser Theorie *Und ewig grüßt das Murmeltier*. Genau deshalb nehme ich sie nicht in Therapie, unabhängig von ihren Wünschen.«

»Um so besser«, entgegnete Pielkötter. »Sofern Vanessa Martini nicht Ihre Patientin ist, können Sie mir eher einige Informationen geben.«

Mark Milton zog seine Augenbrauen hoch, was ihm ein seltsames Aussehen verlieh. »Moment«, sagte er mit veränderter Stimme. »Auch über unser erstes Gespräch wird nichts nach außen dringen.«

»Schon gut«, beschwichtigte Pielkötter. »Sie können mir auch mit ganz allgemeinen Informationen weiterhelfen.« Nachdem die Bedienung die Getränke gebracht hatte, setzte er Milton über Katharinas Ängste ins Bild.

»Die Person in dieser Weinbar kann unmöglich Vanessa Martini gewesen sein«, erklärte Milton nachdenklich. »Frau Gerhardt hat Recht. Dieses Verhalten passt einfach nicht zu ihr.«

»Was ist mit den Medikamenten?«, erwiderte Pielkötter. »Verändern die nicht die Persönlichkeit?«

»Langfristig schon, aber doch nicht von einem Tag zum nächsten. Außerdem werden die Patienten dann eher passiv und antriebslos als ungehemmt und lebenslustig.«

»Und wen hat Frau Gerhardt dann gesehen?«

»Vielleicht eine Doppelgängerin«, antwortete Milton. »Vielleicht ihre Schwester.«

»Aber sie hat keine Geschwister.«

»Trotzdem schließe ich hundertprozentig aus, dass diese Frau Vanessa Martini war.«

»Die Sache scheint immer verzwickter zu werden«, sagte Pielkötter mehr zu sich selbst.«

Kapitel 31

Pielkötters Stimmung sackte automatisch nach unten, sooft er an Barnowski dachte. Warum hielt sein Untergebener ihn auch nach der deutlichen Ermahnung nicht auf dem Laufenden? Ganz im Gegenteil. Bei einem zweiten Anruf im Präsidium hatte er den Eindruck gewonnen, dass er sich von der neuen Assistentin verleugnen ließ. Durchkommen würde Barnowski damit allerdings nicht, so wahr er Willibald hieß.

Mit brummiger Miene lief Pielkötter auf das Präsidium zu. Entschlossen öffnete er die Eingangstür seitlich der Düsseldorfer Straße. Ein uniformierter Polizist in der Pförtnerloge grüßte freundlich. Natürlich kannte er den Hauptkommissar, wusste aber wohl kaum, dass er krankgeschrieben war. Als Pielkötter den Kopf in Richtung Pförtner wandte, um den Gruß zu erwidern, entdeckte er Bernhard Barnowski aus dem Augenwinkel. Er befand sich im Treppenhaus und strebte direkt auf den Sicherheitsbereich mit der Aufschrift »Kein Durchgang« zu.

Während Pielkötter sich noch einen Spruch des Pförtners über das Wetter anhörte, war Barnowski plötzlich verschwunden. Der hat mich doch genau gesehen, dachte Pielkötter. Ärgerlich betrat er ebenfalls den Sicherheitsbereich und sah sich um. Barnowski eilte rechts hinten den Gang entlang. Er war schon so weit entfernt, dass Pielkötter ihn nur noch an dem auffällig rotgelb gestreiften Hemd erkennen konnte. Wenige Augenblicke später war er ganz verschwunden. Am liebsten wäre Pielkötter ihm hinterhergerannt und hätte ihn zur Rede gestellt, aber nach kurzer Überlegung fand er das doch zu lächerlich. Am meisten ärgerte er sich darüber, dass Barnowski wahrscheinlich davon ausging, er habe ihn nicht bemerkt. Er war jedoch nicht willens, seinen Untergebenen so einfach davon kommen zu lassen. Der würde sich noch wundern.

Wesentlich schlechter gelaunt als zuvor betrat er sein Büro. Die Luft in dem Raum roch abgestanden. Eilig lief er zum Fenster. Er öffnete es und schaute kurz hinaus. Gerade noch rechtzeitig, um auf der Düsseldorfer Straße einen Blick auf den Dienstwagen mit Barnowski hinterm Steuer zu erhaschen. Offensichtlich hatte sich sein Untergebener über den Innenhof des Präsidiums davongestohlen.

Na warte, dachte Pielkötter.

Dann versuchte er, sich auf sein zweites Anliegen zu besinnen. Schließlich war er nicht nur wegen des Falls Heitkämper hier, sondern auch wegen Katharina Gerhardts Sorgen. Zumindest über den Autounfall von Vanessas Eltern musste etwas in den Akten stehen. Als er den Computer hochfuhr, fiel ihm plötzlich ein, dass Vanessa Eltern nicht zwangsläufig Martini heißen mussten. Aber hatte Frau Gerhardt nicht von den *alten Martinis* gesprochen?

Zur Sicherheit, vielleicht auch um Katharina Gerhardts Stimme zu hören, rief er noch einmal bei ihr an. Aber sie ging nicht ans Telefon. Also suchte er unter dem Namen Martini – und wurde tatsächlich fündig.

Vanessas Eltern waren auf der Grafschafter Straße in einer gefährlichen Kurve verunglückt. Der Wagen war frontal gegen einen Baum gerast und hatte sich überschlagen. Anschließend war er teilweise ausgebrannt. Herr Martini hatte am Steuer gesessen und offensichtlich die Kontrolle über das Fahrzeug verloren. Vermutung: Defekte Bremsen durch Marderschaden. Dieser Schluss lag nah, da der Wagen zuvor schon einmal wegen eines Marderschadens in einer Werkstatt repariert worden war. Offensichtlich war Herr Martini aber auch viel zu schnell gefahren.

Pielkötter schüttelte den Kopf. Wie schlampig manche Polizisten Berichte verfassten. Eine Kriminaltechnische Untersuchung des Wagens war nicht angeordnet worden, genauso wenig wie eine Obduktion. Nicht einmal den Alkoholgehalt im Blut des Fahrers hatte man gemessen. Am meisten regte Pielkötter die Feststellung auf: »Walter Martini war als rasanter Fahrer bekannt.« Zeugen oder Belege für diese Aussage fehlten jedoch. Zudem ging ihm eine Frage nicht aus dem Kopf: Wieso hatte Herr Martini nicht auf die Kontrolllampe oder auf einen Warnhinweis des Bordcomputers reagiert? Oder hatten beide den Verlust von Bremsflüssigkeit einfach nicht angezeigt?

Obwohl die Martinis ein kleines Vermögen besaßen, hatte man offensichtlich zu keinem Zeitpunkt in Betracht gezogen, jemand könne den Wagen manipuliert haben. Das wäre mir nicht passiert, dachte Pielkötter. Zumindest hätte ich den Nutznießern auf den Zahn gefühlt. Gewiss konnte es nicht schaden, sich die genauen Umstände noch einmal von Frau Gerhardt erklären zu lassen.

Plötzlich verspürte er den Wunsch, möglichst schnell aus seinem Büro zu verschwinden. Nachher fiel seine Anwesenheit einem Mitarbeiter auf, der Theodor Kraschnitz davon in Kenntnis setzte. Je nach Laune der Krake konnte dies enormen Ärger bedeuten.

Eilig fuhr er den Computer herunter, schloss das Fenster und verließ das Büro. Er hatte schon das Treppenhaus erreicht, als er fast mit Theodor Kraschnitz höchstpersönlich zusammenstieß.

»Hauptkommissar Pielkötter, habe ich mich bei unserem letzten Treffen nicht klar genug ausgedrückt?«, fragte die Krake ärgerlich. »Oder sind Sie etwa wieder dienstfähig geschrieben?«

»Hatte nur etwas in meinem Büro vergessen«, brummte Pielkötter und beeilte sich, an seinem Vorgesetzten vorbei die Treppe hinunterzueilen.

Kopfschüttelnd sah Theodor Kraschnitz hinter ihm her.

Kapitel 32

»Gerade noch mal gut gegangen«, sprach Bernhard Barnowski mit sich selbst. Pielkötter in die Arme zu laufen, hätte ihm gerade noch gefehlt, zumal er immer noch nichts vorzuweisen hatte. Sicher hätte Pielkötter ihm auch wegen der Detektei wieder in den Ohren gelegen, dabei hatte er wahrlich genug mit der Ermittlung rund um den schwarzen Golf zu tun. Zum Kuckuck noch mal, warum konnte sein Chef sich nicht einfach erholen, anstatt ihn ständig mit irgendwelchen neuen Ermittlungsansätzen zu nerven? Vielleicht hätte Pielkötter sogar darauf bestanden, ihn zur Vernehmung von Herrn Hegemann zu begleiten. Barnowski malte sich die Konsequenzen in dunkelsten Farben aus. Kaum auszudenken, wenn Hegemann tatsächlich der Mörder war und Pielkötter sich den Erfolg auf die Fahne schreiben würde, nur weil Big Boss zufällig anwesend war, nachdem der einfache Kommissar die mühevolle Kleinarbeit erledigte hatte.

Keine üble Wohngegend, dachte er, während er die Lotharstraße entlangfuhr, vor allem wenig Verkehr. Und das, obwohl sich die Universität in der Nähe befand und die Studenten keine Semesterferien hatten. Vielleicht konnten die sich bei den Studiengebühren keine Autos mehr leisten, jedenfalls nicht in Duisburg. Hier war der Anteil an studierenden Arbeiterkindern bekanntlich höher als an vielen andern Universitäten.

Martin Hegemann wohnte in einem verklinkerten Haus ohne Vorgarten. Obwohl Barnowski sich kurz vorher angekündigt hatte, schien Hegemann erstaunt. »Ich hatte noch nie mit der Polizei zu tun«, erklärte der etwa fünfzig bis sechzig Jahre alte, korpulente Hausherr statt einer Begrüßung. »Hab nicht mal nen Knöllchen wegen Falschparken kassiert.«

»Das bekommen Sie auch nicht von uns. Für den ruhenden Verkehr ist der Ordnungsdienst zuständig.«

»Gut zu wissen. Na, dann kommen Sie mal herein«, forderte Hegemann ihn auf. »Auch wenn ich mir kaum vorstellen kann, dass Sie bei mir an der richtigen Adresse sind.«

»Zumindest besitzen Sie einen schwarzen Golf, den Sie genau am sechsten Juli zur Reparatur in die Werkstatt gegeben haben. Die vordere Stoßstange und der linke Kotflügel waren defekt.«

»Ist das jetzt etwa verboten?«, fragte Hegemann ärgerlich.

An seinem Hals zeichnete sich eine hässliche rote Ader ab, woraus Barnowski haarscharf schloss, dass es keinen Kaffee geben würde.

»Jedenfalls war ein solches Fahrzeug in einen Unfall mit Todesfolge verwickelt.«

»Aber ich hab damit nichts zu tun.«

»In diesem Fall bin ich hier, um Sie von der Liste der möglichen Täter zu streichen.«

Hegemanns Gesicht spiegelte allerdings eine gehörige Portion Skepsis wider.

»Soviel ich inzwischen recherchiert habe, ist bei uns kein Unfall mit Ihrem Namen gemeldet«, trumpfte Barnowski auf. »Wie erklären Sie sich das?«

Plötzlich schien sich Hegemanns Gesichtsfarbe der weißen Tischdecke anzupassen. Während er schwieg, starrte ihn Barnowski durchdringend an. »Die Angelegenheit ist mir sehr peinlich«, begann Hegemann schließlich. »Ich habe meinen Wagen in der Garage vor die Wand gesetzt.«

»Einfach so? Voll draufgehalten und vor die Wand gefahren. Und das soll ich jetzt glauben? Sie besitzen diesen Wagen und genau diese Garage doch wohl schon länger.«

Hegemann atmete hörbar die Luft aus, die er unwillkürlich eingehalten hatte. »Ich hatte an dem Abend zu viel getrunken.«

»Da kommen wir der Sache doch schon ein gutes Stück näher«, erwiderte Barnowski mit einer gewissen Genugtuung. »Haben Sie nicht gerade erklärt, Sie hätten noch nie etwas mit der Polizei zu tun gehabt. Dass Trunkenheit am Steuer strafbar ist, das wissen Sie aber? Sogar ohne Unfall.«

»Schon, allerdings bin ich ja nicht auf der Straße gefahren. Der Wagen stand vor der Garage. Das ist ein Privatgrundstück.«

»Und warum haben Sie den Wagen überhaupt die paar Meter bewegt, wenn Sie fahruntüchtig waren?«

»Im Wetterbericht haben sie Sturm angesagt«, antwortete Hegemann zerknirscht. »Und ich wollte nicht, dass herabfallende Äste den Wagen beschädigen.«

»Wieso war denn der Kotflügel beschädigt, wenn Sie nur vorne gegen die Wand gefahren sind?«

»Da stand noch sonne alte Geschirrspülmaschine.«

»Aber natürlich steht die jetzt nicht mehr da«, entgegnete Barnowski ironisch.

»Nee, der Sperrmüll hat die inzwischen abgeholt.«

»Okay, wo waren Sie am vierten Juli? Genauer gesagt am besagten Sonntagmorgen zwischen sieben und acht Uhr.«

»Ich war hier. Wahrscheinlich habe ich gefrühstückt.«

»Kann das jemand bezeugen?«

»Ich lebe allein«, antwortete Hegemann mit einer Miene, als hätte er endlich begriffen, wie tief er in der Tinte saß. »War auch noch nie verheiratet.«

Besser für die Frauen, dachte Barnowski und hoffte, dass er selbst niemals so ein einsames Leben führen müsste.

»An dem fraglichen Morgen sind Sie also nicht mit Ihrem Wagen auf der Alsumer Straße gefahren?«

»Alsumer Straße?«, fragte Hegemann erstaunt. »Ist das nicht die Ecke Beeckerwerth bei den Hochöfen von ThyssenKrupp?«

»Die Gegend kennen Sie also?«

»Klar, aber warum hätte ich da sonntags entlangfahren sollen?«

»Beispielsweise um in den Rheinauen spazieren zu gehen.«

»Junger Mann, hier in der Nähe liegt ein riesiges Waldgebiet«, erwiderte Hegemann unerwartet selbstsicher. »Hinter dem Unigelände zieht sich der Grüngürtel bis auf Düsseldorfer Stadtgebiet. Können Sie mir einen Grund nennen, warum ich für einen Spaziergang extra nach Walsum fahren sollte?«

»Vielleicht wollten Sie ja gar nicht spazieren gehen«, legte Barnowski nach. Insgeheim jedoch fühlte er sich verunsichert. Warum wirkte Hegemann plötzlich nicht mehr so eingeschüchtert?

»Im Übrigen habe ich ein Alibi«, erklärte dieser plötzlich mit einem gewissen Triumph in der Stimme. »Mir ist eingefallen, dass ich mich am ersten Sonntag im Juli mit zwei ehemaligen

Schulkameraden getroffen habe. Bei Karl in Aachen. Samstag haben wir ganz schön gebechert, so dass ich am Sonntag erst gegen Mittag zurückfahren konnte.«

So siegessicher, wie sich Hegemann jetzt gab, blieb Barnowski wenig Hoffnung auf ein brüchiges Alibi.

Plötzlich stand Hegemann auf und eilte zum Telefon.

»Das können Sie sich sofort von Karl bestätigen lassen«, erklärte er und reichte Barnowski wenig später den Hörer.

Nachdem Barnowski aufgelegt hatte, verabschiedete er sich sehr schnell.

Wenn diese Strähne von Misserfolgen weiter anhielt, würde er Pielkötter tatsächlich mit leeren Händen entgegentreten müssen.

Kapitel 33

»Hallo, Alexander«, begrüßte Kurt Libarski den Gast, der an einem der hinteren Tische saß.

Das Spezialitätenrestaurant »La Cuisine«, das Libarski ausgesucht hatte, war nicht gerade gut besucht. Wahrscheinlich lag das an der Uhrzeit. Die Gäste, die ihre Mittagspause für ein ausgedehntes Mahl in exklusiver Umgebung zu nutzen pflegten, saßen längst wieder an ihren Arbeitsplätzen. Alexander störte das fast leere Lokal jedoch nicht. Nur ungern zeigte er sich mit Kurt Libarski in der Öffentlichkeit, erst recht nicht in diesem noblen Restaurant, in dem sich Libarskis Wohlergehen voraussichtlich in einer horrenden Rechnung niederschlagen würde.

»Wie laufen die Geschäfte?«, fragte Libarski und grinste spöttisch.

»Gut«, erwiderte Alexander ohne echte Begeisterung. »Zumindest in absehbarer Zeit.«

»Heißt das, du bist immer noch nicht flüssig?« Libarskis Stimme klang äußerst gereizt. »Ich will endlich mein Geld zurück. Schließlich habe ich schon lange genug darauf gewartet.« Inzwischen wirkte Libarski, als wollte er ihm jeden Moment an die Gurgel gehen.

»Haben die Herrschaften schon gewählt?«, unterbrach ein Kellner mit bodenlanger, weißer Halbschürze die Unterhaltung.

»Einmal Parmaschinken mit Melone als Vorspeise«, bestellte Libarski, ohne einen Blick in die Speisekarte geworfen zu haben. »Dann Penne Rigate mit weißen Trüffeln und Tiramisu als Dessert. Dazu einen Chateau Neuf du Pape.«

Als Libarski den Wein bestellte, schluckte Alexander. Die Rechnung würde seine finanzielle Misere nicht gerade verbessern. »Für mich Coq au vin und die Salatkomposition des Hauses mit dem Dressing Provençale. Kein Dessert.«

Eifrig notierte der Ober die Bestellung und sah ihm dann noch einmal erwartungsvoll entgegen.

»Das war´s«, erklärte Alexander bestimmt. Er hatte nicht vor, auch noch einen Wein zu bestellen. Libarski sollte sich gefälligst mit einer halben Flasche begnügen.

»Bist wohl nicht zum ersten Mal in diesem Lokal«, bemerkte er, um Libarski vom heiklen Thema Geld abzulenken.

»Man hat halt so seinen Lebensstil«, entgegnete Libarski mit einem gewissen Unterton. »Und dazu brauche ich Geld. Genauer gesagt die vierzig Riesen, die du mir schuldest. Nicht zu vergessen die Zinsen.«

Alexander fühlte sich unwohl unter seinem stechenden Blick. »Ich werde alles bezahlen. Selbst deine Wucherzinsen. Aber du musst mir noch etwas Aufschub gewähren.«

»Von dieser Hinhaltetaktik habe ich nun wirklich die Nase voll. Ich will das Geld. Und zwar sofort.«

Der nahende Ober unterbrach das Gespräch.

»Wir waren bei der Rückzahlung deiner Schulden stehen geblieben«, fuhr Libarski fort, nachdem sich der Kellner entfernt hatte. »Sicher möchtest du nicht, dass dein schöner Flitzer ein paar Kratzer abbekommt. Oder gar deine Visage.«

»Der Wagen ist auch schon beliehen«, erwiderte Alexander. »Wenn du den beschädigst, bekommst du dein Geld erst recht nicht zurück.«

Offensichtlich hielt Libarski nur die noble Umgebung davon zurück, sich auf seinen Tischpartner zu stürzen.

»Ich zahle ja«, sagte Alexander schnell. »In einer Woche habe ich das Geld.«

»Wieso sollte ich dir das glauben?«

»Dann war ich beim Notar und bekomme das Geld für eine Eigentumswohnung.«

»Deine allerletzte Chance«, polterte Libarski für das vornehme Lokal mindestens zwei Spuren zu laut.

Seine Miene drückte aus, wie ernst er seine Drohung meinte.

Kapitel 34

Yvonne rekelte sich nackt auf ihrem breiten Französischen Bett und beobachtete, wie Sigmund in seine Designerhose schlüpfte. Seinen Nachnamen kannte sie nicht. Sie wusste nicht einmal, ob Sigmund sein richtiger Vorname war, aber wen interessierte das schon. Hauptsache, er bezahlte sie gut. Soviel sie mit einem Blick auf den Frisiertisch unter dem Spiegel erkennen konnte, hatte er ihre heutigen Dienste jedenfalls wieder gut honoriert. Wie immer hatte er auch an die Tabletten gedacht. Neben dem Bündel Geldscheinen lagen zwei verschiedene Schachteln. Von Beruf war er Arzt, das Einzige, was sie von ihm wusste. In den vier Jahren, seit er zweimal im Monat zu ihr kam, hatte er das einmal erwähnt. Von sich aus stellte sie niemals Fragen. Diskretion war in ihrem Metier oberstes Gebot. Im Gegenzug hatte auch Sigmund niemals Fragen gestellt, auch nicht als sie ihn um die Tabletten gebeten hatte. Ansonsten hätte sie ihm einfach irgendeine Lüge aufgetischt.

Yvonne seufzte. Sigmund gehörte zu ihren angenehmsten Kunden. Bei dem Gedanken, ihn wahrscheinlich nie wiederzusehen, fühlte sie ein gewisses Bedauern. Besser, ich verschwinde aus seinem Leben als umgekehrt, tröstete sie sich. Lange Zeit würde sie in ihrem Metier sowieso kaum mehr das Geld verdienen, das ihrem luxuriösen Lebensstil nicht einmal im Moment entsprach.

Sigmund hob als Abschiedsgruß noch einmal die Hand, dann war er verschwunden. Ein Abschied für immer, aber er weiß es nicht, dachte sie. Unwillkürlich erinnerte sie sich an ihre Eltern. Schon vor Jahren hatte sie sich mit ihnen restlos überworfen. Wegen ihres lockeren Lebenswandels hatte es oft Streit gegeben, dabei hatten ihre Eltern nicht einmal alles gewusst.

Die Türglocke riss Yvonne aus den unschönen Erinnerungen. Nanu, hatte Sigmund etwas vergessen? Eilig zog sie ihren Morgenmantel aus cremefarbener Seide über, schlüpfte in hochhackige Pantöffelchen und lief zur Tür.

»Alexander, du?«, fragte sie erstaunt.

»Wir müssen alles noch einmal durchgehen«, erwiderte er. »Es darf einfach nichts schiefgehen. Sonst geht es mir an den Kragen.«

Aufgewühlt folgte er ihr ins Wohnzimmer. Der Raum war annähernd quadratisch und wies gegenüber der Tür zwei gleich große Fenster mit Sprossen auf. Obwohl es draußen schon lange dunkel war, hatte Yvonne die schweren dunkelblauen Samtvorhänge noch nicht vorgezogen. Jalousien besaß das Haus nicht. Dafür bot der Altbau, in dem Benedikt ihr diese Eigentumswohnung gekauft hatte, andere Vorteile. Vor allem mochte sie die relativ zentrale Lage. Leider nützte ihr das nun nicht mehr viel. Sofern alles planmäßig verlief, würde die Wohnung samt Inventar in wenigen Tagen an eine Kollegin verkauft. Dabei liebte sie das luxuriöse Ambiente, das kostbare Dekor, mit dem sie jeden Raum ausgestattet hatte. Zum Leidwesen ihrer Finanzen. Freilich hatte sie sich niemals mit knauserigen Freiern eingelassen, dennoch sprengte ihre Kaufsucht den finanziellen Rahmen. Inzwischen stand sie bei zahlreichen Boutiquen und andern Läden in der Kreide, die Schulden wuchsen ihr über den Kopf.

»Bin gleich zurück«, erklärte sie, während sich Alexander auf einem antiken Diwan mit einem Bezug aus Goldbrokat niederließ.

Eilig rauschte Yvonne ins Bad.

»Siehst angespannt aus«, bemerkte sie, nachdem sie sich etwas frisch gemacht hatte. »Am besten trinkst du erst einmal was.«

Auf den hochhackigen Pantöffelchen stolzierte sie zu einer Vitrine und holte zwei Sektkelche heraus.

»Im Kühlschrank steht noch Champagner.«

Alexander verschwand und kehrte mit einer Flasche zurück.

»Was ist los?«, fragte sie, nachdem er eingeschenkt hatte.

»Die Gläubiger sitzen mir im Nacken«, erklärte er und zündete sich eine Zigarette an. »Der Plan duldet wirklich keinen Aufschub mehr.«

»Jetzt sind es doch nur noch ein paar Tage. Frau Gerhardt steht uns nicht mehr im Weg und die Wohnung ist bald verkauft. Dann können wir unsere Konten ausgleichen und anschließend nach und nach Geld aus der Firma abziehen.«

Obwohl er seine Zigarette erst halb aufgeraucht hatte, bohrte er sie mit aller Kraft in den Aschenbecher. »Du musst unbedingt auf sofortiger Zahlung bestehen. Ich hab Libarski versprochen, dass ich nächste Woche meine Schulden bei ihm begleiche.« Unaufhörlich trommelten die Finger seiner linken Hand auf die Tischplatte. Dieses Anzeichen höchster Erregung kannte sie bei ihm nur zu gut.

»Beruhige dich. Der Käufer ist liquid. Der Notar hat alles überprüft. Und jetzt trinken wir erst einmal den Champagner.«

»Trotzdem wäre mir wohler, wenn wir alles schon hinter uns gebracht hätten.«

»Die Art meines Abgangs musst du schon mir überlassen. Ich werde nichts überstürzen«, erwiderte sie spitz. Sie wollte einfach einen konsequenten Schlussstrich unter ihr bisheriges Leben ziehen. Warum stieß dieser Wunsch kaum auf sein Verständnis? Zumindest hatte Alexander mehrmals versucht, sie umzustimmen, seit Frau Gerhardt nicht mehr in der Villa weilte. Er war jedoch auf ihre Mithilfe angewiesen, und das wusste sie nur zu gut.

»Dir fehlt etwas Entspannung«, erklärte sie plötzlich in versöhnlichem Ton. »Darauf verstehe ich mich.«

Dabei zog sie mit der einen Hand an der Kordel ihres Seidenmantels, die andere presste sie an seinen Schritt.

Kapitel 35

Seit seinem gestrigen Besuch im Präsidium hatte Pielkötter immer wieder über den Autounfall der alten Martinis nachgedacht. Der Bericht war schlampig verfasst, richtige Ermittlungen hatte es nicht gegeben. Zwar besagte das nichts, aber bei Pielkötter hatte diese Oberflächlichkeit einen schalen Nachgeschmack hinterlassen. Eine eindeutige Unfallursache mit Augenzeugen wäre ihm lieber gewesen. Wahrscheinlich war das eine Art Berufskrankheit, ein Verbrechen zumindest nicht vorschnell auszuschließen. Auf jeden Fall konnte es nicht schaden, noch einmal mit Katharina Gerhardt über den Unfall zu sprechen. Dafür hatte er sich mit ihr am Leinpfad in der Nähe ihrer Wohnung verabredet. Den Treffpunkt hatte sie vorgeschlagen, wegen ihrer Vorliebe für den Rhein, vielleicht auch wegen des herrlichen Sommerwetters.

Schon von weitem erkannte er sie, obwohl Katharina Gerhardt das rotblonde Haar heute offen trug. Sie saß auf einer Bank am Leinpfad und starrte auf den breiten Strom. Zur Begrüßung hätte er sie gern umarmt, aber das mochte er sich kaum eingestehen.

»Sie machen mich neugierig«, erklärte Katharina Gerhardt, nachdem er sich zu ihr gesetzt hatte.

»Gestern habe ich mir den Bericht über den Autounfall Ihrer alten Arbeitgeber noch einmal angesehen«, erwiderte Pielkötter, froh, das Gespräch auf einer sachlichen Ebene führen zu können. »Darin steht unter anderem etwas von einem Marderschaden. Wissen Sie, wie meine Kollegen darauf gekommen sind?«

»Nach dem Unfall waren die bei uns im Haus«, antwortete sie nachdenklich. »Dabei habe ich ihnen von dem Marderschaden erzählt. Tatsächlich hatte kurz zuvor ein Marder irgendeinen Schlauch angebissen. Ich kann mich noch sehr gut daran erinnern, damals hat es in der Nachbarschaft sehr viele Vorfälle mit diesen Tieren gegeben, die müssen sich vorübergehend in einer größeren Anzahl dort aufgehalten haben. Der Lump hat den Wagen der alten Herrschaften höchst persönlich in die Werkstatt gebracht. Dabei zählte Hilfsbereitschaft wirklich nicht zu seinen Stärken.«

»Wissen Sie noch, wie die Werkstatt hieß?«

»Klar, Handick. Dort haben die Martinis den Wagen ja immer abgegeben.«

»Woran können Sie sich sonst noch im Zusammenhang mit dem Unfall erinnern?«, fragte Pielkötter neugierig.

Katharina betrachtete ihn mit undefinierbarer Miene. »Natürlich war Vanessa völlig fertig. Das Unglück kam zu plötzlich. Und dann gleich beide Eltern tot.«

Während sie weiter nachzugrübeln schien, zog ein energischer Rauhaardackel sein Herrchen an ihrer Bank vorbei. In einem gewissen Abstand folgte ein junger Mann mit einem noch nicht ausgewachsenen Boxer. Anscheinend war der Leinpfad bei Hundebesitzern sehr beliebt. Eine Schlussfolgerung, die Pielkötter an diesem Morgen noch öfter bestätigt wurde.

»Haben Sie auch ausgesagt, dass Herr Martini ein rasanter Fahrer gewesen sei?«

»Das war er wirklich«, seufzte sie. »Aber meiner Ansicht nach kann das nicht die Unglücksursache gewesen sein.«

»Immerhin ist der Unfall in einer gefährlichen Kurve passiert«, erwiderte Pielkötter hellhörig.

»Aber Walter Martini kannte die wie seine Westentasche. Was glauben Sie, wie oft der zuvor dort entlanggerast ist.«

Während warmer Wind mit Katharina Gerhardts Haaren spielte, zogen zwei plaudernde junge Mütter mit Kinderwagen vorbei.

»Da fällt mir noch etwas Merkwürdiges ein«, fuhr sie fort. »Als die Polizei bei uns war, hat der Lump ausgesagt, Herr Martini hätte gerne mal was getrunken. Irgendwie hat er das so hingestellt, als ob er den Unfall vielleicht unter Alkoholeinfluss verursacht hätte.«

»Seltsam«, wunderte sich Pielkötter. »Davon habe ich gar nichts in dem Bericht gelesen.«

»Ich habe diese Unterstellung auch sofort vehement zurückgewiesen. Vanessa ebenfalls. Wahrscheinlich hat die Polizei deshalb nichts davon aufgenommen.«

Eigentlich glaubte Pielkötter Katharina Gerhardt, aber war sie wirklich objektiv? Oder stellte sie ihre toten Arbeitgeber einfach zu positiv dar?

»Wieso waren die Martinis eigentlich an diesem Abend unterwegs?«, fragte er neugierig.

»Sie waren bei Verwandten zu einer Geburtstagsfeier eingeladen. Die Tönnis wohnen in Moers, direkt am Schlosspark.«

Hoppla, dachte er, die kommen mir gerade recht. Zumindest konnte es nicht schaden, die Tönnis nach dem Alkoholkonsum von Herrn Martini zu fragen. »Am besten suche ich sie auch noch einmal auf«, sagte er laut. »Aber jetzt genießen wir erst mal den Sonnenschein und den herrlichen Blick auf den Rhein.«

Kapitel 36

Pielkötter summte im Wagen vor sich hin. Er war tatsächlich bei Katharina Gerhardt zum Mittagessen eingeladen gewesen. Ein verlockendes Angebot, zumal Marianne ihm vorgeschlagen hatte, etwas aus der Kühltruhe aufzutauen. Obendrein hatte er die Zeitspanne überbrückt, bis die Tönnis ihn empfangen wollten. Katharina hatte das alles arrangiert. Sie hatte ihm auch noch einmal den Weg beschrieben, den die Martinis immer nach Moers genommen hatten. Damit kam er automatisch an der Unfallstelle vorbei.

»Genau an der zweiten Unterführung, über die oben die Güterzüge rollen, ist es passiert«, so hatte sie erklärt.

Die erste Unterführung hatte Pielkötter soeben passiert. Während er nun nach der Unglücksstelle Ausschau hielt, überlegte er, dass Alexander Martini auf jeden Fall zu den Nutznießern dieses Unfalls gehörte. Selbst wenn er nicht über das Erbe seiner Frau verfügen konnte, so war nach dem Ableben der alten Martinis zumindest sein Einfluss in der Firma gestiegen. Zudem hatte er von dem Erbvertrag zum Zeitpunkt des Unfalls überhaupt noch nichts gewusst.

»Der hat sich vielleicht aufgeregt, als er von dem Erbvertrag erfuhr«, so ähnlich hatte sich Katharina Gerhardt doch ausgedrückt.

Er musste unbedingt noch einmal mit ihr darüber reden, und zwar bevor er seinen Dienst wieder antrat.

Pielkötter verzog das Gesicht. Seltsam, zuerst hatte er es kaum zu Hause ausgehalten, und nun nahm ihn die undurchsichtige Sache Martini so in Anspruch, dass er noch gut ein paar Tage Zeit gebrauchen könnte.

Inzwischen hatte er die zweite Unterführung erreicht. Die Kurve war wirklich halsbrecherisch. Okay, hier galt Tempo dreißig, aber daran hatte sich Herr Martini offensichtlich nicht gehalten. Wenn hier mal Bremsen oder Lenkung versagten, war schnell alles zu spät.

Pielkötter nahm die Kurve nicht gerade vorschriftsmäßig, stoppte hinter der Unterführung und stieg aus. Hier genau, auf der Rückfahrt, hatte sich der Unfall ereignet. Auf dieser Seite war die Kurve genauso abenteuerlich. Zudem lag davor eine gerade freie Stecke, vorbei an übersichtlichen Feldern. Hier hatte Herr Martini sicher beschleunigt. Aber wesentlich weiter brachte ihn die Besichtigung des Unfallortes nicht. Was habe ich eigentlich erwartet, fragte sich Pielkötter, während er wieder in seinen Wagen stieg.

Nachdenklich drehte er das Radio auf. Oldieparade. Als Pielkötter gerade die ersten Takte von Radar Love erkannte, stoppte er den Wagen vor einem schmucken Einfamilienhaus. Am liebsten hätte er der Scheibe noch zu Ende gelauscht, aber dann siegte so eine Art Pflichtgefühl. Er hörte noch »radar love was gone«, dann zog er den Zündschlüssel raus. Nach einem kurzen Blick auf den Schlosspark ging er zum Eingang. Ingrid Tönnis, eine Frau um die fünfzig, öffnete die schwere Eichentür.

»Sie sind sicher Kommissar Pielkötter«, grüßte sie, noch ehe er sich vorstellen konnte.

Während sie ihn durch eine mit Nippes vollgestopfte Diele führte, schaute sie eine breite Treppe hinauf. »Heinz-Werner, der Kommissar ist schon da!«, rief sie nach oben.

Wenige Sekunden später eilte ein Mann in Jogginganzug herunter. »Am besten Sie beginnen das Verhör mit mir«, erklärte er statt einer Begrüßung. »Ich muss nämlich gleich weg.«

»Das ist kein Verhör«, erwiderte Pielkötter. »Ihre Frau hat sich am Telefon netterweise bereit erklärt, mir einige Fragen zu beantworten.«

»Was wollen Sie also wissen?«

»Wie gut kannten Sie die Martinis?«

»Wir sind weitläufig verwandt. Also, sie war eine Cousine meiner Frau. Drei, viermal im Jahr haben wir uns besucht. Oft zu Geburtstagen. Der Unglückstag war übrigens mein Fünfundfünfzigster. Ich habe reingefeiert, wissen Sie? Allerdings finde ich es schon äußerst seltsam, dass die Polizei sich nach so langer Zeit noch dafür interessiert.«

Nun, *die Polizei* war nicht ganz richtig, aber Pielkötter klärte diesen ohnehin eher abweisenden Mann darüber nicht auf. »Dann viel Spaß beim Sport«, wünschte Pielkötter ihm noch, aus dem würde er wahrscheinlich ohnehin nicht viel mehr herausbekommen. Dagegen erschien ihm die Frau wesentlich zugänglicher.

»Nehmen Sie doch erst einmal Platz«, forderte ihn Frau Tönnis freundlich auf. »Darf ich Ihnen vielleicht etwas anbieten.«

Pielkötter lehnte ab. »Ich nehme an, Ihr Verhältnis zu den Martinis war recht gut.«

»Kann man wohl behaupten.« Ihre Miene wirkte sehr ernst. »Deshalb war der Unfall ein riesiger Schock für uns. Natürlich auch, weil er auf der Heimfahrt von unserer Feier passierte.«

»Wie waren die Martinis an diesem Abend?«

»Meinen Sie, ob die was getrunken haben? Da kann ich Sie beruhigen. Sicher, Vera hatte schon einige Gläschen Wein intus, aber Walter auf keinen Fall. Nur ein halbes Glas Sekt um zwölf. Damit haben wir auf das Geburtstagskind angestoßen.«

Also hatte Katharina Gerhardt doch Recht gehabt, was die Aussage von Herrn Martini sehr fragwürdig erscheinen ließ.

»Kennen Sie eigentlich Vanessas Ehemann?«, fragte Pielkötter.

»Einmal war der hier«, antwortete Frau Tönnis. »Ganz zu Anfang. Sofern ich mich recht erinnere, waren Vanessa und er damals noch nicht verheiratet. Ansonsten fuhr der ja von einem Tennisturnier zum nächsten. Jedenfalls war das Metier wohl mehr für ihn geeignet als die Arbeit in der Firma. Was glauben Sie, wie meine Cousine und Walter dem als Geschäftsführer auf die Finger sehen mussten. Aber schließlich war er ihr Schwiegersohn.«

»Und wieso hat der nicht einfach weiter Tennis gespielt?«

»Muss ich Ihnen darauf wirklich eine Antwort geben?« Offensichtlich war Frau Tönnis diese Frage sehr unbequem.

»Nein, das müssen Sie nicht. Aber helfen würde es mir schon.«

»Wissen Sie, ich möchte niemanden belasten, schon gar keinen Angehörigen.«

»Keine Angst, ich bin nicht hier, um irgendein Mitglied Ihrer Familie anzuklagen. Es geht mir nur darum, Hintergründe besser zu verstehen.«

»Ich weiß zwar nicht, was das mit dem Unfall der Martinis zu tun hat, aber gut. Die Vanessa hat ihren Mann angefahren.«

»Aha«, dachte Pielkötter, das wollte mir Katharina Gerhardt also nicht verraten. Und genau damit hat Herr Martini seine Frau in der Hand.

»Mit der Verletzung an seinem Bein ist das Tennis natürlich passé«, fuhr Frau Tönnis fort. »Bei dem Unfall war wohl tatsächlich etwas Alkohol im Spiel. Aber Vanessas Vater hat an dem Unglücksabend wirklich nur ein Glas Sekt getrunken. Leider.«

»Wieso leider?«

»Sonst wäre Vera zurückgefahren. Dann wäre der Unfall sicherlich nicht passiert. Die war immer vorsichtig, ganz anders als Walter. Auf der Hinfahrt hat sie ja am Steuer gesessen. Die haben extra getauscht, weil sie was getrunken hatte. Paradox nicht?«

»Herr Martini war also ein rasanter Fahrer?«

»Ja, aber warum interessieren Sie sich eigentlich nach so langer Zeit dafür?«

Gute Frage, dachte Pielkötter.

Kapitel 37

Am »Still-Leben Ruhrschnellweg«, dem Super-Event im Kulturhauptstadtjahr kam so schnell keiner vorbei. Das Spektakel war in aller Munde, füllte Zeitungsseiten und sorgte für Gesprächsstoff bei lokalen und überregionalen Sendern.

Auch Willibald und Marianne Pielkötter hatten ausgiebig diskutiert, wo und wie sie daran teilnehmen wollten. Es war das erste längere Gespräch, seit ihren erfolgreichen Bemühungen, sich möglichst aus dem Weg zu gehen.

Schließlich waren sie übereingekommen, auf jeden Fall die Rheinbrücke zu passieren. Von hier aus würden sie einen guten Überblick haben, im Gegensatz zu den Abschnitten mit Lärmschutzwänden mitten durch Wohngebiete. Ihre Tour begann an der Auffahrt Homberg am linken Niederrhein. Danach planten sie, die A 40 in Richtung Dortmund so weit mit dem Rad abzufahren, dass gerade noch genug Kraft für den Rückweg blieb.

Kurz vor elf Uhr parkte Pielkötter seinen Wagen in Essenberg auf der linken Rheinseite zwischen einem Friedhof und der Chemiefabrik Sachtleben. Während sie die Räder vom Dachgepäckträger hoben, waren plötzlich alle Parkplätze um sie herum belegt. Unzählige Fahrer radelten schon an ihnen vorbei, zwangen die nachfolgenden Autos, das Tempo zu drosseln. Den ersten Fahrradstau erlebten sie kurz vor der Homberger Autobahnauffahrt.

»Wer sich hier durchwuselt, erhält das Platzangst-Prüfsiegel«, verkündete Mariannes Nachbar lachend und versuchte, sie nicht über die Maßen einzuquetschen. Generell konnte man beobachten, dass die Menschen überall trotz des großen Andrangs viel Rücksicht aufeinander nahmen.

Hoffentlich bleibt das so, dachte Pielkötter. Seinen Kollegen im Dienst würde solches Verhalten zugutekommen, zumal man über eine Million Besucher erwartete. Wahrscheinlich würden sich aber weitaus mehr Menschen auf der A 40 tummeln als erwartet. Im Moment hatte er jedenfalls das Gefühl, der gesamte linke Niederrhein dränge sich geschlossen auf die Autobahn.

Nachdem Willibald und Marianne ihre Fahrräder im Gedränge die lange Rechtskurve der Auffahrt hinaufgeschoben hatten, löste sich der Stau langsam auf. Immerhin verteilten sich die Passanten nun über drei Spuren, den Standstreifen nicht einmal mitgerechnet. Es gab auch Fahrräder mit Anhänger. Aus einem lugte der Kopf eines niedlichen Mischlingshundes heraus. Pielkötter tat der Hund leid. Das Gedränge war sicher nichts für ihn. Er selbst dagegen genoss den Ausflug. Nachdem der Menschenstau sich aufgelöst hatte, überkam ihn ein seltenes Gefühl von Freiheit.

Unter ihnen lag der Rhein mit seinen herrlich grünen Wiesen, über ihnen zogen kleine weiße Fotowolken vorbei. Die Wetterfee aus dem Fernsehen hatte für den 18. Juli 2010 wahrlich nicht zu viel versprochen.

Nach der Rheinbrücke ging es erst einmal bergab. Inzwischen hatte die Temperatur zugelegt und der Fahrtwind strich angenehm über seine Haut. Pielkötter hätte ewig so weiterradeln können, aber an der nächsten Auffahrt war damit leider Schluss.

»Dat is ja wie morgens mit de Karre«, bemerkte ein junger Mann mit Strohhut und Gitarre, ließ sich dennoch nicht die Laune verderben. Überhaupt nahmen alle Menschen den Stau ziemlich gelassen. Nachdem sie eine Weile gewartet und eingesehen hatten, dass man selbst zu Fuß nur langsam vorwärtskam, stellten die Ersten ihre Räder an der Leitplanke ab.

»Ist eigentlich verboten«, bemerkte Pielkötter.

»Ja, eigentlich«, erwiderte Marianne, »aber das ist hier eben ein ganz spezieller Fall. Jedenfalls habe ich keine Lust, hier noch länger rumzustehen.«

Skeptisch schielte Pielkötter zu den Leuten, die nun scharenweise über die Leitplanke kletterten, um auf die Fahrbahn in Richtung Venlo zu wechseln.

»Die Mobilitätsspur darf man ausschließlich über die Auffahrten verlassen.«

»Willibald«, stöhnt Marianne, »du bist hier nicht im Dienst.«

Da auch er keine Alternative sah, gab er ihrem Drängen nach. Bald nachdem sie den Menschenmassen über die Leitplanke gefolgt waren, erreichten sie Anfang oder Ende der längsten Tafel der Welt. Biergartengarnitur reihte sich an Biergartengarnitur. Trotzdem konnte sich Pielkötter kaum vorstellen, dass diese Anordnung sich tatsächlich bis nach Dortmund hinziehen sollte. Aber der unendlich lange Tisch blieb längst nicht das Einzige, was ihn an diesem Tag in Erstaunen versetzte. Er hatte noch nie so viele Menschen mit guter Laune gesehen. Sie sangen, tanzten und lachten, jonglierten mit Handfegern oder Klobürsten und schwenkten Fahnen vom MSV. Schauspieler führten kleine Sketsche auf, und die ruhigeren Vertreter spielten Schach auf der Autobahn. Plötzlich kam ihnen ein ganzer Schwarm Bräute in ihren weißen Kleidern entgegen.

»Die sind aus Marxloh, aber nicht echt«, klärte ihn Marianne auf. »Ein richtiges Hochzeitspaar gibt es hier allerdings auch. Hab ich jedenfalls in der Zeitung gelesen.«

Pielkötter hörte jedoch nur mit einem halben Ohr zu. Zwei junge Mädchen von etwa siebzehn oder achtzehn Jahren hatten seine Aufmerksamkeit erregt. Sie waren identisch gekleidet und weder von der Statur her noch von ihren Gesichtszügen auseinanderzuhalten. Sie liefen Hand in Hand, wahrscheinlich um ihre Zusammengehörigkeit noch zu unterstreichen. Vielleicht wollten sie dadurch auch einfach noch mehr Aufmerksamkeit erregen. In Bezug auf Hauptkommissar Pielkötter hatten sie das jedenfalls geschafft. Automatisch fiel ihm Frau Gerhardt ein und die Person, die sie an Herrn Martinis Seite vor dem Casino gesehen hatte. Angeblich nicht Vanessa und ihr dennoch so ähnlich.

Auch Marianne hatte das Zwillingspaar nun entdeckt. »Das kommt in der Natur aber recht selten vor«, erklärte sie.

Nachdenklich drehte er sich noch einmal um, als die beiden jungen Frauen längst an ihnen vorbeigeschlendert waren. Hatte Frau Gerhardt in einem Gespräch nicht etwas über künstliche Befruchtung erwähnt? Wurde dadurch die Chance für eineiige Zwillinge erhöht?

Marianne bedachte ihn mit einem unverständigen Blick. Während sie ihn kopfschüttelnd an drei Trommlern mit Rastazöpfen vorbeizog, überlegte er, noch heute mit Frau Gerhardt zu telefonieren. Um siebzehn Uhr würden die Tische auf der A 40 sowieso geräumt.

Kapitel 38

Während Pielkötter über den Emscherschnellweg fuhr, dröhnte *Angie* von den Stones aus den Lautsprecherboxen seines Wagens. Nach dem harmonischen Ausflug auf die A 40 hatte es Zuhause gleich wieder Streit gegeben. Marianne hatte gemosert, wollte einfach nicht verstehen, wieso ein Kommissar nicht einfach Dienst nach Vorschrift machen konnte. Zudem hatte sie die Krankmeldung ins Spiel gebracht. Dabei hatte sie ihn vorher zu dieser Radtour überredet, die für ihn eigentlich nicht zu seiner Dienstunfähigkeit gepasst hätte. Marianne hatte sogar extra Doktor Düllenhofer angerufen. Der hatte noch einmal ausdrücklich bestätigt, dass er nicht bettlägerig sei und deshalb durchaus das Haus verlassen dürfe. Genau das aber sollte nach Mariannes Meinung für heute Abend plötzlich nicht mehr gelten.

Missmutig warf Pielkötter einen Blick auf das riesige Gelände von ThyssenKrupp, auf das er von der A 42 hinter Beeck einen guten Überblick hatte. Einige Kühltürme im Hintergrund waren bunt angestrichen, was er irgendwie unpassend fand.

Erst als er an Katharina Gerhardt dachte, besserte sich seine Laune. Immerhin schien sie sich auf seinen Besuch zu freuen. Zumindest hatte er diesen Eindruck während ihres kurzen Telefonats gewonnen.

»Langsam wird das zur Gewohnheit, dass Sie mich richtig neugierig machen«, begrüßte sie ihn.

Anscheinend hatte Katharina Gerhardt ihn schon erwartet. Jedenfalls standen Gläser und verschiedene Getränke auf dem Wohnzimmertisch. Pielkötter ließ sich ein Bier einschenken, und die Gastgeberin gönnte sich ein Glas Wein. Nachdem er einen kräftigen Schluck getrunken hatte, ließ die Anspannung nach, vielleicht auch einfach der Ärger. Jedenfalls fühlte er sich in Katharina Gerhardts Gesellschaft sehr wohl.

»Es geht um eine bestimmte Information, die ich im Hinterkopf gespeichert habe«, erwiderte Pielkötter. »Wenn ich mich recht erinnere, wurde Vanessa nicht auf natürlichem Weg gezeugt.«

»Ja, das habe ich Ihnen erzählt«, bestätigte Katharina Gerhardt. »Auch wenn ich das besser nicht verraten hätte.«

»Wer weiß, wozu das gut war?« Nachdenklich betrachtete Pielkötter eine vorwitzige Strähne, die Katharina Gerhardt in die Stirn gefallen war.

»Heute ist mir endlich die entscheidende Idee gekommen«, erklärte er. »Ich meine zu Ihrer Beobachtung im City Palais. Vielleicht gibt es eine ganz einfache Erklärung, warum Sie dort eine Frau gesehen haben, die Ihnen zumindest äußerlich wie Vanessa erschien.«

Katharinas Miene drückte eine gehörige Portion Skepsis aus.

»Vanessa Martini hat eine eineiige Zwillingsschwester!« Triumphierend sah er sie an und wartete gespannt auf ihre Zustimmung – und ihren Beifall. Aber das Einzige, das er in ihrem Gesicht lesen konnte, war Ungläubigkeit.

»Vielleicht liegt die Wahrscheinlichkeit dafür bei der künstlichen Befruchtung höher«, fuhr er schnell fort.

»Mag sein, aber die Martinis hätten das zweite Kind doch niemals zu fremden Leuten gegeben. Im Gegenteil, sie hätten sich riesig gefreut, gleich zwei Töchter großzuziehen.«

»Damit haben Sie sicher Recht«, stimmte Pielkötter widerwillig zu. »Trotzdem habe ich das Gefühl, dass ich diesem Anhaltspunkt unbedingt nachgehen sollte.«

Katharina Gerhardt trank ihr Weinglas aus und musterte ihn unverhohlen. »Und jetzt wollen Sie von mir den Namen der Klinik wissen, in der Frau Martini behandelt wurde.«

Pielkötter nickte.

»Zum Glück lässt mich mein Gedächtnis heute nicht im Stich. Die Klinik hieß Schönborn, Frauenklinik Schönborn. Ob die aber noch existiert?«

»Hier in Duisburg?«

»Düsseldorf«, erwiderte Katharina Gerhardt nachdenklich, während sie sich ein zweites Glas Wein einschenkte.

Pielkötter hatte sein Bier immer noch nicht ausgetrunken. Er behielt besser einen klaren Kopf. Zudem musste er an den Rückweg denken, auch wenn es ihm durchaus gefallen hätte, noch etwas in ihrer Gesellschaft zu trinken.

»Halten Sie mich auf dem Laufenden«, sagte Katharina Gerhardt zum Abschied, während der Duft ihres süßlichen Parfüms seinen Verstand einzunebeln schien.

Pielkötter nickte, bevor er aus ihrem Blickfeld verschwand. Liebend gern hätte er etwas Gescheites erwidert, aber ihm fiel absolut nichts ein.

Kapitel 39

Seit dem gestrigen Abend bei Katharina Gerhardt ging Pielkötter die künstliche Zeugung von Vanessa Martini nicht mehr aus dem Kopf. Der Einwand von Katharina Gerhardt war sicher berechtigt, trotzdem existierte anscheinend diese Zwillingsschwester. Er konnte nur hoffen, in der Frauenklinik Schönborn eine Antwort auf diesen Widerspruch zu finden.

Pielkötter nahm seine Kaffeetasse vom Küchentisch und verzog sich ins Arbeitszimmer. Marianne war schon aus dem Haus. Vielleicht war das besser so. Die Stimmung während des Frühstücks war nicht gerade nach seinem Geschmack gewesen. Zudem war er froh, sich kommentarlos in die Arbeit stürzen zu können. Der Fall Martini schien immer interessanter zu werden und hatte Heitkämper seltsamerweise längst von Platz eins der Prioritätenliste verdrängt. Sollte sich Barnowski doch allein darum kümmern, solange er selbst dienstunfähig war.

Pielkötters Miene drückte eine gewisse Zielstrebigkeit aus. Neugierig fuhr er den Computer hoch und gab die Frauenklinik Sonnenschein in die Suchmaschine ein. Zum Glück brauchte er dafür nicht den PC im Präsidium. Schon nach kurzer Zeit fand er die gesuchten Informationen.

Die Klinik hatte man inzwischen in Haus Sonnenschein umgetauft, sie stand aber noch immer unter privater Leitung. Jedenfalls hatte ein Doktor Schönborn dort tatsächlich eine der ersten künstlichen Befruchtungen in Deutschland durchgeführt und sogar Frauen ohne jegliche Hoffnung auf ein Kind zum ersehnten Nachwuchs verholfen. Pielkötter hatte sich eine Ehe mit Marianne auch ohne Nachwuchs gut vorstellen können. Deshalb fiel es ihm schwer nachzuvollziehen, warum kinderlose Paare in einer Klinik landen mussten. Abgesehen von diesem Unverständnis blieben jedoch weitere Fragen ungeklärt. Warum hatte Schönborn die Klinik auf dem Höhepunkt seiner Karriere verlassen, um plötzlich ein unauffälliges Leben zu führen? Jedenfalls erregte dieses Rätsel Pielkötters Aufmerksamkeit. Hoffentlich würde ihm die Dienstmarke helfen, ein wenig darüber in Erfahrung zu bringen. Instinktiv spürte er, dass die Informationen von zentraler Bedeutung waren, auch wenn er noch nicht genau wusste warum.

Nachdem er sich die Adresse der Klinik notiert hatte, fuhr er den PC herunter. Plötzlich hatte er es sehr eilig aus dem Haus zu kommen. Fast hätte er den Termin bei Doktor Düllenhofer vergessen. Den hielt er ohnehin für unsinnig, seit es ihm wieder besser ging. Der gute Doktor konnte ihm noch einmal die Tabletten gegen zu hohen Blutdruck verschreiben, das war's dann. Bis einschließlich Dienstag war er noch dienstunfähig. Eine neue Bescheinigung kam jedenfalls nicht mehr in Frage, obwohl er jetzt etwas Zeit für seine privaten Ermittlungen bitter nötig gehabt hätte. Immerhin blieben ihm noch der Nachmittag und ein weiterer Tag, um der Klinik Sonnenschein, ehemals Schönborn, einen Besuch abzustatten.

Kapitel 40

Unwillig sah Kommissar Bernhard Barnowski von seinem Schreibtisch hoch. Die Zeit drängte, und er hatte die Liste der Besitzer des möglichen Unfallwagens noch lange nicht abgearbeitet. Im Türrahmen stand ein Mann Mitte fünfzig mit schütteren Haaren und unmodischer Brille.

Der Mann hatte zwar angeklopft, aber keine Reaktion abgewartet. »Eberhard Scheuermann«, stellte er sich vor.

»Und Sie wünschen?«, fragte Barnowski unfreundlich.

»Der Bruder vom Heribert hat mich hergeschickt.«

Für einen kurzen Moment stutzte Barnowski, doch dann keimte die Hoffnung auf, eine gute Fee hätte ihm diesen Mann geschickt.

»Ich war in Finnland«, fuhr der Mann fort. »Jedes Jahr verbringe ich dort meinen Sommerurlaub. Und nun komm ich ahnungslos nach Hause und erhalte so eine schlimme Nachricht.« Seine Stimme schien zu ersticken. Der Mann wirkte sichtlich erschüttert.

»Jetzt setzen Sie sich erst einmal«, forderte Barnowski ihn auf. »Danach erzählen Sie mir, wie Sie von dem Unfall erfahren haben und wie Sie zu dem Toten standen. Falls Sie mögen, mache ich Ihnen auch gerne einen Kaffee.«

»Nein danke, mein Magen verträgt das im Moment nicht.«

Eilig räumte Barnowski die Listen von seinem Schreibtisch, kramte einen Notizblock hervor und sah Herrn Scheuermann erwartungsvoll entgegen.

»Wie gesagt, Heriberts Bruder hat mich informiert. Hatte wohl schon öfter vergeblich versucht, mich zu erreichen. Das war vielleicht ein Schock. Zwei Tage vor meiner Abreise hab ich den Heribert doch noch getroffen.«

»Wann war das genau?«

»Zwei Tage vor seinem Tod. Wir haben ja freitags öfter Schach gespielt. Na ja, öfter ist vielleicht etwas übertrieben. Der Heribert hätte das sicher gern gehabt. Immer freitags, genau ab acht Uhr. Nur die Partien waren natürlich nicht immer gleich lang.«

Scheuermann lachte, was allerdings eher wie ein Aufschrei klang.

»Ich hab beruflich viel zu tun. Und dann meine Mutter. Da bin ich doch auch allein für zuständig. Deshalb habe ich Heribert öfter abgesagt.«

»Aber zwei Tage vor Herrn Heitkämpers Tod haben Sie zusammen Schach gespielt?«

»Genau«, bestätigte Scheuermann. »Ich hatte ein Kundengespräch in seiner Nähe. Deshalb haben wir uns ausnahmsweise bei ihm getroffen. Auch sonst war an diesem Tag alles anders. Der Heribert wirkte irgendwie sonderbar. Und Wein hatte der auch gekauft. Stellen Sie sich das vor, Heribert und Alkohol. Ich kenn den ja noch von der Schule her, Leibniz Gymnasium in Hamborn, aber Alkohol, das hat es bei dem niemals gegeben. Ich erinnere mich da an Klassenfeten. Also alle waren hackedicht, nur der Heribert nicht. Standhaft hat der nicht einen Tropfen angerührt, nicht einen. Manchmal habe ich mich gefragt, wie der das mit uns ausgehalten hat. Ich meine, so mit nüchternem Kopf.« Plötzlich glitzerten Scheuermanns Augen verdächtig.

»Aber an besagtem Freitag gab es Wein«, stellte Barnowski möglichst sachlich fest. »Und Herr Heitkämper hat selbst auch davon getrunken.«

»Genau«, erwiderte Scheuermann, nachdem er sich wieder etwas gefasst hatte. »Ich hab noch gefragt, ob es was zu feiern gäbe, aber da hat er mich nur ganz komisch angesehen. Nachdem er dann schon etwas angetrunken war ... Also beim Heribert ging das ja schnell, der war ja überhaupt nix gewöhnt. Jedenfalls hat der da so einen merkwürdigen Spruch fallengelassen.«

Angespannt umklammerte Barnowski den Füllfederhalter in seiner rechten Hand. Objektiv betrachtet konnte er schon auf einen Durchbruch hoffen, aber sein Gefühl suggerierte ihm leider etwas anderes. »Einen merkwürdigen Spruch?«

»Wörtlich kann ich den jetzt nicht mehr wiedergeben. Sinngemäß hat er gesagt, er sei an einer ganz üblen Sache dran. Die würde ihm viel Kopfzerbrechen bereiten.«

»Hat er das nicht weiter ausgeführt?«, fragte Barnowski enttäuscht.

»Nein!«

»Haben Sie denn vielleicht eine Ahnung, was er gemeint haben könnte?«

»Ich glaube, es hatte mit seiner Arbeit zu tun. Allerdings ist das eine reine Vermutung. Weil, der hatte doch nicht gerade viel außer seiner Arbeit, seinem Rad und ab und zu einer Partie Schach.«

»Aber er könnte auch auf seinen Radtouren etwas entdeckt haben«, erklärte Barnowski mit leichter Resignation in der Stimme.

»Schon möglich.«

Barnowski fuhr sich durch das volle schwarze Haar. »Wissen Sie, was mich wundert?«, fragte er. »Heitkämper wich doch eigentlich nicht von seinen Gewohnheiten ab. Und dann gleich in zweierlei Hinsicht: Er trank Alkohol und fuhr in die Ferien. Soviel ich in seiner Firma erfahren habe, hat der doch sonst nie Urlaub gemacht.«

»Pah, Urlaub!« Eberhard Scheuermann machte eine wegwerfende Handbewegung. »Urlaub würde ich das wirklich nicht nennen. Der hat ein Seminar besucht. Dabei ging es um Steuerfragen. Heribert hat mir auch genau erklärt, warum das so wichtig sei, dass er dafür sogar seine Arbeit ruhen ließ. Aber ich habe nur mit einem halben Ohr zugehört.« Er seufzte. »Und dafür hat der extra Urlaub genommen. Das müssen Sie sich mal vorstellen, Herr Kommissar. Das Seminar hat er doch auch nur für die Firma gemacht. Dafür hätte der doch Sonderurlaub bekommen.«

»Aber was hätte er dann mit dem Urlaub gemacht?«, rutschte es Barnowski so raus.

»Er hätte ihn verfallen lassen wie jedes Jahr, was sonst!« Er seufzte nochmals. »Brauchen Sie mich noch, Herr Kommissar? Ich jedenfalls habe Ihnen alles gesagt, was ich von Heribert weiß.«

»Nein, gehen Sie nur, aber nehmen Sie meine Karte«, erwiderte Barnowski und erhob sich. »Falls Ihnen noch etwas einfällt, rufen Sie mich bitte an.«

Als Herr Scheuermann das Präsidium verlassen hatte, überlegte Barnowski, sich neben dem Unfallfahrzeug doch noch einmal genauer um die Firma zu kümmern, in der Heitkämper als Buchhalter gearbeitet hatte. Spätestens Ende der Woche. Möglicherweise wollte Heitkämper in dem Seminar etwas lernen, wovon niemand aus seiner Firma etwas wissen sollte.

Kapitel 41

Pielkötter parkte seinen Wagen auf dem Parkplatz der Klinik Sonnenschein. Halb verdorrtes Gestrüpp ragte bis in einige Parkbuchten hinein. Einen Gärtner haben die wohl nicht angestellt, dachte er.

Eilig lief er einen asphaltierten Weg zu einem kleinen Pförtnerhäuschen hoch. Davor parkte ein kleines Motorrad mit Anhänger. Ein alter Mann mit unzähligen Lachfalten, nun aber mit verkniffener Miene versuchte, einen Kasten Wasser auf den Anhänger zu heben. Offensichtlich litt der Mann unter Kreuzschmerzen. Jedenfalls stellte er den Kasten unter leisem Stöhnen wieder zurück, nachdem er ihn kurz angehoben hatte.

»Wo soll der hin?«, fragte Pielkötter, während er den Wasserkasten hochstemmte.

»Hier rein«, antwortete der alte Mann und lief vor ihm her ins Pförtnerhaus. »Sie können ihn neben den kleinen Schrank stellen. – Jetzt haben Sie einen Wunsch frei.« Er lachte.

»Keine Ursache, aber falls Sie sich unbedingt erkenntlich zeigen wollen, können Sie mir einige Fragen beantworten.«

»Dann schießen Sie mal los, junger Mann«, erwiderte der Pförtner mit verschmitzter Miene.

»Gibt es in der Klinik ein Archiv? Ich meine für ältere Akten. Oder ist alles nur noch auf Computern gespeichert?«

»So eine Art Archiv haben wir wohl«, antwortete er erstaunt. »Irgendwo unten im Kellergeschoss. Aber was die dort alles lagern, weiß ich natürlich nicht. Damit habe ich ja nichts zu tun. Gehen Sie besser rein und fragen Sie dort.«

Nachdem Pielkötter sich verabschiedet hatte, lief er die breite Auffahrt zu der Klinik hoch. Der Eingang befand sich in der Mitte des lang gestreckten, weiß gestrichenen Gebäudes. Zwei protzige Säulen zierten das Portal, über dem eine kleine Veranda mit verschnörkeltem Geländer thronte. Auf den ersten Eindruck wirkte die Klinik wie ein großes, altes Herrenhaus. Doch als Pielkötter näherkam, sah er, dass es dringend einen neuen Anstrich nötig hatte. Auch die Treppe zum Haupteingang hatte zweifellos bessere Tage erlebt.

Mit gemischten Gefühlen lief er die Stufen hoch und drückte gegen die wuchtige Eingangstür aus schwerem Holz mit schmiedeeisernen Beschlägen. Kurz darauf betrat er eine riesige Empfangshalle, in der es durchdringend nach Reinigungsmitteln roch. Vor Kopf entdeckte er eine Informationstafel und an der rechten Wand die Anmeldung. Der ehemals schöne Tresen aus rustikaler Eiche konnte etwas Möbelpolitur vertragen. Dafür kleidete die ausländische Empfangsdame ein teures, perfekt sitzendes Kostüm.

»Kann ich Ihnen helfen?«, fragte sie mit einem leicht asiatischen Akzent.

»Ich muss zum Archiv«, antwortete Pielkötter und ließ sie einen kurzen Blick auf seinen Dienstausweis werfen.

»Sie haben Glück, Sie können gleich die Treppe hinuntergehen, unsere Sekretärin Frau Holber ist gerade dort«, erklärte ihm die asiatische Empfangsdame. »Unten halten Sie sich links. Das Archiv befindet sich rechts hinter der Schwingtür.«

Pielkötter nickte kurz und durchquerte schnell die Eingangshalle. Bisher lief die Sache besser als erwartet. Als er sich unten gegen die breite Glastür lehnte, knarrte sie entsetzlich. Wenige Schritte noch, dann stand er vor einer weiteren Tür, diesmal aus Stahl. Sie trug die Aufschrift »Archiv«. Nachdem er kurz angeklopft hatte, trat er unaufgefordert ein. Eine Frau mittleren Alters mit einer Akte unter dem Arm lief direkt auf ihn zu. Die dicke Hornbrille über ihren überrascht blickenden blauen Augen ließ sie älter erscheinen.

»Haben Sie sich verlaufen?«

»Nein, hier bin ich genau richtig«, erklärte Pielkötter und zückte erneut seinen Dienstausweis.

Frau Holber rückte ihre Hornbrille zurecht und warf einen Blick darauf. »Weiß Herr Doktor Barthus Bescheid?«, fragte sie mit skeptischer Miene.

Am liebsten hätte er gelogen, aber dann dachte er doch an die manchmal hinderliche Dienstvorschrift und zögerte.

»Also nicht«, tadelte sie, noch ehe Pielkötter schließlich antworten konnte. Dabei sahen ihre Augen ihn über den Rand der Hornbrille hinweg durchdringend an.

»Sie sind also nicht bereit, der Polizei bei ihren Ermittlungen zu helfen«, entgegnete er, während er ihrem Blick standhielt.

»Sofern Sie einen Durchsuchungsbeschluss haben. Schließlich lagern hier hochsensible Daten.«

In der Tat, dachte Pielkötter, in der Tat. Ohne ein weiteres Wort griff die Dame zum Telefon.

»Herr Doktor Barthus untersagt jede Auskunft und jeden Einblick«, wandte sie sich wenig später wieder an Pielkötter.

»In diesem Fall geht es wohl nicht ohne Durchsuchungsbeschluss«, erklärte er. »Schönen Tag noch und auf Wiedersehen.«

Am Pförtnerhäuschen lief ihm der alte Mann in die Quere.

»Darf ich Sie um weitere Informationen bitten?«, fragte Pielkötter.

»Nur zu«, erwiderte der Mann lächelnd. »Aber nicht hier. Hab gleich Feierabend. Ich gehe dann immer auf ein Bier in die Kneipe. Die finden Sie am Ende der Straße, genau auf der Ecke. Warten Sie dort auf mich.«

Offensichtlich war die Kneipe ein Raucherclub. Schon an der Tür schlug Pielkötter eine Wolke von abgestandenem Rauch entgegen. Fast genauso schlimm empfand er das lautstarke Gedudel. Ein bekannter deutscher Sänger, dessen Name ihm im Moment nicht einfiel, flötete einen schwachsinnigen Text zu eingängiger Musik. Wenn schon Schwachsinn, dann bitte auf Englisch, dachte Pielkötter, dann versteht man wenigstens nur die Hälfte. Doch schließlich war er nicht hier, um die Atmosphäre zu genießen. Während er den großen Gastraum betrat, sahen ihm die wenigen Anwesenden interessiert entgegen. Anscheinend verirrten Fremde sich selten hierher.

»Na, Feierabend?«, grüßte ein beleibter Mann, der hinter einer alten, abgewetzten Theke direkt gegenüber dem Eingang stand.

Da sich Pielkötter kaum vorstellen konnte, dass der Umsatz der Kneipe einen Angestellten zuließ, handelte es sich wahrscheinlich um den Wirt. Erwartungsvoll sah dieser ihm entgegen. Pielkötter bestellte im Vorbeigehen ein Bier und wandte sich dann von der Theke ab zu einer Gruppe von kleineren Tischen mit karierten Decken. Zögernd wählte er einen Stuhl direkt an einem Fenster mit Nikotin geschwängerten Gardinen. Nachdem er sich gesetzt hatte, schielte er zu dem vollen Aschenbecher, der unmittelbar vor seiner Nase stand. Angewidert tauschte er ihn gegen einen leeren aus. Kaum zu glauben, dass der Pförtner sich hier wohl fühlte. Ob auch die Musik nach seinem Geschmack war?

Während Pielkötter die wenigen Gäste beobachtete und sich von deutschen Schlagern aus den Sechzigern berieseln ließ, hoffte er, nicht allzu lange warten zu müssen. Immerhin hatte er damit Glück. Schon wenige Minuten später grinste der Wirt seinem offensichtlich gern gesehenen Stammgast entgegen. Der Alte unterhielt sich kurz an der Theke, schlenderte dann zu Pielkötters Tisch.

»Haben Sie Zeit mitgebracht?«, fragte er. »Übrigens bin ich der Heinz Janning, aber hier heiße ich immer nur Hennes. Und Sie wollen unbedingt was über die Klinik wissen.«

»Sie haben doch bestimmt viel zu erzählen.«

»Klar, ich arbeite seit bald vierzig Jahren dort. Seit meine Frau vor einigen Jahren verstarb, ist mir nur die Arbeit geblieben. Die können sie mir nicht so schnell nehmen.«

»Versucht das denn jemand?« Pielkötter zeigte sich interessiert.

»Klar. Die aus der Klinik würden mich lieber heute als morgen feuern. Aber das können sie nicht. Und freiwillig gehe ich nicht. Damals habe ich ihnen nämlich meinen Acker verkauft. Ich war Bauer. Zuerst wollte ich mich nicht darauf einlassen, doch meine Frau hat mir ganz schön zugesetzt. Wegen meines Rückens. Sie meinte, das wäre meine Chance. Nun, sie haben wirklich einen guten Preis geboten. Und außerdem diese Stelle als Pförtner. Die Arbeit war wirklich leichter.«

»Und jetzt will man Sie am liebsten loswerden?«

»Ja, wegrationalisieren wollen die mich«, erklärte Heinz Janning. »Einfach wegrationalisieren. So nennt man das doch. Aber nicht mit mir. Die müssen mich so lange beschäftigen, bis ich umfalle.

Diese Garantie habe ich ihnen damals abgetrotzt. Weil die so wild auf mein Grundstück waren, haben die mir das vertraglich zugesichert. Davon abgesehen kenne ich den Laden wie kein anderer. Viele Ärzte habe ich kommen und gehen sehen, aber Heinz Janning ist noch immer auf seinem Posten.«

»Dann bin ich bei Ihnen ja an der richtigen Adresse«, unterbrach Pielkötter den Redefluss. Er hoffte, endlich einige Fragen vorbringen zu können.

»Das sowieso«, erwiderte der Alte lachend. »Ich sitze nämlich nicht gerne alleine in der Kneipe. Normalerweise treffe ich mich hier mit Alfred. Der Fred ist schon lange in Rente. Im Moment macht der aber auf flotten Hirsch. In Spanien. Langzeiturlaub. Ich bitte Sie. Braucht ein Rentner Langzeiturlaub? Wovon will der sich denn erholen? Vielleicht von unseren gemütlichen Abenden hier? Aber angeblich sind die Frauen in Spanien ganz doll auf den. Hat er mir jedenfalls geschrieben. Nich die Spanischen. Auch die auf Langzeiturlaub. Dabei haben die sicher nur Langeweile.«

Heinz Janning hätte sich bestimmt noch eine ganze Weile über kommunikationswillige Langzeiturlauberinnen ausgelassen, aber in diesem Moment kam der Wirt mit dem Bier.

»Na, Hennes«, sagte er freundlich, »in Gesellschaft blühst du wieder richtig auf. Wird Zeit, dass der Fred in Spanien den Abflug plant.«

»Kann man wohl laut sagen«, stimmte der Pförtner ihm zu.

»Dann noch 'en netten Abend.«

Gemächlich lief der Wirt wieder zum Tresen. Auch nicht mehr gerade der Jüngste, dachte Pielkötter.

»Der Fred ist ganz schön hinter den Weibern her. Trotz seines Alters. Also ich habe keine Frau mehr angesehen, seit Anna Theresa tot ist. Manchmal fühle ich mich ziemlich einsam. Auch im Bett. Die jungen Leute können sich das sicher nicht vorstellen. Aber Gefühle lassen sich nicht einfach auf Knopfdruck abstellen. Erst recht nicht, weil man ein bestimmtes Alter erreicht hat. Eigentlich sollte das die Jungen froh stimmen. Schließlich werden sie selber alt.«

»Als Pförtner kennen Sie sicher das gesamte Personal der Klinik«, versuchte Pielkötter, das Gespräch endlich in die gewünschte Richtung zu lenken.

»Wie gesagt. Habe viele Ärzte und Schwestern kommen und gehen sehen.«

»Können Sie sich auch noch an die Namen erinnern?«

»Sicher. Zumindest, wenn sie längere Zeit in dem Laden gearbeitet haben. Mein Gedächtnis funktioniert noch tadellos. Leider traut mir das keiner zu. Am wenigsten mein Arbeitgeber.«

»Wer genau ist denn Ihr Arbeitgeber?«

»Die Klinik gehört jetzt Doktor Barthus. Also alles privat. Deshalb sind wir finanziell auch noch mieser dran als andere Krankenhäuser. Interessieren Sie sich für den Barthus?« Während Janning sein Bier leerte, musterte er den Kommissar mit spitzbübischem Blick.

»Ich möchte eher etwas über die Vergangenheit herausfinden«, erklärte Pielkötter.

»Sind Sie Journalist?«

»Nicht ganz«, antwortet Pielkötter schmunzelnd. »Ich kenne eine Frau, die hier geboren wurde. Muss knapp dreißig Jahre her sein.«

»Viele wurden hier geboren. Die haben sich ja auf Frauen spezialisiert.«

»Aber sicher wurden hier nicht alle gezeugt.«

»Ich weiß, was Sie meinen«, kicherte der Pförtner. »Also ich persönlich ziehe da die bewährte Methode vor.«

»Die Sache mit der künstlichen Befruchtung war also offiziell bekannt?«

»Nicht sofort. Erst hat man nur darüber gemunkelt. Später hat man sich dieses Verfahren regelrecht auf die Fahne geschrieben. Wahrscheinlich hatte das rechtliche Gründe. Aber so genau kenne ich mich da nicht aus. Jedenfalls ging es der Klinik zu dieser Zeit recht gut. Heute träumen die nur noch davon.«

»Damals soll ein Doktor Schönborn die Klinik geleitet haben. Können Sie sich an den erinnern?«

»Klar«, schmunzelte Janning. »Im Stillen habe ich den immer Schönling genannt. Den hätten Sie mal erleben sollen. Heutzutage rennt ja die halbe Männerwelt zur Dauerwelle, aber damals. Da war er ziemlich der Erste. Und immer braun gebrannt. So ein richtiger Dandytyp. Ich hätte nichts dagegen gehabt, aber zusätzlich war der furchtbar arrogant. Hat nicht einmal gegrüßt. Auch die anderen Angestellten hatten unter dem zu leiden. Mehr als einmal hat die Hannelore sich bei mir ausgeweint.«

»Eine Krankenschwester?«

»Nee, nee, die war hier als MTA angestellt, also Medizinisch-technische Assistentin.«

»Und zu dieser MTA hatten Sie engeren Kontakt?«

»Was heißt enger?«, fragte Heinz Janning mit einer Miene, als trauere er der damaligen Zeit immer noch ein wenig nach. »Jedenfalls mochte ich sie. Meist hat sie nach ihrem Dienst noch kurz in meinem Häuschen vorbeigeschaut. Irgendwann war damit Schluss. Wahrscheinlich steckte die Leitung dahinter. Private Kontakte zwischen den Mitarbeitern wurden nämlich nicht gerne gesehen. Allerdings war die gute Hannelore da schon längst entlassen.«

»Der Kontakt zu Ihnen war aber nicht der Entlassungsgrund?«

»Nein. Hannelore wollte sich nicht genauer auslassen, obwohl ich sie öfter danach gefragt habe. Ich glaube, es war derselbe Grund wie bei meiner Lieblingsschwester Lieselotte. Die musste kurz nach Hannelore gehen. Angeblich hat sie sich illoyal verhalten.«

»Was heißt illoyal?«

»Schwer zu sagen. Beide wollten nicht recht damit herausrücken, obwohl sie sich offensichtlich ungerecht behandelt fühlten. Aber das Beste erzähle ich Ihnen beim nächsten Bier.« Er hielt sein leeres Glas in die Höhe und nahm es erst wieder herunter, nachdem der Wirt ihm zugenickt hatte. »Ich bestelle Ihnen gerne auch noch eins«, erklärte er mit Blick auf Pielkötters halbvolles Bierglas.

»Ist gut gemeint, aber ich bin mit dem Wagen hier.«

»Schade. Wo war ich stehen geblieben?«

»Beim Besten«, kam Pielkötter ihm zu Hilfe.

»Genau. Kurz nachdem der Schönborn die beiden quasi rausgeekelt hatte, musste er selber gehen. Ganz schön krumme Dinger muss der gedreht haben. Warum hätte der sonst den Hut nehmen müssen? Vorher war der nämlich das Aushängeschild. Von diesem Zwischenfall hat sich der Laden nie wieder richtig erholt. Später hat das damalige Konsortium die Klinik an Doktor Barthus verkauft, aber an der angespannten finanziellen Lage hat sich nicht viel geändert.«

»Sie haben keine Ahnung, was da gelaufen ist?«

»Absolut nicht«, erwiderte Heinz Janning mit ernster Miene. »Doch ich bin sicher, dass sowohl Hannelore als auch Lieselotte die Sache geradebiegen wollten. Genau deshalb mussten sie gehen. Lieselotte hat dann keine Arbeit mehr finden können, sie war ja schon älter. Das war sehr hart.«

»Haben Sie noch Kontakt zu den beiden?«

Ehe er antworten konnte, reichte ihm der Wirt ein frisch gezapftes Pils. Hastig stürzte er das halbe Glas hinunter und wischte sich dann den Schaum vom Mund.

»Die Erinnerung macht mich immer noch wütend.«

»Haben Sie die beiden ganz aus den Augen verloren?«, fragte Pielkötter noch einmal nach.

»Zu Hannelore hatte ich noch eine Weile losen Kontakt. Telefonate, hin und wieder. Dazu die obligatorische Weihnachtskarte. Mittlerweile ist sie in Rente und zu ihrer Tochter nach Münster gezogen. Von Lieselotte habe ich nichts Gutes gehört. Demenz in höchstem Grade. Dabei hat gerade sie das nicht verdient.«

»Falls Sie nichts dagegen haben, würde ich mit Hannelore gerne persönlich sprechen. Dazu brauche ich ihren Nachnamen.«

»Den können Sie haben. Von mir dürfen Sie dann einen schönen Gruß bestellen.«

Eilig zog Pielkötter einen kleinen Block aus seiner Jackentasche.

»Von Hannelore kenne ich sogar die Adresse«, erklärte Heinz Janning sichtlich stolz, nachdem er einen ordentlichen Schluck Bier zu sich genommen hatte.

Am liebsten hätte Pielkötter sich jetzt auch ein weiteres Bier gegönnt, aber das musste warten. Während er sich die Daten von Hannelore notierte, stellte er sich vor, wie er den Abend mit kaltem Wodka ausklingen lassen würde. Plötzlich hatte er es sehr eilig. Er dankte dem Pförtner und erhob sich.

»War nett mit Ihnen«, sagte Heinz Janning. »Falls Ihnen noch irgendwelche Fragen einfallen, wissen Sie ja, wo Sie mich finden.«

Pielkötter gab dem Wirt ein Zeichen. »Die Rechnung geht auf mich.«

»Fünf Bier«, erklärte der Wirt mit rauchiger Stimme, »macht ...«

»Stimmt so«, erwiderte Pielkötter und reichte einen Geldschein hinüber.

Als er die Kneipe verließ, spielte *Du* von Peter Maffay im Hintergrund. Es wurde wirklich Zeit, diesen Ort zu verlassen.

Kapitel 42

Schlecht gelaunt hämmerte Bernhard Barnowski auf die Tastatur des Telefons. Er war es wirklich langsam leid, immer dieselben Fragen zu stellen. Vor allen Dingen dann, wenn sie zu keinem Ergebnis führten. Dabei hatte ihm Brigitte Sprockhövel, die neue Assistentin, schon etliche Anrufe abgenommen. Ohne Erfolg hatte sie unzählige Autovermieter der Region aufgescheucht. Fast hatte er sein heutiges Pensum geschafft, aber eben nur fast.

»Autovermietung und Werkstatt Eberhard Scheffler«, tönte eine unangenehm hohe, weibliche Stimme aus dem Apparat.

»Kommissar Barnowski«, erklärte er mit einem nicht gerade freundlichen Unterton in der Stimme. »Wir ermitteln in einem Unfall mit Todesfolge und Fahrerflucht. Sie vermieten nicht zufällig schwarze Autos, Marke VW Golf?«

»Wissen Sie, ich bin noch nicht lange in der Firma. Aber ich glaube schon. Mindestens einen Wagen müssten wir hier stehen haben.«

Barnowski schnappte hörbar nach Luft. Wegen der bisher erfolglosen Anfragen hatte er kaum mit dieser Antwort gerechnet. »Könnten Sie kurz nachsehen, wer ihn wann gemietet hat?«

»In diesem Monat?«

»Mich interessiert genau der vierte Juli, ein Sonntag. Natürlich auch die Tage vor dem Unfall.«

»Schade, da kann ich Ihnen nicht weiterhelfen. Die Aufstellungen der ersten Monatshälfte liegen gerade beim Chef.«

»Dann geben Sie mir den bitte«, erwiderte Barnowski ein wenig ungehalten.

»Tut mir leid. Der ist außer Haus.«

»Dann braucht er diese Unterlagen ja jetzt nicht.«

»Die liegen aber in seinem Büro. Und das schließt er immer ab, wenn er die Firma verlässt.«

»So, so«, kommentierte Barnowski unwillig. »Kommt der heute noch zurück?«

»Um vier müsste er wieder hier sein. Soviel ich weiß, besucht ihn dann ein Vertreter. Der Chef vergisst selten Termine.«

»Vorerst vielen Dank«, kehrte Barnowski jetzt etwas Freundlichkeit raus, dann legte er auf.

Die Dame konnte schließlich nichts dafür, dass er in diesem Fall bisher nur schlecht vorangekommen war. Immerhin gab es nun wieder die Chance auf eine Spur, die er weiter verfolgen konnte, und er hoffte inständig, dass sie nicht wieder im Sande verlaufen würde.

Um halb vier fand sich Barnowski bei der Autovermietung Eberhard Scheffler ein. Das Büro war in einem einstöckigen alten Bau mit Flachdach untergebracht. Direkt daneben lag die Werkstatt. Die beiden arg heruntergekommenen Gebäude befanden sich inmitten eines eingezäunten Geländes von der Größe eines halben Fußballplatzes. Barnowski stellte den Dienstwagen zwischen einem guten Dutzend Leihwagen ab. Ein schwarzer Golf parkte drei Autos weiter. Interessiert schlich er einmal um den Wagen herum, konnte aber auf den ersten Blick nichts Besonderes feststellen. Nun, ein Fachmann würde das vielleicht anders sehen, zumindest auf den zweiten Blick. Eilig wandte er sich nun dem Gebäude zu. Schließlich hatte er keine Lust, dem Vertreter in die Quere zu kommen. Vor dem Eingang des Bürogebäudes parkte ein protziger Mercedes. Barnowski schloss messerscharf, dass der Chef dieses Ladens bereits eingetrudelt war.

»Kripo«, begrüßte er die sehr beschäftigt wirkende junge Dame hinter einem ziemlich altmodischen Schreibtisch. »Wir haben heute Morgen telefoniert.«

»Der Chef ist schon da«, erwiderte sie mit einem merkwürdigen Unterton. »Aber Sie haben trotzdem kein Glück. Zur fraglichen Zeit haben wir den Wagen nicht ausgeliehen.«

Barnowski deutete ihren Tonfall als Genugtuung und nahm sich vor, demnächst freundlicher aufzutreten. Zumindest bis ihm die Leute nicht mehr von Nutzen sein konnten.

»Kann mir der Chef das auch persönlich bestätigen?«

»Aber sicher doch. Kommen Sie.« Ihre Stimme klang jetzt eindeutig ironisch.

»Herr Scheffler, der Herr von der Kripo«, stellte sie ihn vor, nachdem sie ein unerwartet gemütliches Büro betreten hatten.

Die Wände waren frisch gestrichen. Das dezente Beige gefiel Barnowski. Der Farbton würde sich gut in ihrem Wohnzimmer machen. Doch jetzt wollte er lieber nicht darüber nachdenken, dass er dafür ein freies Wochenende opfern müsste.

»Ich habe schon gehört, womit ich Ihnen nicht dienen kann«, unterbrach Scheffler seine Gedanken und streckte ihm die Rechte hin.

Barnowski ergriff sie und nahm vor Schefflers monströsem Schreibtisch Platz.

»Wie gesagt, ich muss Sie leider enttäuschen.«

In diesem Moment klopfte jemand. Unmittelbar darauf betrat ein kaum volljähriger Mann den Raum. »Sie wollten doch noch die Berichtmappe mit mir durchgehen.«

»Jetzt nicht«, erwiderte Scheffler unwirsch. »Du siehst doch, ich habe Besuch. Leg die Mappe hinten auf den Aktenschrank.« Ärgerlich wandte er sich wieder an Barnowski. »Wie gesagt, besitzen wir nur einen schwarzen Golf, und den haben wir in der fraglichen Zeit nicht vermietet.«

Barnowski mochte keine Leute, die jeden zweiten Satz mit »wie gesagt« begannen, obwohl sie noch überhaupt nichts ausgespuckt hatten. Aus einem verborgenen Grund erschienen sie ihm suspekt.

»Den ganzen Juli nicht?«, fragte er ungläubig. »Auch nicht Ende Juni?«

»Ich habe die Unterlagen zweimal durchgeforstet und nichts für diesen Monat gefunden.«

»Dürfte ich selbst einen Blick auf die Liste werfen, in der Sie die Leihzeiten Ihrer Fahrzeuge vermerken? Sie sind natürlich nicht dazu verpflichtet.«

Scheffler schlug einen Ordner auf und reichte ihn über seinen Schreibtisch.

Während Barnowski die Eintragungen studierte, verließ der junge Mann das Büro. Als er verschwunden war, jammerte Scheffler: »Enormen Aufwand verursachen diese Auszubildenden. Ich weiß gar nicht, warum ich mir das antue. Kein Wunder, dass jedes Jahr tausend Lehrstellen fehlen.«

Barnowski nickte und las weiter. Allerdings schien sich Schefflers Aussage zu bestätigen, sofern er die Daten nicht nachträglich manipuliert hatte.

»Was ist denn nun schon wieder los?«, donnerte der Autovermieter, als es erneut klopfte.

Kurz darauf streckte seine Sekretärin den Kopf zur Türe herein. »Herr Schmidtkunz wartet. Sie wissen doch, der Termin um vier.«

»Sofort«, erwiderte Scheffler und zu Barnowski gewandt: »An manchen Tagen überschlägt sich hier alles. Jetzt fehlt nur noch, dass das Telefon läutet.«

»Dafür darf ich mich schon einmal verabschieden«, mimte Barnowski den Verständnisvollen. »Denke, ich habe genug gesehen. Nochmals vielen Dank für Ihre Bemühungen.«

»Keine Ursache.« Scheffler reichte ihm seine breite, behaarte Hand.

Missmutig trottete Barnowski hinaus. Erst hatte er Pielkötter nicht geglaubt, dass hinter Heitkämpers Unfall mehr als Fahrerflucht steckte, auch wenn seinem Chef hundert Mal der dicke Zeh gejuckt hatte, und nun, wo er mit ihm einer Meinung war, fand er keine heiße Spur. Zu allem Übel war Pielkötter schon Morgen wieder im Dienst.

Draußen schlich der junge Mann irgendwie um ihn herum. Obwohl sich Barnowski nicht gerade als psychologisches Naturtalent fühlte, irritierte ihn dessen Blick. Er hätte schwören können, dass der Bursche Kontakt zu ihm aufnehmen wollte, aber nicht genau wusste, wie.

»Na, mit der Ausbildung bald fertig?«, fragte Barnowski, um dem Jungen den Gesprächseinstieg zu erleichtern.

»Zweites Lehrjahr«, antwortete er und zog sichtlich nervös an seiner Zigarette. Seine rechte Fußspitze bohrte sich in den Boden, als wolle er den Zigarettenstummel schon ausdrücken, der noch zwischen seinen Lippen hing. »Sie interessieren sich für den schwarzen Golf, nicht? Jedenfalls habe ich das vorhin gehört. Der Chef hat Ihnen übrigens nicht die Wahrheit gesagt.«

»Aber Sie kennen die Wahrheit?«, fragte Barnowski überrascht.

»Nicht hier«, flüsterte der Junge geheimnisvoll. »Ich habe bald Feierabend. Hier rechts raus an der nächsten Straßenecke ist eine Pommesbude. Dort dürfen Sie mich einladen, auf Staatskosten versteht sich.«

Barnowski überlegte, welche Probleme der Vorschlag mit sich brachte, dann nickte er. Notfalls würde er das Essen aus eigener Tasche bezahlen. Schließlich konnte die Angelegenheit vielversprechender werden, als er gedacht hatte. »Okay«, brummte er und lief zu seinem Wagen. Als er im Schritttempo von dem Gelände der Firma Scheffler rollte, war der junge Mann bereits in der Werkstatt verschwunden.

Das riesige Schild über dem Eingang des Costa Grills und den hell erleuchteten Gastraum hinter den großen Fensterscheiben konnte man kaum übersehen. Während Barnowski die drei Stufen zum Eingang emporlief, dachte er an Gaby. Eigentlich hatte er ihr versprochen, heute früher nach Hause zu kommen, um endlich nach einer neuen Couchgarnitur für das Wohnzimmer zu suchen. Doch daraus würde wohl nichts. Es sein denn, der Junge brachte die Sache sofort auf den Punkt. Auch wenn er davon keineswegs ausgehen konnte, duldete das Gespräch keinen Aufschub. Womöglich überlegte sich der Lehrling seine Aussage sonst noch einmal.

Barnowski hatte das oft genug erlebt. Plötzlich unterlagen die hoffnungsvollsten Zeugen einem hartnäckigen Loyalitätswahn oder bekamen aus irgendeinem anderen Grund kalte Füße. Sicher konnte er von Glück sagen, dass sich der Junge heute über seinen Chef geärgert hatte.

Barnowski kämpfte sich durch Geruch nach heißem Fritteusenfett zu einem der einfachen Holztische vor und nahm auf einem harten Lehnstuhl Platz. Noch während er überlegte, ob er lieber an der Theke bestellen sollte, näherte sich eine weibliche Bedienung in einer Kittelschürze. Barnowski bestellte einen Kaffee mit Milch und ließ seinen Blick durch den Gastraum wandern, der nicht gerade gemütlich wirkte. An der linken Wand standen drei Spielautomaten und rechts neben der Theke ein Kickerspiel. Zum Glück waren keine Jugendlichen anwesend, die hier rumlärmten. Er musste in aller Ruhe mit dem Auszubildenden reden. Am liebsten hätte er einen anderen Ort gewählt, aber wahrscheinlich würde er mit einem Heimvorteil des Jungen weitaus mehr aus ihm herausholen.

Als die Bedienung mit dem Kaffee kam, bestellte er noch eine Currywurst nebst einer mittleren Portion Pommes. Seit Gaby sich dem Okö-Trip verschrieben hatte, gönnte er sich außer Haus hin und wieder diese ungesunden Leckerbissen. Allemal schmackhafter als der Grünkerneintopf mit Tofueinlage, der ihn heute Zuhause erwartete. Wurde langsam Zeit, Gaby diese Phase endgültig auszutreiben.

Als die Frau mit der Kittelschürze seinen Imbiss brachte, erschien auch Schefflers Lehrling. »Doppelte Pommes rot-weiß und ne Currywurst«, bestellte er nach einem kurzen Blick auf Barnowskis Teller. »Dazu ne große Cola light.«

»Geht in Ordnung, Benny«, erwiderte die Bedienung und watschelte in Richtung Theke.

»Benny heißt du also«, brummte Barnowski. »Darf ich dich beim Vornamen nennen?«

»Geht klar.«

»Dein Chef hat also gelogen«, kam Barnowski direkt zur Sache, während er zwei kleinere Pommes auf seine Gabel spießte und in die Currysoße tunkte.

»Klar. Oder meinen Sie, der Golf hat vom Rumstehen ne Beule gekriegt?«

»Der war verbeult?« Vor Aufregung hätte Barnowski sich um ein Haar verschluckt.

»Und wie. Der ganze linke Kotflügel und die Stoßstange vorne.«

»Vielleicht war das vor Juli«, bohrte Barnowski nach. Vor Aufregung bildeten sich kleine Schweißtropfen auf seiner Stirn, was äußerst selten vorkam.

»Nee, nee«, erklärte Benny bestimmt. »Das war montags. An dem ersten Montag im Juli.«

»Das weißt du ganz genau?«

»Klar. Vorher hatte ich eine ganze Woche Berufsschule. Mit Exkursionen, Projekten und so. Der Montag war mein erster Arbeitstag. Und dann direkt dicke Luft im Laden.«

»Wieso?«

Benny zündete sich eine selbst gedrehte Zigarette an und antwortete nicht gleich. Widerstrebend nutzte Barnowski die Zeit, um sich einige Pommes in den Mund zu schieben und den Jungen zu beobachten. Irgendwie war ihm der Appetit vergangen. Wahrscheinlich vor Aufregung. Oder sollten Gabys Mahnungen schon Früchte tragen?

»Der Scheffler war stinksauer an diesem Tag«, fuhr Benny endlich fort. »Genau wegen dem schwarzen Golf. Normalerweise regt der sich nicht über irgendwelche Beulen auf. Die Wagen sind immerhin gut versichert.«

»Was schließt du daraus?«

»Vielleicht hat der den Wagen selbst gefahren und einen ganz idiotischen Fahrfehler gemacht.«

»Oder Fahrerflucht begangen«, dachte Barnowski laut. »Vielleicht befürchtete er deshalb Ärger.«

»Kann schon sein. Jedenfalls war der Chef mächtig wütend.«

»Würdest du die Aussage auch unterschreiben?«

Da die Bedienung mit Bennys Essen nahte, wurde die Antwort zunächst aufgeschoben. Der Junge stürzte sich sogleich auf die Mahlzeit, als habe er seit Langem nichts Nahrhaftes mehr zu sich genommen.

»Würdest du deine Aussage auch auf dem Präsidium unterschreiben?«, wiederholte Barnowski seine Frage.

»Kommt drauf an«, erwiderte Benny zögernd. Offensichtlich fühlte er sich nicht mehr wohl in seiner Rolle. »Ich will meinen Ausbildungsplatz nicht verlieren. Falls Sie das irgendwie hinkriegen könnten. Vielleicht haben Sie mich ja unter Druck gesetzt.«

»Da lässt sich bestimmt was machen.«

Bei dem Wort Druck war Barnowski eine Idee gekommen. Möglicherweise konnten sie vorerst auf die schriftliche Bestätigung verzichten. Gleich Morgen würde er Pielkötter von dieser heißen Spur in Kenntnis setzen. Soviel er wusste, hatte sein Chef zunächst zwar einen Gerichtstermin, aber danach könnten sie Scheffler gemeinsam einheizen. Wenn Pielkötter so richtig loslegte, würde diesem Autofritzen egal sein, woher sie ihre Informationen hatten.

Eilig wischte sich Barnowski die Reste der Currysoße vom Mund und zog unter Bennys neugierigen Blicken ein Handy aus der Tasche. »Der Fall Heitkämper steht kurz vorm Überkochen«, informierte er Brigitte Sprockhövel. »Suchen Sie schon mal alles über Person und Autovermietung Eberhard Scheffler heraus, was Sie finden können.«

»Sie verlieren aber keine Zeit«, bemerkte Benny unsicher.

»Keine Sorge. Wir verraten dich nicht. Und wenn heute noch was dabei rauskommt, spendiere ich dir noch drei weitere Portionen.«

Kapitel 43

Selten gut gelaunt lenkte Pielkötter seinen Wagen durch Münster in Richtung Aasee. Immerhin ergab es sich höchst selten, das Angenehme mit dem Nützlichen zu verbinden. Dass Hannelore Schwiderski inzwischen ausgerechnet in seiner alten Heimatstadt wohnte, wertete er in gewisser Weise als gutes Omen. Jedenfalls setzte er große Hoffnungen darauf, einige wichtige Informationen von der ehemaligen MTA der Klinik Schönborn zu bekommen. Zumindest hatte sie am Telefon sehr aufgeschlossen geklungen. Gewundert hatte er sich allerdings über ihre Adresse direkt am See. Die Wohngegend war einfach zu nobel für eine Medizinisch-technische Assistentin. Irritiert parkte er seinen Wagen direkt vor der weiß verputzten Villa, in der Frau Schwiderski nun wohnte. Selbst mit dem Parkplatz hatte er heute Glück.

»Hauptkommissar Pielkötter«, brüllte er lauter als beabsichtigt in die Türsprechanlage.

Kurz darauf erschien eine gepflegte, ältere Dame im Türrahmen. Die Frau wirkte so ähnlich wie Pielkötter sie sich vorgestellt hatte. Graues kurz geschnittenes Haar, gütige Augen hinter einer Brille.

Als er wenig später in einem riesigen Wohnraum Platz genommen hatte, fiel sein Blick zuerst auf die Fensterfront zum Garten. Die Aussicht über die parkähnliche Anlage hinunter bis zum Aasee war einfach überwältigend.

»Beeindruckende Lage«, bemerkte er.

»Ich wohne allerdings in einer kleinen Wohnung im ersten Stock«, erwiderte Hannelore Schwiderski. »Aber während die Kinder Urlaub machen, halte ich mich hier unten auf. Wegen Lausbub, unserem Cockerspaniel. Der ist es gewohnt, durch die Balkontür in den Garten zu verschwinden.« Sie deutete auf eine Kristallschale mit Plätzchen und lachte. Dabei zeigte sie eine Reihe tadelloser Zähne.

»Lassen Sie uns über Doktor Schönborn sprechen«, kam Pielkötter schnell zum Grund seines Besuches.

»Die schönen Grüße von Heinz waren also nur ein Vorwand«, sagte sie eher amüsiert als vorwurfsvoll.

»Nicht unbedingt. Herr Janning erinnert sich sehr gerne an Sie. Seit seine Frau gestorben ist, fühlt er sich übrigens sehr einsam.«

»Vielleicht sollte ich ihn einmal anrufen«, erklärte sie mit vielsagendem Lächeln. »Aber reden wir erst über Doktor Schönborn.«

»Es geht nicht nur um ihn, sondern um die Klinik allgemein. Allerdings ist er der einzige Arzt, dessen Namen ich kenne.

Außerdem muss er wirklich zu der Zeit die Klinik geleitet haben, als Vanessa Martini dort geboren wurde.«

Plötzlich drückte Hannelore Schwiderskis Miene nur noch Abwehr aus. »Das kann ich bestätigen«, antwortete sie nach einer Weile, die Pielkötter endlos lang erschien. »Aber ich habe Ihnen noch nicht einmal etwas zu trinken angeboten. Mögen Sie lieber etwas Kaltes oder einen heißen Kaffee?«

»Kaffee, wenn es Ihnen nicht zu viele Umstände macht.«

Sie verließ das Wohnzimmer, und seine Stimmung sank. Vielleicht hantierte sie jetzt nur in der Küche, um sich die Antworten noch einmal genau zu überlegen. Womöglich fühlte sie sich ihrem alten Arbeitgeber gegenüber immer noch verpflichtet. Dann konnte er kaum erwarten, dass sie ihm brauchbare Informationen lieferte. Besser er hätte auf den Kaffee verzichtet.

Als sie wenig später mit einem Tablett zurückkehrte, wirkte ihr Lächeln eine Spur verkrampft. »Milch und Zucker?«, fragte sie.

»Nur Milch bitte.«

Nachdem sie ihn bedient hatte, nahm sie wieder ihm gegenüber Platz. Nervös rührte sie in ihrer Kaffeetasse herum. Auch dann noch, als der Zucker längst aufgelöst war.

»Sie bringen mich in eine prekäre Lage«, bemerkte sie schließlich. »Am besten erkläre ich Ihnen gleich, dass ich niemals vor Gericht aussagen würde. Aber wahrscheinlich ist die Angelegenheit sowieso verjährt. Mein Schwiegersohn, der selbst Chefarzt ist, würde mir das niemals verzeihen. Sicher kennen Sie den Spruch mit der Krähe. Jedenfalls betrachtet er alles aus dem Blickwinkel des Arztes und nicht aus dem einer kleinen MTA.«

»Mir geht es nicht um ein Gerichtsverfahren«, erwiderte Pielkötter schnell. »Mein Interesse ist eher privater Natur.«

»Dann überzeugen Sie mich davon«, entgegnete Hannelore Schwiderski ernst. »Aber erst einmal trinken Sie Ihren Kaffee, solange er noch heiß ist.«

Während sie zusammen die Kristallschale mit den Plätzchen leerten und die Krümel mit starkem Kaffee hinunterspülten, erzählte er von Vanessa Martini, Heinz Janning und seinem Besuch in der Klinik.

»Ich vertraue Ihnen«, erklärte sie, nachdem er geendet hatte. »Aber Sie müssen versprechen, dass nichts an die Öffentlichkeit dringt.«

»Sie haben mein Wort.«

»Also, ich habe ziemlich schnell geahnt, dass in der Klinik etwas nicht stimmte«, begann Frau Schwiderski. »Auch wenn die künstliche Befruchtung damals noch eine kleine Sensation darstellte, war diese ganze Geheimniskrämerei in der Klinik doch sehr merkwürdig, verstehen Sie? Übrigens war ich sogar irgendwie stolz, daran teilhaben zu dürfen. Immerhin verhalfen wir kinderlosen Paaren zum ersehnten Nachwuchs. Was mich nur störte, war die enorme Summe, die die verzweifelten Ehepaare hinblättern mussten. Pech für den, der das Geld nicht hatte. Erst später begriff ich das ganze Ausmaß der Profitgier. Doktor Schönborn hat sich nämlich nicht mit dem üblichen Ablauf begnügt. Sie kennen das sicher. Nach einer Hormonbehandlung werden den Eierstöcken der Patientin mehrere reife Eizellen entnommen. Anschließend werden sie außerhalb des Körpers mit dem Samen des Partners befruchtet. Einige Tage nach der erfolgreichen Befruchtung pflanzt man die Embryonen in die Gebärmutter ein.«

»Womit hat Doktor Schönborn den üblichen Ablauf denn geändert?«, fragte Pielkötter sichtlich angespannt.

»Daran möchte ich am liebsten gar nicht mehr erinnert werden.« An ihrem Hals bildeten sich rote Flecken. »Egal. Schönborn hat, also ... er hat die Embryonen nicht nur der leiblichen Mutter eingepflanzt.«

»Auch Leihmüttern?«

»Nein, nein. Sie verstehen nicht. Er hat einfach zeugungsunfähigen Eltern fremde Embryonen eingepflanzt. Also Embryonen anderer Eltern. Das Schlimmste aber daran war, dass weder die einen noch die anderen davon wussten.«

»Nicht einmal die zeugungsunfähigen Eltern?«

»Nein. Auch sie hat er nicht aufgeklärt. Wahrscheinlich war mit einem angeblich eigenen Kind mehr Geld zu kassieren. Außerdem müssen Sie sich den Ruhm vorstellen. In der Regel kamen die Leute erst zu ihm, nachdem sie überall schlechte Nachrichten vernommen hatten. Stellen Sie sich das vor: Doktor Schönborn war der Erste, der ihnen Zeugungsfähigkeit bescheinigte. Darüber hinaus bewies er seine Diagnose auch noch mit dem ersehnten Nachwuchs. Aus verständlichem Grund haben ihn die Leute unendlich verehrt.«

»Und wie oft kam das vor?«, fragte Pielkötter. »Ich meine, wie viele Kinder sind von der falschen Mutter ausgetragen worden?«

»Dazu kann ich keine genauen Angaben machen. Vielleicht ein halbes Dutzend? Vielleicht auch weniger.«

»Gab es nicht so viele Anwärter?«

»Oh doch. Die Probleme lagen an anderer Stelle. Bei der künstlichen Befruchtung gibt es eine hohe Versagerquote. Oft entstanden nicht einmal genug brauchbare Embryonen für die leibliche Mutter. Auch das Einpflanzen in die Gebärmutter verläuft nicht immer komplikationslos.«

»Aber einmal hat es ganz sicher funktioniert«, resümierte Pielkötter. Er versuchte, seine verkrampfte Muskulatur wieder zu entspannen.

»Einmal ganz sicher«, bestätigte Hannelore Schwiderski.

»Wie sind Sie dahintergekommen?«

»Mit Hilfe von Schwester Lieselotte, mit der ich damals heimlich befreundet war. Heimlich, weil die Klinikleitung das nicht gerne sah. Auch das hat mich damals in gewisser Weise hellhörig werden lassen.«

»Herr Janning hat mir davon erzählt.«

»Die wussten auch genau, warum. Ohne unsere Freundschaft wäre die Sache nämlich niemals aufgeflogen. Wir beide arbeiteten ja in ganz unterschiedlichen Bereichen.«

»Was meinen Sie damit genau?«, fragte Pielkötter neugierig.

»Lieselotte war für die Pflege der Neugeborenen zuständig, ich habe die Reproduktion überwacht.« Hannelore Schwiderski seufzte, als stünde sie unter einer großen Last.

»Der Anstoß für unser Misstrauen ging jedenfalls von Lieselotte aus«, fuhr sie fort. »Viele Menschen glauben, alle Neugeborenen wären kaum zu unterscheiden, aber das stimmt nicht. Meine Freundin hat sich immer einen Jux daraus gemacht, bestimmte

Charakterzüge bereits in den winzigen Gesichtern zu erkennen. Dabei fielen ihr zwei Neugeborene mit identischen Gesichtszügen auf. Ihrer Meinung nach waren das eindeutig eineiige Zwillinge. An sich noch keine Sensation, allerdings waren die Babys wenige Tage hintereinander von zwei unterschiedlichen Frauen entbunden worden.«

»Da wussten Sie, dass etwas nicht stimmt«, bemerkte Pielkötter.

»Nur was? Heute diskutieren schon Schulkinder über Leihmutterschaft. Aber damals war das alles unvorstellbar. Lieselotte hat mir die Neugeborenen gezeigt. Dabei kam ich zu demselben Ergebnis. Wahrscheinlich hätten wir trotzdem an den großen Zufall geglaubt, die Mädchen hatten jedoch zusätzlich ein Muttermal etwa an der gleichen Stelle.«

»Daraufhin haben Sie dann recherchiert«, erwiderte Pielkötter mit wachsendem Interesse.

»Genau. Heimlich habe ich mir die Krankenakten der beiden Elternpaare vorgenommen. Bei den Martinis war alles normal. Das heißt, ihre Eileiter waren total verklebt. Er hundertprozentig zeugungsfähig. Also ein klassischer Fall für die künstliche Befruchtung. Aber das andere Paar hätte eigentlich keine Kinder bekommen können.«

»Wissen Sie noch, wie dieses Paar hieß?«

»Nur noch den Vornamen der Frau. Anna. Seltsam nicht? Dabei träum ich noch oft von ihr. Hoffentlich hört das jetzt auf, wo ich mir endlich alles einmal von der Seele geredet habe.«

Pielkötter nickte. Dabei versuchte er das ganze Ausmaß dieser Informationen zu begreifen. »Eines verstehe ich immer noch nicht«, bemerkte er. »Wieso entstehen bei der künstlichen Befruchtung eineiige Zwillinge? Ich denke, im Reagenzglas treffen verschiedene Eizellen auf eine enorme Anzahl unterschiedlicher Spermien? Aus diesem Mix werden doch nur Geschwister, oder?«

»Im Normalfall schon«, erklärte Hannelore Schwiderski. »Allerdings können sich die Eizellen nach der Befruchtung genau wie im Mutterleib teilen. Womöglich ist die Wahrscheinlichkeit dafür sogar etwas erhöht.«

»Und nach der Teilung kann man die dann unterschiedlichen Müttern einpflanzen«, folgerte Pielkötter.

»Richtig, zumal zwischen Befruchtung und Einbringen in die Gebärmutter mehrere Tagen vergehen.«

»Verstehe schon, dass Sie geahnt haben, mit welch unlauterer Methode Doktor Schönborn gearbeitet hat. Einen Beweis dafür hatten Sie damit aber noch nicht.«

»In einer gesonderten Kartei, in der nur die künstlichen Befruchtungen samt Erfolgsquote erfasst wurden, habe ich den nachträglich gefunden.« Hannelore Schwiderski seufzte. »Da ich kaum an Schönborns Einsicht appellieren konnte, bin ich direkt zur nichtmedizinischen Klinikleitung gegangen. Möglicherweise der größte Fehler meines Lebens.«

»Wieso? Hat man Ihnen nicht geglaubt? Oder steckten die gar mit dem Schönborn unter einer Decke?«

»Nein, nein«, widersprach sie plötzlich ganz energisch. »Den sauberen Chefarzt haben sie sich schon vorgeknöpft. Aber während er mit einer Verwarnung davonkam, durfte ich gehen. Man hat mir sogar mit einer Anzeige wegen übler Nachrede gedroht, falls ich den Vorfall publik machen würde.«

»Diese Ungerechtigkeit müssen Sie wie einen Faustschlag empfunden haben.«

»Sie sagen es.« In ihrer Stimme hörte man Bedauern. »Dabei hätte ich mir eigentlich denken können, dass sie den Schönborn behalten würden. Immerhin war er das Aushängeschild der Klinik. Gerade durch seine illegalen Methoden hat er sie ja zu einer renommierten Einrichtung gemacht.«

»Herr Janning hat mir aber erzählt, dass der Schönborn bald nach Ihnen die Klinik verlassen musste.«

»Dann hat er sich wohl nicht an die Warnung gehalten. Deshalb ist der nichtmedizinischen Klinikleitung das Risiko vielleicht zu groß geworden. Jedenfalls haben die den bestimmt nicht grundlos gefeuert. Nicht einen Mann mit seinem Ruf.«

Pielkötter schien ihre Stimme jetzt eine Spur bitterer zu klingen, und als sie schwieg, bemerkte er, wie sie ihre Lippen zusammenpresste.

»Es tut mir wirklich leid, was Sie durchmachen mussten«, erwiderte er aufrichtig. »Und natürlich danke ich Ihnen.«

»Hauptsache, Sie halten Ihr Versprechen.«

»Die Sache ist sowieso verjährt«, erklärte Pielkötter, »falls Sie das zusätzlich beruhigt. Ansonsten halte ich meine Zusagen.«

»Und warum verjähren Schuldgefühle nicht?«

»Darauf habe ich leider auch keine Antwort. Aber dafür weiß ich, dass Sie persönlich keine Schuld trifft, nicht die mindeste.«

»Nun, an der künstlichen Befruchtung der fremden Frau sicher nicht. Aber können Sie sich meinen Zwiespalt vorstellen? Hätte ich nicht die Eltern informieren müssen? Das frage ich mich heute noch.«

Sie schwiegen beide eine Weile. Pielkötter fielen keine tröstenden Worte ein.

Schließlich kam sie mit einem tiefen Seufzer zurück in die Gegenwart. »Mit weiteren Informationen kann ich Ihnen leider nicht dienen.«

»Danke, Sie haben mir sehr geholfen«, sagte Pielkötter und erhob sich. »Leider muss ich jetzt sofort wieder nach Duisburg zurück. Die Ermittlungen lassen mir keine Zeit. Und grüßen Sie Heinz Janning, wenn Sie mal mit ihm telefonieren. Der freut sich bestimmt.«

Nachdem er wieder in seinem Wagen saß, beschlich ihn das Gefühl, hier sei mehr im Spiel als ein verjährtes Verbrechen.

Kapitel 44

Nach der ausgedehnten Shoppingtour stellte Yvonne eine stattliche Anzahl Einkaufstüten vor dem Sofa ab und schleuderte die unbequemen Pumps von den Füßen. In der nächsten Zeit würde sie sich einen Bummel durch die Boutiquen nicht mehr leisten können, sondern war gezwungen, ein Leben à la Vanessa zu führen.

Dabei würde niemand sie vermissen. Schon gar nicht ihre Eltern, oder besser gesagt die Menschen, die sie immer für ihre Eltern gehalten hatte.

Yvonne fuhr sich mit der Hand durchs Haar, das sie inzwischen wie Vanessa trug.

»Du bist eine Martini«, sagte sie zu sich selbst.

Plötzlich lachte sie laut auf. Ihr Lachen klang eher hysterisch statt fröhlich. Seit Alexander ihr ermöglicht hatte, Vanessa heimlich im Garten ihrer Villa zu beobachten, hegte sie keinen Zweifel mehr daran, dass sie selbst eine Martini war. Zu viele ihrer eigenen Bewegungen hatte sie an Vanessa wiedererkannt. Die Art, wie sie die Kaffeetasse hielt, die Angewohnheit bei übereinandergeschlagenen Beinen mit dem rechten Fuß zu wippen. Eine Weile hatte Yvonne eine Adoption vermutet. Sie hatte nachgeforscht, aber keinen einzigen Hinweis darauf gefunden. Und auch keine andere Erklärung. Schließlich hatte sie sich daran gewöhnt, die Ähnlichkeit als Glücksfall zu sehen und diesen nicht weiter zu hinterfragen.

Auf Strümpfen schlich sie zu einer Anrichte und schenkte sich ein Glas Rotwein ein. Während sie das Bouquet des Weins genoss, erinnerte sie sich an die erste Begegnung mit Alexander. Er selbst war nicht auf dem Zeitungsfoto abgebildet gewesen, das Vanessa in Großaufnahme gezeigt hatte. Vanessa als junge Unternehmerin, nachdem sie die Leitung der Firma von ihren verunglückten Eltern übernommen hatte. Ein Kunde hatte ihr die Zeitung mitgebracht und sich über ihre Ähnlichkeit mit der Geschäftsfrau amüsiert. Sprachlos hatte Yvonne auf das Foto gestarrt, hatte sich kaum von dem Anblick lösen können. Nachdem sie sich wieder etwas gefangen hatte, war ihr klar, dass sie dieser Vanessa Martini unbedingt von Angesicht zu Angesicht gegenüberstehen musste. Sie konnte nicht ruhen, bis sie herausgefunden hatte, warum die Frau ihr wie aus dem Gesicht geschnitten war. Aus Pietät hatte sie einige Wochen abgewartet, dann hatte sie mit weichen Knien an der Wohnungstür der Martinis geläutet. Allerdings hatte sie nur den erstaunten Hausherrn angetroffen.

Vanessa, du?, hatte er ungläubig gefragt. *Wieso bist du schon zurück?*

Nun ja, sie hatte die Sachlage schnell aufgeklärt. Daraufhin hatte Alexander sie sehr freundlich und zuvorkommend ins Haus gebeten und wie einen gern gesehenen Gast behandelt. Während sie selbst Vanessas Abwesenheit bedauert hatte, schien Vanessas Mann dies ganz anders zu sehen. Schon nach kurzer Zeit, hatte er keinerlei Hehl daraus gemacht, dass er auch in Zukunft lieber mit ihr unter vier Augen reden würde. Seine Frau sei den Belastungen in der Firma nach dem schockierenden Unfalltod ihrer Eltern nicht gewachsen gewesen und leider erkrankt. Er müsse sie daher behutsam auf ein Treffen vorbereiten, hatte er ihr erklärt, und Yvonne war schnell einverstanden gewesen, ihn demnächst an einem neutralen Ort zu treffen.

Bei der dritten Verabredung hatte sie in seinen Armen gelegen, und er hatte ihr die persönliche Begegnung mit Vanessa ganz ausgeredet. Aus einer neutralen Haltung seiner Frau gegenüber hatte sich in ihr eine tiefe Abneigung entwickelt. Warum besaß Vanessa alles und sie selbst so gut wie nichts?

Kapitel 45

Pielkötter starrte aus dem Wohnzimmerfenster in den Garten. Seit er aus Münster aufgebrochen war, kreisten seine Gedanken pausenlos um die Machenschaften in der Klinik Schönborn. Dabei war er absolut davon überzeugt, dass Hannelore Schwiderski mit ihrem Verdacht richtig gelegen hatte. Was aber hatten diese lang zurückliegenden Ereignisse mit der heutigen Situation im Haus der Martinis zu tun? Und weshalb beunruhigten ihn die Informationen? Hatte er sich einfach nur von Katharina Gerhardts Angst um Vanessa anstecken lassen? Jedenfalls musste die Frau, die Katharina zusammen mit Alexander Martini vor dem Casino gesehen hatte, Vanessas Zwillingsschwester gewesen sein. Wie aber hatten die zusammengefunden? Zu viele Fragen auf einmal.

Pielkötter beschloss, bei Katharina Gerhardt anzurufen. Schließlich hatte er versprochen, sie auf dem Laufenden zu halten. Als er ihre Stimme vernahm, war sie ihm trotz ihrer kurzen Bekanntschaft schon seltsam vertraut.

»Pielkötter hier«, meldete er sich. »Entschuldigen Sie die späte Störung, aber ich habe einige Neuigkeiten für Sie.« Während er ihr ausführlich über die Machenschaften in der Klinik Schönborn berichtete, verunstaltete er die oberste Seite seines Notizblocks mit sonderbaren Zeichen.

»Ich kann kaum glauben, dass Vanessa wirklich eine Zwillingsschwester hat«, erwiderte Katharina Gerhardt, nachdem Pielkötter geendet hatte. »Dabei habe ich sie ja mit eigenen Augen gesehen. Und jetzt verstehe ich auch, warum sie sich so ganz anders verhalten hat. Aber wie kommt der Lump mit ihr zusammen? Und was hat er vor?«

»Genau das frage ich mich natürlich auch«, antwortete Pielkötter. »Mir wäre jedenfalls wohler, er hätte irgendeine andere Geliebte.«

»Das kann ich verstehen.«

»Vielen Dank für Ihre Mühe«, verabschiedete sich Katharina unerwartet schnell. »Leider muss ich das Gespräch jetzt beenden. Ich habe Besuch.«

Enttäuscht legte Pielkötter den Hörer auf und durchkreuzte mehrmals die Zeichen auf dem Notizblick, dann knüllte er das Blatt ärgerlich zusammen. Mit einem leisen Plop landete es im Papierkorb.

Kapitel 46

Während Alexander mit entschlossener Miene auf dem Sofa saß, stand Vanessa regungslos auf dem oberen Treppenabsatz und lauschte. Er hatte die Stehlampe angeknipst und deren einzigen Strahler von sich weg zur Wand gedreht. Offensichtlich hatte er die Jalousie wegen der Sonne heruntergelassen. Aber warum war er heute schon so früh aus der Firma gekommen?

Da ihr schwindelig wurde, hielt sie sich am Treppengeländer fest. Kein Wunder, dass sie so wackelig auf den Beinen war. Unzählige Male hatte sie sich übergeben, nachdem ein Kommissar Barnowski sie angerufen hatte. Mit Entsetzen dachte sie an das Telefonat.

Langsam schlich sie die ersten Stufen hinunter, bis sie den Mann hinter dem Mauervorsprung sehen konnte, den sie einmal geliebt hatte. Im Halbschatten der Stehlampe wirkten seine Gesichtszüge irgendwie unheimlich. Vielleicht lag das an seinen harten, unnachgiebigen Augen oder an dem diabolischen Lächeln, das plötzlich seine Mundpartie umspielte. Nachdem sie noch drei weitere Treppenstufen hinabgestiegen war, schaute er zu ihr hoch. Der eiskalte Blick, mit dem er sie musterte, erschreckte sie. Warum verstellte er sich nicht mehr? Bemühte sich nicht einmal darum. Er konnte doch nicht wissen, was sie inzwischen erfahren hatte.

»Wieso bist du auf?«, fragte er ohne besonderes Interesse.

»Weil ich die Medikamente ausgebrochen habe«, antwortete sie.

Erstaunt sah er zu ihr hoch. Der ungewohnt feste Klang ihrer Stimme irritierte ihn. »Aber deshalb schleichst du hier nicht herum?«

»Nein«, erwiderte sie, wobei sie ihn unverwandt ansah, »ich will reden.«

»Daraus wird nichts.«

»Dann willst du mich also wieder mit den Medikamenten zu Bett schicken.«

»Kluges Kind!«

»Leider klüger als du denkst.«

»Wie meinst du das?«, fragte er, diesmal mit wachsendem Interesse.

»Du könntest dich erkundigen, warum mir übel ist.«

»Also warum?« Seine Stimme klang ungeduldig.

»Ein Kommissar Barnowski von der Polizei hat mich heute Morgen angerufen.«

»Polizei?«

»Wegen Heribert Heitkämper.«

»Wieso ruft der hier an?«

»Weil du nicht in der Firma warst, ich will gar nicht wissen, wo du dich rumgetrieben hast. Jedenfalls hat deine Sekretärin wohl gedacht, du seist noch zu Hause. Und er hat ja nicht zum ersten Mal mit dir über Heitkämpers Tod gesprochen.«

Unter ihrem forschenden Blick schien er sich unwohl zu fühlen, im nächsten Moment jedoch verfinsterte sich seine Miene.

»Jeder hat davon gewusst, nur ich nicht«, fuhr sie mit einer gehörigen Portion Bitterkeit fort. »Warum hast du mich nicht darüber informiert?«

»Vielleicht wollte ich dich nicht aufregen«, erwiderte er spöttisch, »eben ganz der besorgte Ehemann.«

»Das Märchen von dem besorgten Ehemann habe ich mir lange genug eingeredet. Aber spätestens seit heute Morgen ist damit Schluss.«

»Und welchen Grund habe ich deiner Meinung nach dann, dir seinen Tod zu verschweigen?«

»Du hast ihn umgebracht«, erklärte sie tonlos. »Wolltest mich nicht misstrauisch machen.«

»Aber genau das bist du jetzt«, entgegnete er mit gefährlich ruhiger Stimme, »obwohl du das Motiv nicht einmal kennst.«

»Oh doch«, entgegnete sie nun mühsam um Fassung ringend. »Heitkämper hat mich nämlich aufgesucht. Kurz vor seinem Tod. Er hat mich über die Veruntreuung einer großen Summe informiert. Lange habe ich gezögert, dich dafür verantwortlich zu machen. So viel ich jedoch überlegt habe, warst du der Einzige, der dafür in Frage kam.«

»Dann weißt du es also«, wandte er emotionslos ein, so als würde er über einen neuen Wagen sprechen, den er heimlich gekauft hatte.

Seine Unverfrorenheit ließ sie erschauern. »Du hast ihn also wirklich umgebracht?«, fragte sie fassungslos.

»Warum sollte ich das leugnen? Mein kleines Geständnis ist sowieso bedeutungslos.«

»Du Bestie!«, schrie sie.

»War nicht einmal schwierig. Der Heitkämper war einfach zu berechenbar.«

Unschlüssig stand sie auf der untersten Treppenstufe, den dünnen Körper gegen das Geländer gelehnt. Obwohl sie sich um Haltung bemühte, hatte sie das Gefühl, jeden Moment zusammenzubrechen. Dabei musste sie wachsam sein, gerade jetzt. Nur langsam wurde ihr bewusst, in welcher Gefahr sie schwebte. Nach dem Geständnis konnte Alexander sie kaum mit der Polizei sprechen lassen. Diese Erkenntnis schnürte ihr fast die Kehle zu.

»Denken wir jetzt etwa dasselbe?«, fragte er sarkastisch. »Ganz so wie ein eingespieltes, altes Ehepaar?«

Die Angst lähmte sie, so dass sie darauf nichts erwidern konnte.

»Ich lese es in deinen Augen«, flüsterte er gefährlich. »Vor Furcht sind sie ganz geweitet. Aber warum? Hast du in Gedanken deinem Leben nicht schon einmal ein Ende gesetzt? Ich verwirkliche sozusagen deinen Traum.«

Aber ich will leben, schrie jetzt alles in ihr. Nie zuvor war ihr so deutlich bewusst gewesen, wie sehr sie an ihrem Leben hing. Verzweifelt forschte sie in seinem Gesicht nach etwas Vertrautem. Sie registrierte jedoch nur eiskalte Entschlossenheit. Sie blickte zur Tür, ihre letzte Chance. Obwohl sie sich kaum auf den Beinen halten konnte, rannte sie plötzlich los. In wenigen Sätzen war er bei ihr und riss sie an ihren Haaren zurück.

»Aber, aber, du willst doch wohl nicht in diesem Aufzug nach draußen? Du weißt doch, wie gefährlich es draußen für schwache Frauen ist.«

»Meine Eltern hatten Recht«, schleuderte sie ihm entgegen. »Sie haben dich von Anfang an durchschaut.«

»Das kleine verwöhnte Mädchen, das immer zu ihnen gestanden hat und nie zum Ehemann, kommt jetzt brav mit mir nach oben, hast du gehört? Dort nimmst du einen kleinen Schlummertrunk und legst dich ins Bett. Ein wenig früher vielleicht als sonst, aber eigentlich alles so wie immer, fast jedenfalls.«

Als er sie wenig später im Badezimmer auf den Toilettendeckel stieß, brüllte sie so laut sie konnte um Hilfe. Brutal schlug

Alexander ihr die Hand ins Gesicht. Sofort verstummte sie, wimmerte nur noch leise. Sie konnte ohnehin kaum darauf hoffen, gehört zu werden. Während sie nun stumm auf der Toilette saß, füllte er ein Glas mit Wasser, schüttete eine Unmenge Tabletten hinein und verrührte sie mit dem Stiel einer Zahnbürste. Dabei beobachtete er sie aus den Augenwinkeln. Plötzlich drehte er sich zu ihr um.

»Trink!«, befahl er.

In einem Anflug von Verzweiflung versuchte sie, das Glas zur Seite zu schlagen, aber er packte geistesgegenwärtig ihren Arm.

»Falls du Zicken machst, erwürge ich dich mit bloßen Händen«, erklärte er. »Selbst wenn mir das schwerfallen würde nach all den gemeinsamen Jahren.«

»Du Untier!«

»Immerhin ist es nicht ausschließlich meine Schuld, dass unsere Ehe so enden muss«, erwiderte er. »Hätten deine Eltern mich als gleichberechtigten Schwiegersohn betrachtet, wäre unsere Ehe vielleicht glücklich verlaufen.«

»Wenn du mich erwürgst, kaufen sie dir niemals einen Selbstmord ab«, wandte sie mit tränenerstickter Stimme ein.

»Das brauchen sie auch nicht. Sie werden deine Leiche sowieso niemals finden. Die liegt hübsch versteckt in unserem Garten, direkt unter dem Fundament für unseren neuen Pavillon.«

»Du kannst mich doch nicht einfach verschwinden lassen.«

»Aber sicher doch, wenn ich es schlau genug anstelle. Jetzt trinkst du hübsch, dann befriedige ich deine Neugier.«

Entschlossen packte er Vanessas Kopf und setzte das Glas an ihre Lippen. Sie zögerte kurz, dann trank sie einige Schlucke. Als sie das Glas halb geleert hatte, ließ er sie kurz Luft holen.

»So ist es brav«, sagte er honigsüß und flößte ihr den Rest ein. Anschließend führte er sie ins Schlafzimmer und drückte sie auf das Bett. Ihr Kopf dröhnte. Sie musste irgendetwas tun, konnte aber kaum einen klaren Gedanken fassen. In einem kurzen Anflug von Hoffnung schielte sie zu dem Telefon auf ihrem Nachttisch.

Alexander bemerkte ihren Blick. »Keine Sorge. Auch daran habe ich gedacht. Im gesamten Haus ist das Telefon ausgeschaltet.«

»Aber wieso?«, fragte sie erstaunt. »Ich meine, wann? Wann hast du das gemacht? Wir waren doch die ganze Zeit zusammen.«

»Direkt als ich nach Hause kam.«

»Ich verstehe nicht«, stammelte sie verwirrt. »Da konntest du doch noch nicht ahnen, dass ich über Heitkämper Bescheid weiß.«

»Nein, aber die Zeit war sowieso reif.«

»Aber warum? Du erbst doch keinen müden Cent.«

»Das lass meine Sorge sein«, erwiderte er abfällig. »Deine oberschlauen Eltern wollten mich austricksen, aber nicht mit mir.«

»Erklär es mir«, bat sie müde.

»Die Lösung meiner Probleme heißt Yvonne Josten und sieht genau aus wie du. Selbst das Muttermal sitzt an der gleichen Stelle.«

»Wer ist das?«

»Vermutlich deine Zwillingsschwester. Jedenfalls seid ihr etwa zur selben Zeit in derselben Klinik geboren. Keine Ahnung, was dort damals gelaufen ist. Sowieso egal, nur das Resultat zählt.«

»Sie soll meine Rolle einnehmen?«, fragte Vanessa ungläubig. »Kennt sie denn deinen Plan?«

»Natürlich«, entgegnete er sarkastisch. »Es gibt eben Menschen, die unerwartetes Erbe zu schätzen wissen. Nein, das kannst du nicht verstehen. Warst ja ewig auf Rosen gebettet. Immer das verwöhnte Kind reicher Eltern.«

Liebend gerne hätte Vanessa ihm weitere Details entlockt, aber sie durfte kein Risiko mehr eingehen. Falls ihr überhaupt noch eine Chance blieb, musste sie sich endlich schlafend stellen. Sie war ohnehin furchtbar müde. Mit etwas Glück würde er sie verlassen, ehe sie tatsächlich eingeschlafen war. Eilig schloss sie die Augen und versuchte gleichmäßig zu atmen.

Kapitel 47

Ziellos fuhr Alexander mit seinem roten Porsche durch die Gegend. Er hatte keine Lust, Yvonne zu besuchen, schließlich würde er sie ab heute Nacht dauerhaft um sich haben. Der Gedanke löste zwiespältige Gefühle in ihm aus. Immerhin noch besser als Vanessas bleiches Gesicht vor Augen zu sehen. Seltsamerweise hatte er ganz zum Schluss leichte Skrupel verspürt, ganz im Gegensatz zu dem Mord an seinen Schwiegereltern. Immerhin war er nicht direkt dabei gewesen, hatte den Unfall nur initiiert. Aber den Anblick seiner sterbenden Frau hatte er kaum ertragen können.

Während er einen kleinen Fiat überholte, dachte er daran, wie sich alles fast von selbst ergeben hatte: erst der Marderschaden, der ihn auf die richtige Idee gebracht hatte, dann der Besuch in der Werkstatt. Dort hatte er sich alles genau erklären lassen. Natürlich hatte er nicht darauf vertraut, dass sich ein weiterer Marder an den Bremsschläuchen zu schaffen machte. Es reichte völlig, die Polizei mit einem entsprechenden Hinweis auf diese falsche Spur zu lenken. Besorgt hatte er in der Werkstatt auch nach anderen Gefahrenquellen für die Bremsen gefragt, und der Mechaniker hatte ihm bereitwillig Auskunft gegeben. Alexander lächelte zynisch. Er hatte wirklich an alles gedacht, sogar daran, Kontrolllampe und Bordcomputer auszutricksen: mit gepanschter Bremsflüssigkeit. Zusätzlich hatte er auf den rasanten Fahrstil seines Schwiegervaters gesetzt. Letztendlich war es nur noch auf den richtigen Zeitpunkt angekommen. Schließlich sollten gleich beide Elternteile betroffen sein.

Ein paar Tage hatte er abgewartet, dann war es endlich so weit. Die Einladung zu einer Feier in Moers versprach optimale Bedingungen für seinen Plan, zumal die *Rallyestrecke* seines Schwiegervaters genau auf dieser Route lag.

Um ein Haar wäre dann doch noch alles schiefgegangen. Ausnahmsweise hatte sich Vera hinters Steuer gesetzt, Vera, die beim Fahren weder Gas- noch Bremspedal zu nutzen schien. Es war einfach Glück, dass sein Schwiegervater zurückgefahren war.

Alexander seufzte mehrmals laut auf. Sicher wäre der Mord kaum nötig gewesen, wenn Vanessa ihn nicht angefahren hätte. Dann wäre sowieso alles anders verlaufen. Liebend gern hätte er eine Unmenge Geld mit seiner Tenniskarriere verdient. Möglicherweise hätte es dann keinen Bruch in ihrer Beziehung gegeben, und sie wären heute noch ein glückliches Ehepaar. Sie selbst hatte alles verändert, hatte ihn zum abhängigen Sklaven ihrer Eltern gemacht, als sie ihn zum Krüppel gefahren hatte. Und schließlich hatte sich durch den Marderschaden ein Ausweg aus der Misere ergeben. Wozu so kleine Tierchen doch nütze waren.

Kapitel 48

»Ich habe noch nicht mal einen richtigen Blick in die Akten werfen können«, beschwerte sich Pielkötter, während er zusammen mit Barnowski das Präsidium verließ. »Erst hat sich dieser Gerichtstermin endlos hingezogen, und jetzt halten Sie mich davon ab.«

»Es eilt wirklich, hab da so 'n Riecher. Der Fall ist so gut wie gelöst.«

»Einen Riecher? Und deswegen wollen Sie mich allen Ernstes durch die Gegend schleifen?«

»Die Spur ist äußerst heiß. Was meinen Sie, wie vielen Fehlanzeigen ich hinterhergelaufen bin? Aber jetzt haben wir einen schwarzen VW Golf, der in der fraglichen Zeit an den richtigen Stellen repariert worden ist. Doch das Allerbeste kommt ja noch.«

Pielkötters Blick verriet eine gewisse Portion Skepsis.

»Der Besitzer, also der Vermieter, hat eindeutig gelogen«, fuhr Barnowski siegessicher fort. »Zumindest wusste dieser Autofritze angeblich nichts von dem defekten Fahrzeug. Sein Lehrling hat ihn verpfiffen. Allerdings habe ich dem versprochen, ihn zunächst da rauszuhalten. Das kriegen wir doch hin.«

»Spüre ich da so etwas wie Solidarität?«, fragte Pielkötter.

Barnowski antwortete jedoch nicht.

Schweigend fuhren sie eine Weile durch den dichten Verkehr.

»Sofern das wirklich unser Wagen ist, und davon bin ich überzeugt«, erklärte Barnowski, »sind Sie gleich mehr mit dem Fall vertraut, als hätten sie dreimal die Akten gelesen.«

»Wir werden sehen«, brummte Pielkötter.

Inzwischen hatten sie das Firmengelände der Autovermietung Scheffler erreicht. Eilig überquerten sie den Hof.

»Wir müssen sofort zu Ihrem Chef«, sagte Barnowski zu der ihm bekannten Vorzimmerdame. Sein Tonfall duldete keinen Widerspruch.

»Das kann ich nur bestätigen.« Kriminalhauptkommissar Pielkötter zückte seine Dienstmarke und fixierte die Sekretärin mit seinem Blick. Sichtlich ungern erhob sie sich, um ihrem Chef den Besuch anzukündigen.

»Der Chef lässt bitten!«, bemerkte sie wenig später mit säuerlicher Miene, was Pielkötter in diesem ein wenig heruntergekommenen Schuppen ziemlich unpassend fand.

Während sie sein Büro betraten, sah Scheffler ihnen missmutig entgegen. »Was wollen Sie nun schon wieder? Ich habe Ihnen doch bereits alles gesagt.«

»Leider nicht die Wahrheit«, erklärte Barnowski mit so viel Ironie wie möglich.

Erst stutzte Scheffler, dann schien er eine Spur bleicher zu werden. »Wie, wie meinen Sie das?«

»Entweder haben Sie mit dem schwarzen Golf selbst einen Unfall gebaut oder ihn entgegen Ihrer Behauptung doch vermietet.«

»Und weshalb glauben Sie das?«, fragte Scheffler, offensichtlich entschlossen, sich auf keinen Fall bluffen zu lassen.

»Es gibt einen Zeugen aus Ihrer Nachbarschaft. Der hat den verbeulten Wagen gesehen.«

»So, so«, bemerkte Scheffler, wohl um Zeit zu gewinnen. »Aber welcher Nachbar, wollen Sie mir natürlich nicht sagen?«

»Ich glaube, Sie verkennen den Ernst Ihrer Lage«, schaltete sich nun Pielkötter ein. »Egal wie unkooperativ Sie sich jetzt geben, das Fahrzeug wird sowieso kriminaltechnisch untersucht. Sofern die Spurensicherung dabei einen Unfall feststellt, haben Sie ein dickes Problem. Deshalb hören Sie besser auf, uns Märchen zu erzählen.«

Pielkötter lehnte sich in dem Bewusstsein zurück, dass seine Worte die gewünschte Wirkung erzielten. »Auch Richter mögen das übrigens nicht«, ergänzte er zur Sicherheit mit süffisantem Lächeln.

»Also gut«, lenkte Scheffler ein. »Ich habe den Wagen in der Zeit vermietet. An einen alten Bekannten. Konnte ja nicht ahnen, dass der damit einen Unfall baut, erst recht nicht mit Fahrerflucht.«

»Aber sicher haben Sie geahnt, dass das ne fette Lüge ist, die Sie mir gestern aufgetischt haben?«

»Bin eben nicht der Typ, der gerne einen Kumpel verpfeift.«

»Wieder mal so ein Edler«, sagte Pielkötter mehr zu sich selbst, während er an den mehrfachen Mörder mit dem selbst aufgesetzten Heiligenschein dachte, den sie unlängst überführt hatten. »Aber jetzt bekommen wir ganz schnell den Namen Ihres Kumpels«, machte er Druck, »ansonsten lässt sich Ihre Mitarbeit kaum als mildernder Umstand werten.«

»Alexander, Alexander Lund«, antwortete Scheffler mit verkniffener Miene.

Automatisch kippte Barnowski die Kinnlade nach unten.

»Kennen Sie den?«, fragte Pielkötter, dem die Reaktion seines Mitarbeiters nicht entgangen war.

»Das kann doch kein Zufall sein«, staunte Barnowski. »Der Geschäftsführer der Firma Martini, bei denen Heitkämper als Buchhalter gearbeitet hat, heißt so.«

»Martini?«, fragte Pielkötter, nun ebenso überrascht wie sein Untergebener. Und nach einer kurzen Zeit des Nachdenkens: »Sie kümmern sich weiter um Herrn Scheffler. Ich nehme den Dienstwagen und fahre zu Frau Martini. Hoffentlich komme ich nicht zu spät.« Den letzten Satz hatte er mehr zu sich selbst gesprochen.

Kopfschüttelnd überreichte Barnowski seinem Chef die Autoschlüssel. »Und wie komme ich hier weg?«

»Lassen Sie sich von der nächsten Streife abtransportieren«, erwiderte Pielkötter schon halb in der Tür.

Während Pielkötter mit unzulässiger Geschwindigkeit durch die Stadt brauste, überschlugen sich die Gedanken in seinem Kopf. Der Geschäftsführer der Firma Martini hieß also Alexander Lund. Das konnte nur heißen, Vanessas Mann und Alexander Lund waren ein und dieselbe Person. Fälschlicherweise war er von dem gemeinsamen Ehenamen Martini ausgegangen. Auch Katharina Gerhardt hatte den Namen nie erwähnt. Er war sicher, immer nur »ihr Mann« oder »der Lump« gehört zu haben. Wenn Alexander Lund jedoch Vanessa Martinis Buchhalter umgebracht hatte, war sie in akuter Gefahr. Plötzlich erkannte er auch, welche Rolle ihre Zwillingsschwester in dem skrupellosen Plan ihres Gatten spielte. Pielkötter drückte das Gaspedal durch. Die Angst, er würde zu spät kommen, saß ihm im Nacken.

Kapitel 49

»Spielverderber«, murmelte Barnowski, nachdem Pielkötter aus seiner Reichweite verschwunden war. Jetzt hatte er tatsächlich eine heiße Spur, und wo blieben die Lorbeeren? Missmutig wandte er sich wieder zu Scheffler, der stumm und mit unglücklicher Miene hinter seinem Schreibtisch kauerte.

»Sie sitzen ganz schön in der Tinte.«

Von Schefflers anfänglicher Überheblichkeit war nichts mehr zu spüren.

»Beihilfe zum Mord. Das ist nicht gerade ein Kavaliersdelikt.«

Mit hochrotem Kopf schnellte der Autovermieter von seinem Schreibtischsessel hoch. So viel Elan hatte ihm Barnowski gar nicht zugetraut.

»Das lass ich mir nicht bieten! Sie können mir doch nicht einfach einen Mord anhängen.«

»Beihilfe zum Mord«, verbesserte Barnowski unbeeindruckt von dem kleinen Wutausbruch.

»Verflixt, ich habe auch keine Beihilfe geleistet«, erwiderte Scheffler entrüstet. »Was soll das Ganze überhaupt? Erst heißt es Unfall und jetzt auf einmal Mord? Dabei habe ich lediglich einen Wagen verliehen.«

»Kommen wir doch noch einmal auf Ihre Lüge zurück.« Barnowski lächelte so süffisant, wie er es soeben bei Pielkötter gesehen hatte. »Welchen Grund hatten Sie wirklich, Alexander Lund zu decken? Und tischen Sie mir ja nicht wieder dieses edle Gesülze auf. Davon wird mir nämlich schlecht.«

»Den Alexander kenne ich aus dem Spielcasino.«

»Aha, schon besser.«

»Wir lieben beide Roulette und Black Jack«, fuhr Scheffler fort und starrte dann trübsinnig vor sich hin.

»Und?«

»Vor ein paar Monaten haben wir uns wieder einmal zufällig im Casino getroffen«, nahm Scheffler den Faden wieder auf. »Alexander hatte gerade die absolute Glückssträhne. Ganz im Gegensatz zu mir. In seiner Euphorie hat er mir Zehntausend geliehen. Leider hat mir das Geld auch nichts genützt. Hab alles gleich an dem Abend wieder verspielt.«

»Lassen Sie mich raten«, sagte Barnowski. »Irgendwann wollte Lund sein Geld zurück, und Sie haben ihm dafür bei dem Mord geholfen.«

»Nein und nochmals nein«, schimpfte Scheffler. »Was wusste ich denn von einem Mord? Selbst Sie haben anfangs doch von einem Unfall gesprochen. Und nicht einmal davon habe ich etwas geahnt. Sonst hätte ich den Wagen doch niemals verliehen.«

»Dann erzählen Sie mal alles hübsch der Reihe nach.«

»Also, eine Weile hat mich Alexander in Ruhe gelassen, aber dann benötigte er plötzlich dringend das Geld.«

»Zum Spielen?«

»Ich glaube, da steckte etwas anderes hinter. Genaues weiß ich jedoch nicht. Zumindest hat er behauptet, ganz tief in der Klemme zu sitzen. Er würde das Geld unbedingt brauchen. Aber zahlen konnte ich ja nicht. Dafür musste ich ihm dann den Wagen leihen. Zudem durfte davon nichts in den Büchern auftauchen.«

»Sind Sie da nicht misstrauisch geworden?«, fragte Barnowski.

»Schon, aber was sollte ich tun? Ich hatte das Geld einfach nicht.«

»Wofür hat Lund Ihrer Meinung nach den Wagen gebraucht?«

»Keine Ahnung!«

»Kommen Sie«, erwiderte Barnowski und verzog das Gesicht. »Sie haben sich doch bestimmt Gedanken gemacht.«

»Ehrlich gesagt bin ich von einem Einbruch ausgegangen. Ich dachte, der Alexander besorgt sich die Knete auf diese Weise. Also von Mord habe ich wirklich nichts geahnt. Dabei hätte ich niemals mitgemacht. Das müssen Sie mir glauben.«

Barnowski schien Scheffler mit seinem Blick zu durchbohren.

»Was meinen Sie, wie ich ausgeflippt bin, als Alexander mir den demolierten Wagen zurückgebracht hat? Danach hatte ich nur Scherereien. Und die Reparatur hat mich eine Stange Geld gekostet. Dabei bin ich im Moment wirklich mehr als klamm. Und dann tauchen Sie auch noch hier auf und stellen dumme Fragen.«

Barnowski versuchte die Intensität seines Blickes zu steigern.

»Ich meine, die Fragen waren mir unangenehm. Schließlich wusste ich ja nichts Genaues. Trotzdem hatte ich in gewisser Weise etwas zu verbergen. Als unbescholtener Bürger beunruhigt einen das eben.«

Innerlich lächelte Barnowski. Er hielt die Beschreibung unbescholten für maßlos übertrieben, dennoch glaubte er ihm. Lund hatte eigentlich keinen Grund besessen, Scheffler in seine Pläne einzuweihen.

»Hat Lund Ihnen erzählt, wie der Unfall passiert ist?«

»Sagen wir besser, er hat mich angelogen. Er hat mich in der Annahme bestärkt, er hätte den Wagen für einen Einbruch genutzt. Auf der Flucht ist er angeblich gegen eine kleine Mauer gerast.«

»So viel, so gut«, beendete Barnowski die kleine Vernehmung. »Ich will nicht einmal wissen, ob Sie ihm das abgenommen haben. Aber morgen sehen wir uns auf dem Präsidium.«

Kapitel 50

Besorgt blickte Pielkötter zu der Villa der Martinis. Trotz der Hitze waren alle Fenster an der Vorderfront geschlossen. Er hatte das Gefühl, das verhieß nichts Gutes. Einen kurzen Moment zog er in Erwägung, sofort Einsatz - sowie Rettungswagen anzufordern. Allerdings würde das einigen Ärger geben, sofern keine unmittelbare Gefahr vorlag. Seufzend beschloss er, sich zunächst selbst einen genaueren Überblick zu verschaffen.

Wie erwartet öffnete niemand, nachdem er geläutet hatte. Entschlossen wandte er sich zur Garage und blickte durch ein kleines Fenster ins Innere. Dort erkannte er einen Mercedes, wahrscheinlich Vanessa Martinis Wagen. Soweit er sich erinnerte, fuhr ihr Gatte einen roten Porsche, jedenfalls hatte er einen solchen bei seiner ersten Begegnung mit Alexander Lund auf dem Grundstück gesehen. Obwohl der Mercedes in der Garage natürlich keine eindeutigen Schlüsse zuließ, verstärkte sich Pielkötters Gefühl, Vanessa Martini sei im Haus.

Nachdenklich lief er zur Rückseite der Villa. Als Erstes fielen ihm die Rollläden vor den Fenstern auf. Auch die Jalousie an der Terrassentür war mehr als zur Hälfte heruntergelassen. Pielkötter bückte sich und spähte durch die Scheibe. Im Inneren des Hauses war es relativ dunkel.

Er hasste diese Momente, die irgendwie nach Ärger rochen. Sein Instinkt jedoch sagte ihm etwas ganz anderes. Unkonventionelles Handeln war hier geboten. Falls sich Vanessa Martini in Gefahr befand, er jetzt aber nicht handelte, würde er sich später schreckliche Vorwürfe machen. Mit entschlossener Miene forderte er Einsatzwagen sowie Notarzt an. Nachdem er die Jalousie an der Terrassentür möglichst weit nach oben geschoben hatte, schlug er mit seiner Dienstwaffe die Scheibe unmittelbar neben dem Türgriff ein. Als er seinen Arm durch das Loch in der Scheibe steckte, zerriss ein Glassplitter den Ärmel seines Jacketts.

»Frau Martini!«, hallte seine Stimme durch den Raum. »Frau Martini, sind Sie hier im Haus?«

Obwohl niemand reagierte, hatte er das unbestimmte Gefühl, nicht allein zu sein. Seine Augen gewöhnten sich langsam an die Dunkelheit. Zielsicher durchquerte er den Wohnraum, den er von seinem Besuch her kannte. Sein Instinkt sagte ihm, dass Vanessa Martini sich in der oberen Etage befand.

Nachdem er einen Lichtschalter betätigt hatte, stieg er mit gezogener Waffe die Stufen hoch. Von einem quadratischen Flur gingen fünf geschlossene Türen ab. Eilig drückte er die nächste Klinke hinunter. Hinter der Tür verbarg sich ein luxuriöses Badezimmer mit runder Wanne, in der mindestens zwei Menschen Platz gefunden hätten. Jetzt war sie leer. Erstaunlicherweise beruhigte ihn das. Der angrenzende Raum entpuppte sich als Büro. Als er die nächste Tür aufstieß, schlug ihm der schwache Hauch eines süßlichen Parfüms entgegen. Obwohl er zunächst nur einen wuchtigen Korbsessel erkennen konnte, wusste er, dass er soeben das Schlafzimmer betreten hatte. Im Schein der Dielenbeleuchtung spähte er um die Ecke und erkannte ein französisches Bett, zumindest dessen Fußende. Es stand in einer Nische, die er von seiner Position aus nicht vollständig einsehen konnte. Während er den Raum betrat, bildeten sich Schweißtropfen auf seiner Stirn. Die nächsten Sekunden würden zeigen, ob er richtig gehandelt hatte.

Mit wenigen Schritten durchquerte er den halben Raum und starrte in die Nische. Anscheinend lag Vanessa Martini schlafend in ihrem Bett. Weil Pielkötter sie wegen des schwachen Lichts aus der Diele nur undeutlich erkennen konnte, trat er noch etwas näher heran. Aus der Nähe wirkte ihr Gesicht maskenhaft und erregte seinen Verdacht.

»Frau Martini!«, rief er leise, dann immer lauter.

Sie rührte sich jedoch nicht. Auch nicht, nachdem er die Beleuchtung eingeschaltet hatte. Ihre blasse Gesichtsfarbe ließ nichts Gutes ahnen. Die Haut erschien ihm so weiß wie der Bettbezug und stand im krassen Kontrast zu ihren dunklen Haaren, die sich fächerartig auf dem Kissen ausbreiteten. Eilig legte Pielkötter seine Dienstwaffe auf den Nachttisch.

»Frau Martini!«, schrie er und rüttelte sie an den Schultern.

Plötzlich vernahm er ein Geräusch hinter seinem Rücken. Als er sich umdrehte, stand Alexander Lund wenige Meter von ihm entfernt. In der Hand hielt er eine kleine Pistole.

»Was suchen Sie in meinem Haus?«, fragte er, wobei er auf Pielkötters Waffe schielte, die immer noch auf dem Nachttisch lag. »Meine ungute Ahnung hat mich also nicht getrogen.«

»Ihre Frau braucht dringend ärztliche Hilfe.«

»Das lassen Sie mal meine Sorge sein. Wer hat Sie überhaupt geschickt? Die Gerhardt etwa?« Alexander Lund grinste spöttisch.

»Hauptkommissar Pielkötter, von der Duisburger Polizei.«

»Für mich sind Sie nichts weiter als ein Einbrecher, der mich mit der Waffe bedroht«, erwiderte Lund. »Wenn Sie von der Polizei sind, wissen Sie sicher, dass hier ein klassischer Fall von Notwehr vorliegt.« Seine Stimme triefte vor Sarkasmus.

Sieht verflixt schlecht aus, dachte Pielkötter. Er musste Lund unbedingt in ein Gespräch verwickeln.

»Woher wussten Sie, dass ich hier im Haus war?«, fragte er, um Zeit zu gewinnen.

»Intuition. Und dann die kaputte Terrassentür. Spricht übrigens auch für Notwehr.«

»Was haben Sie mit Ihrer Frau gemacht?«

»Wieso ich? Sie hat sich mit Schlaftabletten vergiftet.«

»Und Sie zeigen nicht das geringste Interesse, Hilfe zu holen«, entgegnete Pielkötter äußerlich gelassen.

Alexander Lunds schmale Lippen verzogen sich zu einem höhnischen Lächeln. »Leider ist sie nicht bereit, mehr Geld aus der Firma zu ziehen. Sie steht immer noch unter dem Einfluss ihrer Eltern. Manchmal habe ich mich wirklich gefragt, was ihr Tod mir genützt hat.«

»Sie haben die beiden umgebracht«, stellte Pielkötter fest.

»Sagen wir mal, ich habe einen kleinen Unfall initiiert«, korrigierte Lund und trat einen Schritt näher an Pielkötter heran. »Erstaunt Sie das? Als Polizist kennen Sie doch die Abgründe der menschlichen Seele. Deshalb ahnen Sie auch den Ausgang dieser Szene.« Die Mündung seiner Pistole richtete sich auf Pielkötters Brust.

»Geben Sie auf. Meine Kollegen sind auf dem Weg hierher.«

»Dann habe ich also nur diese eine Chance«, erwiderte Lund.

Irritiert durch ein Geräusch hielt er plötzlich inne. Pielkötter wollte den kurzen Moment der Unaufmerksamkeit nutzen und sich auf ihn stürzen. Doch fast im gleichen Moment fiel ein Schuss. Als Pielkötter in Richtung Tür sah, stand Barnowski mit zwei Kollegen von der Streife im Raum, die Waffen im Anschlag. Lund verzog das Gesicht und hielt sich den blutenden Arm. Seine Pistole fiel auf den Boden.

»Sofort den Notarzt!«, schrie Pielkötter. »Frau Martini wurde vergiftet. Wahrscheinlich mit Schlaftabletten.« Dabei deutete er mit seinem Kopf in Richtung Bett.

»Genauere Informationen bekommen Sie von dem Herrn in Handschellen.«

Hasserfüllt starrte Alexander Lund Pielkötter an.

»Der Notarzt ist schon im Haus«, verkündete Barnowski stolz und schrie »okay« in den Flur.

Wenige Sekunden später stürmten drei Männer ins Zimmer. Während sie sich um Vanessa Martini bemühten, atmete Pielkötter auf. Offensichtlich lebte sie noch.

»Ich konnte doch nicht einfach in Ruhe abwarten, bis Sie den Fall allein gelöst haben«, erklärte Barnowski, als Pielkötter ihn durchdringend musterte.

Pielkötter brummte. Und das klang durchaus wohlwollend.

Kapitel 51

Mit gemischten Gefühlen lief Pielkötter den langen Flur der Klinik entlang.

Vorsichtig öffnete er die Tür des Krankenzimmers. Vanessa Martini saß im Bett, den Oberkörper gegen einen Berg von Kissen gelehnt. Als sie ihn bemerkte, lächelte sie. Pielkötter fühlte sich erleichtert. Er mochte keine Krankenbesuche, am wenigsten, wenn er nicht wusste, was ihn erwartete.

»Anscheinend geht es mit Ihnen bergauf«, sagte Pielkötter zur Begrüßung.

»Leider fühle ich mich noch fürchterlich«, erwiderte Vanessa Martini. »Kein Wunder nach dem, was Sie durchgemacht haben. Immerhin hat Ihr Mann versucht, Sie umzubringen.«

»Leider bin ich nicht ganz schuldlos daran«, erklärte Vanessa Martini zu seinem Erstaunen. »Ich hätte mich einfach schon viel früher wehren müssen. Spätestens, als er Frau Gerhardt hinausgeworfen hat.«

»Trotzdem bleibt Ihr Mann der Täter. Und ich werde dafür sorgen, dass er seine gerechte Strafe erhält.«

Pielkötter zögerte kurz, Vanessa Martini weitere Fragen zu stellen. Einerseits saß Alexander Lund hinter Schloss und Riegel, so dass ihre Aussage nicht unbedingt eilte, andererseits konnte er eine gewisse Neugier kaum zügeln.

»Was ist denn zwischen Ihnen und Ihrem Mann genau passiert?«, rang er sich schließlich doch zu einer Frage durch. Die Kranke machte durchaus den Eindruck, dies verkraften zu können. Vanessa Martini jedoch blieb zunächst stumm. Nachdenklich schaute sie zum Fenster.

»Alexander hat mich gezwungen, die Tabletten zu schlucken«, antwortete sie nach einer Weile. »Andernfalls hätte er mich erwürgt. Mit Tabletten, hoffte ich, würde mir eine kleine Überlebenschance bleiben.«

In ihren Augen glitzerte es verdächtig. Nur das nicht, dachte Pielkötter, irgendwie mochte er keine Tränen sehen.

»Hat ja auch geklappt«, fuhr Vanessa Martini fort, nachdem sie sich wieder etwas gefangen hatte. Sie lächelte gequält. »Heitkämper hat nicht so viel Glück gehabt. Alexander hat in der Firma Geld unterschlagen. Unser Buchhalter hat mich darüber informiert.«

»Dann wussten Sie also, dass Alexander ihn umgebracht hat?«, fragte Pielkötter erstaunt.

»Zunächst wusste ich überhaupt nichts«, antwortete sie traurig. »Alexander hat mir Heitkämpers Unfall einfach verschwiegen.

Aber dann hat ein Kommissar Barnowski bei mir angerufen. Das ist doch bestimmt ein Kollege von Ihnen.«

Pielkötter brummte etwas Unverständliches.

»Jedenfalls hat der mich über Heitkämper ausgefragt. Dabei habe ich natürlich von dem tödlichen Unfall erfahren. So nach und nach habe ich mir dann alles zusammengereimt.«

»Einen Mord haben Sie jedoch nur vermutet?«

Ehe sie antwortete, sah Vanessa Martini wieder zum Fenster.

»Kurz bevor Alexander mich gezwungen hat, die Tabletten zu schlucken, hat er mir den Mord an Heitkämper gestanden.«

»Das war sicher alles etwas viel für Sie in der letzten Zeit«, bemerkte er mitfühlend.

»Allein schaffe ich es wohl nicht. Aber sobald die medizinische Behandlung abgeschlossen ist, mache ich eine Therapie.«

»Bei Mark Milton?«

»Der nimmt mich leider nicht. Dafür will er mich an einen Kollegen vermitteln. Übrigens können Sie Mark Milton hier treffen, sofern Sie noch etwas bleiben. Er hat sich bei Frau Gerhardt nach mir erkundigt, und die hat ihn wohl gleich hierher geschickt.«

Da störe ich am besten nicht, dachte Pielkötter und erhob sich. »Leider werde ich ihn wohl verpassen, denn ein ganzer Berg Arbeit wartet noch auf mich.«

Kapitel 52

Pielkötter lief neben Frau Gerhardt die Promenade in Ruhrort entlang. Schweigend schaute er über das Wasser in Richtung Westen. Dabei erinnerte er sich an das erste längere Gespräch mit Katharina Gerhardt im Homberger *Hafensturm*. Heute standen sie auf der anderen Seite des Rheins, vielleicht Sinnbild dafür, dass sich inzwischen so vieles verändert hatte. »Wer hätte gedacht, dass Ihre Ängste um Vanessa so berechtigt waren«, eröffnete Pielkötter schließlich das Gespräch. »Und ich habe immer dagegen argumentiert.«

»Immerhin haben Sie mir zum Schluss doch geglaubt und Vanessa gerettet«, erwiderte Katharina Gerhardt mit einem Lächeln. »Zudem konnte keiner ahnen, dass der Lump sich mit ihrer bis dahin unbekannten Zwillingsschwester verbündet hat.«

»Mittlerweile teile ich sogar Ihre Meinung, dass Lund hinter dem maskierten Einbrecher steckt. Aber das bekomme ich auch noch heraus. Darauf können Sie sich verlassen.«

Inzwischen hatten sie das Museumsschiff Oskar Huber erreicht und die Außengastronomie *Zum Hübi* direkt gegenüber. Wegen des herrlichen Wetters gab es nur noch wenige freie Tische.

»Suchen Sie bitte einen Platz aus«, forderte Katharina Gerhardt Pielkötter auf. »Heute verspüre ich das dringende Bedürfnis, Sie einzuladen.«

Zunächst wollte er protestieren, ließ es dann aber.

»Die Einladung haben Sie sich redlich verdient.«

Während Pielkötter auf einen der freien Tische zusteuerte, murmelte er etwas Unverständliches. Kaum saßen sie, kam die Bedienung aus dem Haus, als hätte sie die neuen Gäste durch eines der Fenster beobachtet. Sie bestellten jeder ein Bier.

Dann waren sie wieder allein mit ihren Gedanken, spürten die Wärme der dunklen Hauswand, die sich den ganzen Tag über von der Sommersonne aufgeheizt hatte.

»Werden Sie wieder bei Vanessa Martini arbeiten?«, fragte Pielkötter.

»Ich weiß es noch nicht. Zu viel ist geschehen in der letzten Zeit.« Ihr Blick dazu war vielsagend, er wusste aber nicht, ob er ihn wirklich deuten wollte. »Wahrscheinlich bekommt Vanessa jetzt andere Hilfe. Ich glaube, Mark Milton kümmert sich um sie.«

»Stimmt Sie das traurig?«, fragte Pielkötter.

»Eher nachdenklich«, entgegnete sie. »Vielleicht ist das ein Zeichen, endlich selbst zu leben. Einfach kein Zaungast mehr zu sein und endlich teilzuhaben an den Ereignissen. Erst jetzt wird mir bewusst, dass ich auf vieles verzichtet habe.«

»Haben Sie schon konkrete Pläne?«

»Nicht direkt«, entgegnete sie. »Ich muss einfach ein eigenes soziales Netz aufbauen. Bislang habe ich nur regelmäßigen Kontakt zu meiner Schwester. Armselig, was?« Katharina Gerhardts Mund verzog sich zu einem traurigen Lächeln.

Am liebsten hätte Pielkötter sie berührt und ihr Gesicht zum Strahlen gebracht. »Ab und an ziehen wir alle ein Resümee«, sagte er laut. »Das kenne ich aus eigener Erfahrung.«

Unwillkürlich musste er dabei an Marianne denken, an die jüngsten Differenzen und auch an Inken, die damals einfach aus seinem Leben verschwunden war, ohne sich um die Wunden zu kümmern, die sie ihm zugefügt hatte. Dabei wusste er durchaus, wie unfair er jetzt war. Inken hatte nur ihre beruflichen Chancen genutzt, die seinen eigenen leider entgegengestanden hatten. Vielleicht war das bei Marianne jetzt nicht einmal so viel anders.

»Was haben Sie beruflich vor?«, fragte er noch einmal nach.

Katharina Gerhardt starrte auf das Wasser hinaus in Richtung Westen. »Ich weiß es noch nicht«, erwiderte sie nachdenklich. »Vanessas Eltern haben mir etwas Geld vererbt. Zudem habe ich nach der Entlassung durch den Lump eine stattliche Abfindung bekommen. Vielleicht sollte ich erst einmal verreisen, alles hinter mir lassen.«

Unwillkürlich verspürte Pielkötter einen leichten Stich. Gehörte ihre Begegnung auch zu den Dingen, die sie hinter sich lassen wollte? Schluss jetzt, mahnte er sich rasch, keine wilden Spekulationen.

Die Bedienung erschien und fragte nach weiteren Wünschen. Pielkötter lehnte ab, obwohl er sein Glas bereits geleert hatte.

»Jetzt, wo Vanessa Martini nicht mehr in Gefahr schwebt, habe ich leider keinen Grund mehr, Sie anzurufen«, erklärte sie traurig, als sie gezahlt hatte. Dabei sah sie ihn mit einem Blick an, der seine Phantasie trotz der Ermahnung wieder zu Höchstleistungen antrieb.

»Vielleicht könnten wir einen anderen Grund finden.« Er lächelte sie an.

Kapitel 53

»Was ist denn hier los?«, fragte Ferdinand Holthausen vom Einbruchsdezernat. Er pflegte so oft wie möglich den Kontakt zu den Kollegen von auswärts. So bezeichnete er alle aus der Polizeidienststelle, die nichts mit Einbruch zu tun hatten.

Pielkötter, Barnowski und Brigitte Sprockhövel saßen an einem Tisch im Aufenthaltsraum und stopften diverse Tortenstücke in sich hinein.

»Sie dürfen ruhig mitfeiern«, erklärte Pielkötter. »Auch Sie haben nämlich Grund dazu.«

Holthausen stutzte. »Worum geht es denn?«

»Stell dich nicht so ahnungslos«, feixte Barnowski. »Hast bestimmt schon von Heitkämper gehört?«

»Ist das nicht dieser Buchhalter, den jemand umgefahren hat?«

»Der Fall ist abgeschlossen«, erwiderte Barnowski nicht ohne Stolz. »Sag bloß, das hat sich in unserem Haus noch nicht herumgesprochen? Hier weiß doch jeder sogar, wenn Olschewskis Hund Blähungen hat.«

»Zudem können Sie auch den Einbruch bei den Martinis zu den Akten legen«, erklärte Pielkötter mit süffisantem Lächeln.

Alle sahen ihn fragend an.

»Alexander Lund hat heute Morgen gestanden, dass er in seine eigene Villa eingestiegen ist. Nun ja, fast ein Kavaliersdelikt im Vergleich zu den anderen Straftaten.«

»Kommissar Barnowski hat nicht lockergelassen«, schweifte Brigitte Sprockhövel von dem Thema Einbruch ab. Dabei bedachte sie Barnowski mit einem bewundernden Blick.

Pielkötter verstand die Welt nicht mehr. Schließlich hatte er seinem Untergebenen so lange auf die Zehen getreten, bis dieser seine gelegentlich laxe Ermittlungstour zugunsten effektiver Arbeit aufgegeben hatte. Und wie oft hatte er ihm mit der Detektei in den Ohren gelegen, ohne dass dieser nur einen Finger gerührt hatte?

»Alexander Lund hat übrigens das Detektivbüro Nagel & Ehrlich beauftragt«, erklärte Pielkötter mit einer gewissen Genugtuung in der Stimme. Gespannt beobachtete er Barnowskis Miene. Die konnte allenfalls Brigitte Sprockhövel mit viel Wohlwollen als intelligent bezeichnen.

»Aber wir haben den Fall doch auch so aufgeklärt«, wandte sie ein, womit sie Barnowski vermutlich aus der Seele sprach.

»Da fällt mir ein Zitat eines Dozenten von der Polizeiakademie ein«, erwiderte Pielkötter ärgerlich. »Ein guter Ermittler ruht nicht eher, als bis er jedes kleine Puzzleteilchen kennt.«

»Erst recht bei Mord«, stimmte ihm Ferdinand Holthausen mit mindestens einem fünftel Stück Torte im Mund zu. Unabsichtlich hatte er damit verraten, dass er doch mehr wusste, als er vorgegeben hatte. »Jedenfalls habt ihr Jungs gute Arbeit geleistet, und dafür gibt es jetzt lecker Kuchen.«

»Erstaunlicherweise geht es ja nicht nur um einen einzigen Mord«, erklärte Brigitte Sprockhövel.

»Jetzt spannen Sie den netten Kollegen vom Einbruch nicht länger auf die Folter«, scherzte Barnowski, »sonst verschluckt der sich vor Neugier noch an der Torte.«

»Der Mörder vom Heitkämper hat auch seine Schwiegereltern ermordet«, fuhr sie fort. »Zumindest hat er das unserem Hauptkommissar gestanden. Obendrein hätte er fast seine Frau umgebracht. Kommissar Barnowski hat sie allerdings in letzter Sekunde gerettet.«

Automatisch fragte sich Pielkötter, ob Brigitte Sprockhövel den falschen Beruf gewählt hatte. Wie konnte eine Polizistin die Tatsachen derart verdrehen?

»Dann könnt ihr sogar stolz sein, einen weiteren Mord verhindert zu haben«, tönte Holthausen mitten in seine Gedanken.

»Wenn wir noch lange untätig hier herumsitzen, werden wir dieses Niveau aber nicht halten können«, erklärte Pielkötter, dem die Lobeshymnen nun doch ziemlich auf die Nerven gingen.

ENDE

Mein besonderer Dank gilt:

Ingo Wegner für den Besuch im Polizeipräsidium Duisburg und Einblicke in die polizeiliche Arbeit

Peter Kaut für die Beratung in technischen Fragen

Sabrina und Joachim

sowie meiner Lektorin Dr. Anette Kleszcz-Wagner für wertvolle Anregungen, konstruktive Kritik und Korrektur.

Von derselben Autorin

Irene Scharenberg, Die Sünderinnen
186 Seiten, Paperback, Originalausgabe 2009
ISBN 978-3-3935263-70-2 / 11,00 EUR

Pielkötters erster Fall in Duisburg !

„Wo kommt die Pommes?", ruft Elli, die Besitzerin einer kultigen Duisburger Imbissstube, den Wartenden vor ihrer Theke zu. Auf die Antwort muss sie nicht lange warten: „Ich!"
Mit dem Ruhrpott Slang hat sich der Neu-Duisburger Pielkötter längst angefreundet. Nicht gewöhnen kann er sich an den Anblick von Blut. Das ist für einen Kriminalhauptkommissar nicht unbedingt von Vorteil. In seinem aktuellen Fall verfolgt er einen Mörder, der seine Opfer mit einem Dolch tötet. Es sind Frauen, die sich von ihrem Mann getrennt haben.
Ist es Zufall, dass sie denselben Psychologen aufsuchten? Und welche Rolle spielt dieser selbst sehr labile Therapeut?
Pielkötter gelingt es, das rätselhafte Mord-Motiv zu entschlüsseln und ein weiteres Blutopfer zu verhindern.